中公文庫

安岡章太郎 戦争小説集成

安岡章太郎

中央公論新社

目次

安岡章太郎従軍年譜（一九四三〜四五年）

一九四三（昭和十八）年　二三歳
六月、徴兵検査を受け、甲種合格となる。十月、学徒出陣。

一九四四（昭和十九）年　二四歳
三月、東部第六部隊に現役兵として入営、ただちに満洲九八一部隊（北満孫呉）へ派遣される。
八月、胸部疾患で入院。入院の翌日、部隊はフィリピンへ移動し、レイテ島でほぼ全滅した。

一九四五（昭和二十）年　二五歳
三月、内地送還。七月、金沢の陸軍病院で現役除隊となるが、東京の家は戦災で焼け、金沢の旅館にしばらく留まる。八月十五日、市川の叔父の家から東京へ食糧を運ぶ途中、亀戸の駅で終戦のラジオ放送を聴く。

安岡章太郎　戦争小説集成

遁走

I

一体いつから、おれはこういうことになってしまったのかと、安木加介は思った。

多分、それは汽車が満鮮国境の鴨緑江（おうりょっこう）をこえたころだったようでもあるが、又また朝鮮海峡をわたる前からだったような気もする。どっちにしても、こんなにしょっ中、食欲を感じ、絶えず食物のことばかり考えるようになったのは、東京から孫呉まで、列車の中に閉じこめられた十日ばかりの期間のうちに、胃袋か腸か、あるいはもっと別の何かわかりにくい内臓が、突然これまでとは変った働きをするようになったためにちがいない。加介はいまも、麻布（あざぶ）の歩兵聯隊に入営した最初の日、二週間前に入ったという補充兵たちが雨に濡れた軍服のままで、アルミニュームの食器から飯を食っているさまを見たときの驚きをおぼえている。雨のシズクが、補充兵たちのドブネズミの毛皮のような色の袖口からも、眼鏡の玉からも、赤くなった鼻からも、食器の中の黄色い飯の上にボタボタたれていたが、みんなそろって飯の湯気に彼等自身を溶けこましたいとでもいう風に、満足げな表情をうかべながら大急ぎで、味噌とネギとあとは何かわけのわからぬヌタのかかった飯を口の中にほうり込んでいるのだ。——いつかは、おれもあんなにウマそうに食べるようになるだろう。そう加介は思ったが、自分の半分以上食いのこした食器と見較べると、それはずいぶん遠い先のことのような気もした。……それがどうだろう、いまでは朝、目を覚したときから、消燈ラッパで目をつぶるまで、食い物のことしか考えない。炊事場から中隊にやってくる食罐のうち、どの班にくばられるのが最も重そうであるか。また、班内の食卓ではどの食器に一番たくさん盛られてあるか。その二つのことが片時も忘れられなくなってしまった。しかも、それが十日とたたないうちに起った変化なのだ。

軍隊の飯になれさせるためには、最初の二日間ぐらいに定量の倍も三倍も口の中へ押しこむように無理矢理食わせる。それがすんだら、こんどは目立たぬように少しずつ量をへらして、定量以下にもってくる。それを一、二度くりかえすと、誰でも、一体どれだけ食えば満腹するのかわからなくなって年じゅう腹がへったようで、ひと口食っただけで吐きそうになるようなマズい飯が、うまくてたまらなくなる。——ある幹部候補生あがりの軍曹の説によれば、そうだった。しかし加介の場合、食欲と空腹とはあながち同一のものとは思えない、食欲とは端的に食いたい欲望なのであって、それ以外のものではない。加介が憶えているかぎりで最初にそれを感じたのは、汽車がハルピンを過ぎて、人家も樹木も田畑もない、まるで牛の背中を顕微鏡でながめたような所を一日中ノロノロと走っていたときのことだ。中隊ごとに分れた客車で、その軍用列車は食事のときだけ停車して、駅の炊事場から飯や菜や茶などの給与をうけることになっている。駅といっても付近には街らしいものが見当るわけでもなく、プラットフォームの上には兵隊がむらがって、飯盒をガチャガチャ鳴らしながら、「急げ。……中盒なくすな」と下士官の声に追いまわされているだけのことだ。しかし、それでも列車の箱の中に何十時間も押し込められているのにくらべれば、いくらかでも自由な空間をあたえられたことになる。……配られた飯盒の飯は、手にしているとポカポカと温かく、その温度の中に外界の自由な空気がのこっているような感じだ。加介ははじめて、その石炭くさい飯を口にふくんで、うまいと思った。それには石炭の臭いのほかにも、まだいろいろの臭いや、味や、舌ざわりがあって、頬ばったり、嚙んだり、嚥んだりするたびに、いままでに味わったことのない一種微妙な喜びのあることを知った。と同時に、となりの席で、やはり大切そうに飯盒をかかえながらボンヤリと、鳥のような目をみはっている石川二等兵の顔を急に憎たらしいものに思いはじめた。「お前、なぜ食わねえ？」加介は訊いた。

石川は飯盒を股の間にはさむようにかかえたまま、青ざめた顔を窓の外へ向けて黙りこんでいる。もとはある時計工場の修理工だった石川は、東京の屯営にいた一週間、小銃の銃床に塗ったウルシにかぶれて、ずっと寝たっきりに寝かされていた。首筋や肩が目立って細く、まぶたのあたりは赤くはれぼったくなっている。これまで加介は、このあまり頑健ではなさそうな兵隊に優越心とも好意ともつかないものを感じて、蜂の巣のように顔をふくらませて寝ている枕もとに食事をはこんでやったり、乗車するときも隣あって坐れるように並んで列をつくったりしたのだ。

「腹でも痛むのか？」加介は、かさねて訊いた。

するとおびえたような石川の目が、厚ぼったいまぶたの下からキラリと光って、

「腹？　腹なんか悪くねえだ」と早口にこたえて箸をいそがしそうにとると、豚の煮こみをかけた飯を、とがった顎の骨を動かしながら食いはじめた。

そのとき加介は衝動的に、石川の飯盒を引ったくって食いたいと思った。

おもえば入営の日の朝、赤飯や鯛の塩焼や、そんなものを大半食べのこしてきてしまったことが不思議なようであった。家の門の前には続々と集まってくる町会長、防護団長、そのほか顔も見知らぬ有志たちや、タスキがけの婦人会員、家の中には泊りがけで激励と慰問にきている友達、知人、それにふだんめったには顔を見せない親戚。そんな中で、おろおろしている母親に給仕してもらった赤飯を茶碗に半分も食べないうちに、前夜まで連日夜ふけまで遊んで荒れた舌や胃袋がボソボソした小豆の交じった米粒をうけつけず、加介はそのまま箸を置いた。……そうしたことが、いまはひどく遠い昔の夢の中の出来ごと

としか考えられない。

（何だっておれはあの玉子焼や、きんとんを、手もつけずに置いてきてしまったのだろう。せめてそれを折詰にして持ってくるぐらいのチエが、どうして湧かなかったのだ）

しかし、その時の加介にしてみれば、そんな「御馳走」はただ甘ったるく、わずらわしいだけのものだった。すでに三箇月以前に、加介の友人の大多数は学徒動員の召集を受けて入営しており、学校に残されているのは、少数の理科系の学生か、朝鮮人、その他外国籍の者、でなければ一人前の男としてはどこか致命的な欠陥のありそうなひ弱な連中が大部分だった。その結果、教室も街もガランとして、これまでめったに腰かけることのできなかった学校行きの電車が、ほとんどカラッポのままで走り出すのだ。酒場や喫茶店で、顔見知りの女たちから、加介はこれまでになく歓待された。しかし、そうなると大抵のことは単なる事務的手続のくりかえしにすぎず、あとには理由のはっきりしないウシロメタサがのこるばかりだ。街で一度、朝鮮語らしい奇妙な発音の言葉で話しかけられて以来、彼は外出する気にさえなれなくなった。……たしかに加介は毎日を倦き倦きしながら送っていた。だがそれは戦争に対してであるのか、それともこういう「平和」な日常生活に対してなのであるのか？　入営の日が定められてからも、一日一日の消えて行くイラ立たしさが、終りに近づく夏休みの日を見送る心持なのか、それとも待っている日のこないためか、どっちともつかなかった。しかし、それは突然あらゆるものが切断されることによって瞬間的に明瞭になった。……母や、幼なじみの従妹たちや、四五人の友達につきそわれ、やっとお祭りか葬式のような騒ぎの家をぬけ出して、聯隊のそばの停留所で市電を下りると、そこに大きな立て札が眼についた。

入営者見送りの方は、この位置で止つて下さい。営門の付近に近寄らないこと。
聯隊区司令官

それは、まったく予想外のことだった。なるほど立て札の地点から営門までは、およそ三百メートルほどの距離にすぎず、見送り人に営門までこられることと、その立て札の地点で別れることでは、とりたてていうほどの差違はないはずだ。しかしそれは、いかにも唐突な感じだった。まったくのところ、そのわずかばかりの距離で、加介は一瞬のうちにこれまでの彼の前半生とは完全に切り離されたところへ立たされてしまったのだ。……一体これは、どうしたことだ？　やがて自分も軍隊にとられ兵隊となるために営門をくぐるだろうとは、ものごころついたころから予期したことではなかったか。ことにこの数年間、自分の出征の場面は片時も彼の脳裡をはなれることのない夢だった。それは眼をつぶっただけでただちに再現できる、ほとんど現実と変るところのない完璧な幻影だった。剣着き鉄砲の衛兵、旗の波、物悲しげな歓声。ただ彼は、ここにあるちょっとした一本の立て札ていた。

だけを想い忘れていた。しかも、それだけのことが、何年来つちかった彼の「覚悟」を一時に突き崩してしまったのだ。そして、軍隊の現実の中にやはり突然、立たされてしまっていた。

眼の前にいる肉親や友達は、いまや別世界に住む幻の中の人物だった。加介にとって生きて動いているのは、営門の前にむらがり集まって、ときどき二三十人の一団になりながら門を通過して行く入営者たちだけだった。

「まア、まだ時間があるのだから、そのタバコを吸ってしまってから行けよ……」

友達の一人のそんな言葉を、醒めかけた夢の呼び声のように聞き流して、加介は営門の列に向かって駈け出した。だが、列の後について営門をまさにくぐろうとしているときだった。

「おい、待て」と、うしろから声がかかって、太い指が加介の頭にふれた。振り向くと、それは衛兵の上等兵がアミダにかぶった加介の学生帽に手をのばして、真直ぐにかぶりなおさせようとしているのだった。その一瞬を最後に、加介の身体からあらゆるシャバの臭いが消え去った。

そして、その八日後に、この北満のソ連との国境から十里ほどへだてた孫呉へ、加介たち千名ほどの初年兵は送られてきた。

――ハルピン第〇〇軍事郵便所気付

部隊の宛名がそうなっているので、加介たちが手紙を受けとると、それにはきっと、教会の塔や、白系露人や、ハダカ踊りや、花売り娘などについてのことが書きそえられてある。また部隊の古兵のつくった「孫呉ブルース」という歌にも、

昼はスンガリー、舟をこぎ
夜は散歩の異人街

と、ある。……ところが、そんなものはどんなに想像力をたくましくしたってこのあたりに見当りっこない。「ハルピン第〇〇軍事郵便所」は単なる符号にすぎず、ここはハルピンから北へ汽車で約七十時間の距離である。内地から送られてくると初年兵たちは、自分たちの降りた場所が孫呉の駅ではなく、村からも駅からも遠くはずれた秘密の地点にちがいないと思いこむ。汽車の発着する時刻が大抵、深夜だということもあって、まわりには人家らしいものが一軒も見当らないからである。しかし、「中隊、進め」の号令でいくら歩いても、夜空の星と、なだらかな起伏をつくっている地平線のほかには何も見えはしない。実際は彼等の下車した所こそ街の中心であり、彼等はメイン・ストリートをたどり

ながら街はずれの方に歩かせられているのだ。……凍った道を歩きながら加介たちは、汽車の中で輸送係の下士官のいったことを想い出す。

「中隊じゃ、お前たちの先輩がペーチカを一生懸命焚いて待っているぞ」

「ペーチカ」という言葉の中には、それが軍隊のものだとは十分に承知していても、なお漠然と、童謡にうたわれたり、サンタクロースがそこから出たり入ったりするオトギ話の道具立てを感じさせるものがある。だが現実のそれは、部屋の奥の壁の中央に立って、古兵たちの手垢や新兵たちの顔の油汗や涙のシズクやで鈍い銀色に光りながら、重おもしく、どっしりとかまえている一本の太い柱である。そのまわりに集まって温まることのできるのは古兵であり、新兵は石炭をはこび、燃えがらを取り出し、薪やマッチを何本もムダにしながら途中で他の用事に呼ばれてかえってくると、焚き口は真黒になっていてまた最初からやりなおさなくてはならず、運が悪ければその際、「セミ」をやらされる。それはペーチカを女に見立て、腕いっぱいに抱擁し、「ペーチカさん、ペーチカさん、わたしの愛し方がたりなくて、こんなにあなたを冷たく、カゼをお引かせ申しました、こんごは二度とこんなことはいたしません」という文句を繰り返しのべさせられる芸当だが、それを発明したのは、やはり実際にそういう訴えを何度も心の中に呟いたことのある人間にちがいない。……加介たちが割り当てられた内務班にはじめて入ろうとしたとき、ペーチカを背にして、外科医のはめるような大きなマスクをかけた背の低い下士官が立っていた。そして先頭に立った加介に、いきなり、「何で敬礼せんのか」と、どなり上げた。すかさず後から二年兵が、「敬礼！」と号令をかけたので、その場はそれでおさまったが、以来、初年兵にとってはペーチカと敬礼とは切りはなしがたい印象をうえつけられてしまった。実際にペーチカのあるところ、かならず上級者ありといってもよかったが、夏になってからでも彼等はひと気のないペーチカに向かって、お辞儀せずにはとおれないような気がしていた。

マスクの下士官は、加介たちの班長の浜田伍長だった。志願兵上りで任官したての彼は中隊じゅうで（新兵をふくめて）誰よりも年少だったから、他の班へまわすよりは初年兵の教育係の方が適していると隊長からも思われていた。

「おれはオニだ、オニ伍長だぞ。……おれがオニ伍長だということは、聯隊中でも、師団でも、ピイ屋でも、知らないものはいないんだ」

到着の翌日、一人ずつ自己紹介をさせたあとで、班長は皆の顔を睨みまわしながら、そういった。いわれなくとも加介たちはすでに、まさしくこれは鬼にちがいあるまいと思っていた。

いかった肩、とがった頬骨、土色の皮膚、その容貌を一見しただけで、その塩からいカスレた声をきいただけで、それがやっと満十九歳何ヵ月かの若僧だと、わざわざ考える者がどこにいるだろうか。仮に上級者だという観念をのぞいたとしても、生活のあらゆる細部のまるで異なった環境の中では、よそでくらした年月の経験は何の役にも立ちはしない。寝床一つつくるにしても浜田伍長のそれは神業のように速く、その点だけからみても初年兵は赤ん坊のように無能なものであるにすぎない。その上、体力の頑健さ強靭さは中隊じゅうでも抜群であり、演習や行軍のさいは小柄な体軀にエネルギーを充満させて、他の兵隊の分まで二台の軽機関銃を両肩にかつぎ、先頭から後尾まで駈け足で往復しながら、落伍しそうな者の尻を蹴り上げて行くのである。だが、このオニ伍長の「ピィ屋」でその名を知られているということだけは全然の誇張だった。彼はピィ屋どころか、公用の他には入隊以来、一度も外出したことさえなかった。偕行社と将校官舎の他は同じような兵舎の四角い建物が数えきれないほどたくさん並んでいるだけのこの街で、何か外出の愉しみでもあるところといえば、正式の部隊名をもった慰安所が一軒、陸軍病院のとなりにあるきりだが、そこへは誰でもが行けるというものではなかった。別段、止められてはいないにしても、一人でそちらへ足を向けようとするには、ふだんとはまた違った意味の勇気を要する。ことにまだ童貞である場合はなおさらだった。それで、この班長の慰安はもっぱら、刃もついていない銃剣を顔がうつるほどピカピカに磨き上げて、さも銘刀でもあるかのようにジッと青眼にかまえてみたり、肩章の星を新しいのや古いのやいろいろと蒐集したりすることに向けられていた。

「おれはオニだ。しかし、おれはお前たちを理由なしには殴らん。お前たちに服従心がないと思ったときに殴る。そのときは死ぬほど殴る……」

　このとき班長はつづけてそういった。しかし、服従すれば殴られないですむといっても、一体どうすれば服従したことになるのだろう？　加介は入営して、はじめて兵営の便所に行ったときから、このことでは戸惑っている。入るとすぐ、軍服上下、外套から下着の上下に靴下まで、すっかり新しいのをあたえられて着換えたが、どういうものか上靴だけは渡されていなかった。廊下はそれでもよかったが、便所の床はコンクリートのタタキで、それも濡れて黒くシミになっている。「一歩前へ！」と壁には書いてあるが、そのとおりにすれば足は確実に汚れる。足のうらからゾクゾクとしみこんでくる小便の冷たさを我慢することは、たぶん服従精神にかなうだろう。しかし、そうすれば後で官給品の靴下を汚したというので罰せられるにきまっている。では靴下を脱いで行うべきだろうか。しかし素足であることは衛生的でないという理由で許されないだろう。

　結局のところ、軍隊での服従とは、単に我慢することではなくて、見つけられないようにすることだし、また他人が罰せられるのを観察して、どの点まで服従するべきものかを推察することだろう。……で、加介たちはお互い同志で用心しあいながら、一番先に殴られる者が出てくるのを待っていた。

最初の犠牲者が出るまでに五日間あった。――これは非常に長いことを待たされることになる、普通は二十四時間のうちに誰かが殴られないことはない。――それは大山という、これといった特色のない男だが、彼は朝の点呼に寝床をたたみなおさずに出ていったということだった。起床ラッパが鳴ると同時に、寝床をなおし、軍服を着、顔と歯を洗い、ウガイ瓶をもって飛び出し、早い者の順に整列する。半分より後に並んだ者はあとで駆足させられる。その競争で大山は順序を一つ省略したのだから、罰せられて当然である。二番目は、自動車屋の息子で不良少年上りの尾登だ。食事当番についていた彼は、皆の飯を盛りおわるとタバコをくわえて火を点けながら、「大体みんな平均に行きわたったようだな」と、食卓のまわりを眺めたものだ。彼にすれば自分の家の運転手たちに食事を分配しているような気持に、ついなったのかもしれない。だが、タバコを吹かすことだけは遠慮すべきであった。しかし、次の犠牲者、剣持の場合は事情がちがった。彼は前歯が二本出ていることと、頬の筋肉が肥ってタルミが出来ているために罰せられた。

舎前に整列して、気を付けの演習があったときだ。「おい剣持、口を閉めろ!」といわれて、鼻の下の肉をのばしたのだが、かえってそのため剣持の面相はブタのようなカラス天狗のような奇妙なものになってしまった。一瞬、空気が凍りついたようになった。いっせいに吹き出しそうになったのを皆、懸命にこらえたからだ。すると剣持は顔を耳から真赤にして俯向けてしまった。そのときだった。

「なぜ笑うか」と浜田伍長の叱咤とともに、火のような拳が眼にもとまらぬ速さで飛んだ。その一撃で剣持のまるい身体は空気のぬけて行く風船人形のように倒れた。……見ていて加介は、胸のおくから真黒な塊りのようなものが突き上げてくるような気がした。軍靴をはいた班長の足が剣持の体に当って、鈍い、氷枕を叩くような音が聞えたからである。だが、剣持は立ち上ると、一層みんなを驚かせた。のろのろと肉の厚い胸をそらせながら気を付けの姿勢にかえると、鼻血で赤くなった口のまわりに、うす笑いを浮べているのだ。浜田伍長は完全に気が狂ったように見えた。もし、窓から首を出した中隊長からその名を呼ばれなかったら、彼は本気で剣持を殺そうとしたかもしれない。

「反抗する気か」そう叫ぶと、彼は帯剣に手をかけていたのだ。

その晩、日夕点呼のあとで、内務班の初年兵全員は、教育係助手の河西上等兵から整列して殴られた。それはまったく儀式めいたものだった。班内の初年兵が一人、班長を怒らせたことについて全員がその責任をとわれるということもだが、班長があのように激怒しているのを助手が黙って見すごしてはならないということは何の理由もない。ただ習慣上、上等兵は班長の怒りにつれて自分も怒らなくてはならず、初年兵はそれを受けとめなくてはならないのであった。食卓も椅子もとりのけられた部屋の中央に河西上等兵が立ち、全員が馬蹄形にとりかこんで、一人一人が進み出ては、両頰にスリッパの力いっぱいの殴打をうけてかえってくる。……はじめのうち、それは免疫のための予防注射でもされるような事務的な雰囲気だった。しかし一人殴られるたびに部屋の中は昂奮した空気につつまれはじめた。そしてそれが絶頂に達すると、とうとう班内で一番背が高く、大食漢の青木という男は、眼鏡をはずすと、上等兵の前に立って、不動の姿勢で、「ありがたくあります」と礼をのべた。そのため次からは皆が、それを真似しなくてはならなくなった。殴られる順番を待ちながら、ようやく加介はいいようのない嫌悪をおぼえはじめた。……その礼を、いおうかいうまいか、加介はしばらく迷った。そして、ついにいうまいと決心しながら上等兵の前に進み出た。が、どうしたことだろう。上等兵のカニの甲羅のようにこわばった顔や、革のスリッパをにぎりしめた手首にボタンでとめる襦袢の袖口ののぞくのを見た瞬間、加介は不意にこれまでの気持とは何の関連もなしに憐憫の情の起るのを感じた。同時に、口をついて、

「ありがたくあります」、と叫んでいたのだ。

どうしてシャツの手首のボタンが自分に憐憫を起させたのか。いや、はたしてそれは憐憫であったかどうか、彼にはわからなかった。しかし頰に鋲（びょう）を打った分厚い革の一撃が加わると同時に、そうした感情は一切消えた。それが痛さのためであるのか、それともほんの少しでも共感をおぼえて差し出した手がふりはらわれたのであるのか、ともかく彼はい

まさらのように屈辱感をかんじた。しかし、殴られおわって列にもどると、加介はまた別のことを考えた。一体だまって殴らせて置くことと、礼をいって殴られることには、この際どれほどの差があるというのだ。礼をいったからといって、積極的に自分の頰を差し出したことにもならないかわり、どうせ虚礼にすぎないことを機械的に口に出したことで卑屈になる理由もないじゃないか。

ともあれ、そのことがあって以来、加介は殴られることに対する恐怖心や屈辱感をなくした。と同時に、毎日の生活がひどく退屈なものになってきた。

退屈？　たしかに正当な理由もなく、またそれに対する屈辱感なしに、ただ殴られているということは退屈なことにちがいなかった。最初の一撃で焼けつく火花のようなものが体内をとおりすぎると、あとにはある重苦しい放心状態がやってくる。それは何かを待って待って待ちくたびれて、何を待っているのか忘れてしまったとでもいうような、そのあまりのイラ立たしさに却ってウットリとさせられるような焦燥感である。あの剣持の殴られた直後の笑い顔も、またこのイラ立たしい退屈さから、ひとりでに出てきたものにちがいなかった。あの笑いが別段、反抗の意志から出たものでないことはたしかだ。ただ、眼や頰や頭の筋肉が、この退屈を耐えるためにボンヤリとゆるんで、あんな風に垂れ下ってしまっただけのことなのだ。

　そして、一旦殴られてからの加介もまた、このような笑い顔をしょっ中うかべることになった。


　それはまるで太鼓の皮が破れたようなもので、叩けば叩くほど音が悪くなり、それでますます大きく破られて行くような具合になるのであった。……殴られるための正当な理由、そんなものはどこにもあるはずはない。けれども殴られた直後には、どうしたってその理由を考えずにはいられない。考えるという習慣がすこしでも残っている間は犬だって考える。ところが軍隊では「考える」などということで余計な精力を浪費させないためにも、殴って殴りぬく。

　剣持が殴られた翌日、加介は中隊の石畳の中廊下で凍ったタマネギの皮剝ぎの使役をやらされて帰ってくると、班内ではマスクの配給が行われていた。加介は自分のぶんをとりに河西上等兵に申し出ると、上等兵はいきなり、

「さっきおれがマスクのいる者は手をあげろといったとき、なぜ手をあげねえんだ」と頬

をはった。

それは加介が吹きさらしの石廊下で凍りついたタマネギを剝いている間のことにちがいないのだ。が、先刻、加介にその使役に出るようにいいつけたのもこの上等兵である。弁解しても仕方のないことだから、そのまま引きさがった。すると、それがキッカケになったのか、ほとんど毎日、加介は中隊の誰彼から殴られてばかりいるようになった。

それはまったく、意地悪な兵の一人が、

「安木、お前はよっぽど殴られるのが好きと見えるな」といったように、好きこのんで殴られるような状態を自分の方から招きよせているみたいであった。

たまたま、破れたズボンの補ぎ布が中隊に配給されたときのことだ。加介が補修布箱と書かれた箱の中をのぞきこむと、そこには三十センチ平方大の不等辺五角形の毛布の切れはしが入っているばかりだった。それ以外のものは布というよりヒモのように細いものか、でなければすり切れて網のように弱ったものばかりだったから、加介は日夕点呼間際のあわただしさの中で、その毛布の端切れをズボンの尻に縫いつけたのだ。すると点呼のとき一列横隊にならべた兵隊を横からながめていた班長が、

「安木、尻を引け、尻を」

しきりにそういっていたかと思うと、近よってきて、けげんな顔つきで加介のズボンを見た。そして毛足の長い毛布の切れ端が星型にぺたりとその尻に貼りつけてあるのを認め

ると、腹立たしげに加介の尻を蹴り上げて行ってしまった。その週の週番司令の要望事項は、「服装、態度の厳正」であったし、そのためにこそわざわざ被服庫から補修布をとりよせて修理にあたらせたのに、加介のズボンはまるでワザとそうしたとしか思えないほど奇妙なかたちにふくらみ上っているというのだった。点呼後、浜田班長と河西上等兵とは、かわるがわる加介の頰を殴打した。

「てめえはヤル気がねえんだろう。こんなものをわざわざ尻っぺたにくっつけやがって、おれに恥をかかせる気か……」

そういわれれば、たしかに加介は自分でも「ヤル気」がないのだと思う、しかし仮にそのヤル気があったところで、イビツな五角形の毛布をどのように処理すれば、厳粛端正な帝国軍人にふさわしい服装に密着させることができるだろうか。それはむしろ加介が苦心して工夫し、縫いなおせば縫いなおすほど、ますます不体裁にふくらんでしまうばかりなのだ。そして所詮は、半ば運命的に毛布の方から加介の尻に、意固地な女のふかなさけのようにブラ下ってきたものと解釈するより仕方がなかった。

尻の毛布は万事に悪影響をおよぼした。そのもっとも端的な例として銃剣術の刺突があげられる。

刺突の訓練とは、「ひとつ！」と号令をかけられるたびに、脚を半歩ひらいた姿勢で、「やア」

と叫びながら、跳び上って木銃を斜め前に突き出す、きわめて単純な運動である。

「いいか、刺突の要領は、跳んだ体が地上にふたたび達すると同時に、木銃を突き出した左の腕をピンとのばし、右腕をシッカリ胴にかいこむ。跳んだ足が地面につくのは左足も右足も同時だぞ。右足、左足、腕をかいこむ、この三つが同時に行われて、はじめて、ポン！　という気持の好い音が出る。三つがバラバラだと音は、ばたん、となる……」

浜田班長はそう教えた。

加介が自分の耳できくかぎり、彼の靴はいつも、ポンと鳴った。しかるに浜田班長は、「ひとつ！　ひとつ！」と号令をかけながら、だんだん加介の方に近よってくるにしたがって、不思議そうに耳をかたむけ、

「おい安木、お前の跳び方は、それは何だ。ばたん、という音がするのはまだしもだが、お前はバクン、バクンじゃないか。おれが初年兵の教育をはじめて以来、そんな妙な音をたてて跳ぶのはお前が最初だぞ」というのだ。

加介は列外に出されると、一人だけ何度もやりなおしをさせられたが、何度こころみても班長の気に入るようなスッキリとした音は出ないのである。ついに加介は浴場の往きかえりにただ歩くことは許されず、木銃の代用に手拭いを両手にかまえ、刺突の要領で跳び

はねながら行かされることになった。……ひろい聯隊の中にも、そんな姿勢で風呂へ行く兵隊は彼一人だったから、巡察の士官や他の中隊の兵隊たちの眼には、それはいかにも奇妙なものにうつった。週番肩章のタスキをかけた将校は、跳びはねながら敬礼する加介に疑わしげな眼を向けて、

「おい、何を踊り狂うておるのか」と訊問したのである。

そのような猛訓練にもかかわらず、加介の剣術は一向に上達をしめさなかった。第一、タオルは銃剣や木銃にくらべて、あまりに柔らかく軽すぎて力の入れどころがどこにもなく、彼の全精力はもっぱら両脚の足のウラに集中される結果、ますますボトリ、バタンと、自分ながら醜怪に重苦しく感じられる音をひびかせるばかりだった。しかし、実のところ、この重苦しい足音の原因は、加介の不器用さや、タオルや、どた靴などにあるのではなかった。その本当の原因は、彼のズボンにあたっているイビツな五角形の毛布であった。加介が最初の一と突きで、「えい!」と、掛け声もろとも、半歩ひらいた脚を跳躍させながら敵のふところに飛び込んで行こうとした拍子に、その腰のあたりがフワリとして帆のように風をはらみ、両足が地上についてもなお尻の部分だけは、空中から吊り上げられたみたいな恰好にふくらみ、加介の姿は誰の眼にもひどく安定を欠いた異様な姿勢に見えたのである。したがって加介の耳には「ぽん」と聞える足音も、はたからはいかにも半端な「バクン、バクン」という音にしかひびかないのであった。そして風呂場の往復にさえ課

せられる猛訓練は、いたずらに疲労を加えるだけだったのである。

（みんなこいつのせいだ！）

加介は何度、この毛布を呪わしく思ったかしれない。刺突からはじまって一事が万事、不動の姿勢、射撃姿勢、はては班内のゾウキン掛けの姿勢まで、あらゆることにこの毛布の補修布は加介の邪魔立てをするのだった。……イラ立たしさのあまり、彼は便所でその布を引き剝いてもどってきたことさえあった。引き千切って糞溜めの中に棄ててしまおうと決心したのである。しかし、いざ引っぱってみると、それは到底加介の指先の力ではおよばぬほど堅固に分厚く織られており、ますます毛バ立ってくるばかりなのであった。仕方なく彼は、またもとどおりに縫いつけたが、無理に引っぱられたせいでタルんだ布は、いよいよ不様なすがたで彼にまつわりついた。


そのときから、しかし加介は、もはやその布を意に介さなくなりはじめた。はじめのころこそ、その布のおかげで「ヤル気」がないように見えるのだと思っていたが、すでに彼は以前から「ヤル気」をまるで持っていなかったことを、こころの底から自認せざるを得なくなったせいである。「ヤル気」とは何か？　それは愛国的情熱にもとづくファイティング・スピリットのようにいわれている。けれども、それはごく表面上の意味にすぎない。

実際は、ただの利己的な競争のことである。兵隊たちは、あらゆる点で他人よりも早く、利巧に、自分の有利な立場をきずいておこうとする。それが「ヤル気」である。

起床、点呼、間稽古、飯上げ、朝食、演習整列、と朝起きてからせいぜい二時間ばかりのうちにも、これだけの日課がつまっている。しかもこれは単なる日課だ。兵営生活の骨組であるにすぎない。骨のまわりには筋肉やら脂肪やら血液などがタップリついている。たとえば、朝食がおわって、演習整列までに十五分ないし二十分の余裕があるとすれば、その間に食器を洗って片づけ、班内と班長室と事務室とを掃除し、背嚢には天幕や中旗や円匙などといっしょに、グニャグニャした毛織地の外套を箱のように四角をピンと折ってキチンと巻きつけなくてはならない。しかも、それは一日の演習がおわれば、また別の折り方で四角く畳んで手箱の傍に片づけられ、そして翌朝はまた巻かれるという風に、厄介きわまる操作が永遠のようにくりかえされるのだ。それからやっと前日手入れした帯剣や銃を持ち、両肩には背嚢、水筒、雑嚢、防毒面、等をぶらさげ、「誰某、演習に行ってまいります」と大声で叫んで、内務班を逃げるように舎前にとび出す。けれども、それで直ちに整列するというわけには行かない。まだ巻脚絆の問題が残っている。一体、とるにもつけるにも、これほど面倒なものを、ほとんど世界中の軍隊が採用しているのは、どういうわけだろうか。どんなに熟練したものでも、それを両方の脚にシッカリと巻きつけるためには最小限一分間は要するだろう。仮に整列までに三分間の余裕があるものとして、その三分の一、ないしは半分までは脚絆のためについやさなくてはならないわけだが、それも順調に行ってのことだ。脚絆を巻くためには体を前にかがませなくてはならないが、すると胸の前にぶらさげた防毒面や何や彼やが、ぶらんぶらん垂れさがって、手がいうことをきかない。防毒面は決して体からはなしてはならない規則になっているから、邪魔になるからといって、はずしてそのへんに置くわけには行かない。そうして苦心惨憺、やっと膝頭のちかくまで巻きおわろうとするとき、突然、

「敬礼！」

と、声がかかるのだ。みると、はるか彼方に豆粒ほどの大きさに長靴（ちょうか）をはいた将校の姿がこっちへやってこようとしている。それでやむをえず直立不動にかえって、「捧（ささ）げ銃（つつ）」をしなくてはならない。勿論、巻きかけた脚絆はダラリと足もとにほどけてしまっている。ひろい上げた脚絆を、もう一度巻きかえしながら加介は、シナや、ドイツや、フランスやブラジルや、その他の国々で、兵隊たちが自分と同じく海老のように上体を曲げて、この厄介きわまる布切れと闘っているところを想像した。兵隊に課せられた任務というのはどこの国でも、大部分がこの脚絆巻きのようなものではないだろうか。こうした無益な、何度でも際限なしにくりかえされる作業が、兵営生活のあらゆる細部に一から十までつきま

とっており、それがすべて「訓練」という名目で正常化されている。ちょっと便所へ行くだけのために帽子をかぶらなければならないことから、空砲を一発うっただけで一時間もかけて銃の分解手入れをしなくてはならないことまで、兵営の中には、やってもやっても、やりとげることのない仕事が溢れるように充満しており、その一番下のところで、絶えず水の中につかりっぱなしでいるのが初年兵だ。こうした洪水の中から這い上るためには、どうしたって誰かの肩や頭を踏み台にして上る以外に方法はない。躊躇なくそれが出来る連中――この班ではたとえばノッポの青木とか、経理将校志願の内村とか――だけが「ヤル気」のある兵隊だということになる。

ペーチカの火を落して焚き口に使用禁止の札が貼られると、天候は梅雨型にかわり、連日雨がふった。すると兵舎の内部は外と同様、泥水だらけになった。ぬかるみの中を歩いてきた軍靴で汚れた班内は、水をまいて洗い流すより仕方がなく、その上をまた泥靴で踏むので、床は絶えず濡れた赤土でコネ返したようになっているのだ。洗濯物の湿気と、銃器や革具の臭(にお)い、それに体臭が入り交じって、どの班も重苦しい空気で蒸せかえるようだった。

雨がふりつづくので、戸外での演習はすくなくなった。

浜田班長は、そのためイライラするらしく、廊下で木銃をついたり、例の銘刀の手入れをしたりして、気をまぎらわせていたが、ある日、夕食の席でふと奇怪なことをいい出した。

「お前たち、いつどこで童貞を破ったか、その状況を話してみろ」

誰も黙ったままだった。いわれたとおりにすれば、その場はよくても、後できっと何かしら悪いことになるのを、皆、心得てきたからだ。すると班長は深く追求もせず、むしろ満足そうに笑って、

「そうか。お前たちはみんな童貞か。感心だ。おれなんかはずいぶん遊んだものだが。お前たち、おれの眼がゴマ化せると思ったら間違いだぞ。お前たちがセンズリをかいたりすれば、おれは顔色を見ただけで見破ってしまうぞ。そんなやつがおったら、おれがうんと絞ってやる。顔色がわからなくても便所へ行けば、すぐわかるぞ。怪しいやつが入ったあとを懐中電気で照らしてみれば、一目瞭然におれはわかる……」

そのとき班長が何のつもりで、そういうことをいうのか誰にもわからなかった。班長の土色の皮膚の底からは赤味ざしたものがにじみ出ていたが、その語ったところは非常に遠い世界のことのようで、誰もその顔色の変化を気にとめるものはなかった。……しかし、

すでに班長は、この隠微な遊びをずっと以前から実行にうつしていた。夜間、目星をつけた兵隊が便所からかえってくるのを見すますと、彼は懐中電燈を手に、飛鳥のごとく寝台をとび下り、生温かい臭いのする扉の方へ駈けつける。……懐中電燈の光の輪の中にうかび上るのは単なる汚物にすぎない。しかし見つめると、それは何と陰影にとんだ形をしていることだろう。彼は俯向いたまま、しばらくは胸の鼓動を抑えることができないのである。しかし、いまや班長は誰彼の区別なしに汚物そのものについて関心をしめしはじめていた。あるものは流れ出しそうであり、あるものは太い。そして、まったく形をなさないような糞をみると、彼は腹立たしくなって呟くのだ。——ちえッ、なっちゃいねえ。

勿論、未教育兵の衛生ならびに健康状態について常に注意と関心をはらうことは班長としての彼の義務である。しかし彼は、不健康な排泄物をながめると、それ自体を端的に憎んだ。その結果、彼のふだんから憎んでいる兵隊と、そのようなダラシのない排泄物とは、ぴったりそのイメージが合致してしまうのであった。

「安木！」と、ある日、班長は加介の名を呼んだ。「お前は昨夜から下痢しているな」

「はい」

加介は反射的に答えたが、それがどんなに恐ろしい宣告であるのか知らなかった。おまけに彼の消化器官は健全で普通の状態だったからほとんど気にもとめずに、つねに否定よりは簡単にすむ肯定の返辞をしたのだ。すると班長は、これまで加介に見せたことのない優しい笑いを口もとにうかべながらいった。

「そうか、じゃお前きょう一日絶食しろ、すぐになおる」


はじめのうち加介は、その不当な罰則にそれほどの苦痛もおぼえなかった。それが浜田伍長の意地悪さから出ていても、その日の演習に手ごころを加えてもらったことはありがたかったからである。けれども夕食後、配給になった羊羹を没収されてしまったことから、彼は急に空腹を感じだした。そして翌朝、アルミニュームの食器に湯気を立てている味噌汁の並んだ食卓で、皆のうごいている唇の中に、箸のさきにかかっている飯の一粒一粒が吸いこまれるのを見ていると、まるで自分の心臓を針で突つかれているような思いだった。ことに班長の特別に刻んだネギをかけた汁は、見ただけでも身体がふるえるほどウマそうだった。しかも待ちに待った昼食のときになると、加介の食器にはほんの一としゃくいほどの飯しか入っていないのだ。急に食べると、せっかく治りかけた胃に悪いからというのであった。

夕食の時間になると、こんどは皆の眼が彼を脅かした。これまでとちがって皆が自分の食餌を狙っているように思われた。彼一人分の飯が班内の二十人分ちかくの食器に分配されたところで、いくらもちがいはしないのだが、明らかに彼等はそれを期待しているのだ。

いまになって彼は、汽車の中で「腹なんか悪くねえだ」と大急ぎで箸をうごかしだした石川の気持を了解した。なかでも加介は青木の眼をもっとも警戒した。青木は下士官候補者の志願者で、将来は憲兵になってシナかモウコへ行って活躍するつもりだ、といっている。背が高く、ビンタをとられるとき「ありがたくあります」と礼をいいはじめたのは彼だが、掃除や使役に出されたときもイニシャティヴをとって、ほかの初年兵を指揮する。入営直後、はじめての飯を一粒のこさず平らげたのも彼だけだが、いまでは食事も古兵のするように、箸でなくフォークですくって食う。そして少しでも飯をのこす者があれば、手をのばして自分の食器へすぐにうつしてしまう。そんなときの青木の顔は深海の底に岩のようにヒッソリとかまえながら、獲物を見ればたちまち脚をからませ襲いかかる大蛸のようである。で、彼のまわりに坐っている連中は、あの防衛本能のようなものから、いまではどんなチビでも彼に劣らぬ大飯食いになっているのだ。……その青木が、いま食卓をはさんで斜右の方向から、額に皺をよせて眼鏡の奥の細い眼でジッと加介の方を見つめている。

ところで皮肉なことに、そのころから加介は実際に下痢しはじめた。空腹をゴマ化すために無闇に茶や水ばかりのんだためだった。

いったん下痢しはじめると、それはなかなか直りにくかった。できるだけよく咀嚼してみようとしたが、食事の時間は短かったし、それにノロノロと嚙んでばかりいては怪しまれて、また絶食の宣告を受けるおそれがある。便所へ行くときは、極度に細心でなければならなかった。班を一歩でも外にするときには実行報告といって、「何某は何処へ行ってまいります」と大声に名のりを上げねばならず、その声が小さいと何度でもやりなおさせられるから、便所へ通う度数などは容易に中隊じゅうに知れわたってしまう。だからなるべく混み合う点呼後とか、入浴の前後などに、出来るだけ大声の早口で、あいまいにワメクように名前をいって出てくる。それだけに、やっとたどりついた便所の扉を、中からぴたりと閉めるときの安堵もまた格別である。三尺四方のかぎられた空間だが、ともかくもそれだけの空間を自分一人で使用できる場所は他にはない。脱糞をおわってからも、しばらく加介はしゃがみこんだまま立ち上る気をなくしてしまう。……うすい白木の板戸と相対した壁には換気用の小窓がとりつけられてあるが、そこには蠅の発生を防ぐためといって片面を墨で真黒く塗りつぶした新聞紙が一面に貼りつけてある。しかし、ふと見上げると、新聞紙の折目についた傷から日光があたりの空気を灰色に浮び上らせながら一本の棒のように射しこんでいるのだ。一本の空気がそこだけ外界の空気のようにみえる。それはまるで映画館のスクリーンに投射される光線のように、自分一個の愉しみのために所有できる唯一のものだという気がするのだ。加介は頰杖をついた肘を両腿に落すと、眼をつぶって想う。もしここに十分の食料を運びこみ、睡りたいときには睡り、食べたいときには食べ、こうやって二六時中この中でくらすことが出来たら、どんなに幸福だろう、と。……といって、いつまでもそんな風に安心しきるわけに行かないのはいうまでもない。それはあくまで軍隊の、兵営の一部なのだ。いつ巡察の将校がやってきて戸を叩くかもわからない。また、いつ乱暴な兵隊が上部の明け放しになっている隣の便所との境い目から侵入し、軍帽なり何なりを掻っさらって行かないともかぎらない。ことに板戸一枚の仕切りは、すべての音が外へつつぬけである。

下痢患者のためには患者用の便所があるが、加介はそれに入るわけには行かない。普通の方へ入って出来るだけ、そっと落してくる。それはたとえば何枚も積み重ねた皿を持って階段を上ったり、高価なガラスの器を磨いたりするものと同じ作業である。ちょっと音が洩れただけで全部がだめになる。……しかし、ある日、加介はしゃがもうとしながら、ついひどい音を立ててしまった。

そのときだった。となりの仕切りからも同じような音がつづいて起った。その音が加介を絶望からすくった。加介が外へ出ようとすると、ほとんど同時にとなりの戸も開いて、思わず顔を見合わせると意外にも、それは青木なのだ。

「よう」

声をかけると、青木は一瞬、顔をこわばらせて眼鏡の奥からボウと見ひらいた眼を、おどおどした様子で向けてきた。が、相手が加介だとわかると、彼も、

「よう」と手を上げて笑った。

彼等はつれ立って、洗濯場で手を洗いながら、もう一度顔を見合わせると笑った。それは加介の入営以来、はじめての笑いかもしれなかった。

青木はいった。

「おれ、とうとうやっちゃったんだ。ゆうべ残飯桶(ざんばんおけ)の飯を食った」

「残飯？」

「そうだ。となりの古兵班のやつだ、不寝番が交代しているすきに、樽のそばまで匍匐(ほふく)して、飯盒に一ぱいに取ってきてやった。……初年兵のときは誰でも一度はやるものだそうだが、おれもついにやってしまったんだなア」

青木は嘆息して、自らさげすむような言葉つきだった。けれども加介は、その態度を自分とくらべて明朗なものだと思った。

青木にとっては軍隊は自分のヒロイズムを見出す場所なのだ、と加介は思った。青木にとっては人並み以上に腹がへるということは、自分の胃袋が人並み以上に頑健である証拠なのだし、古兵の眼をかすめて残飯をひろいに行くことは愉快な冒険である。そして汚いものを腹いっぱい詰めこむことは勇ましさのあらわれなのだ。……いまは加介は、そんな青木にある好意を感じた。そして、そんなに腹がへるのなら、おれのを少し分けてやってもいいとさえ思った。

ところが、それから二三日たって日曜日の夕方、加介は青木に呼ばれて便所のうらへ行くと、彼は上衣(うわぎ)の裏ポケットから半斤ぐらいのパンの塊りを取り出して、二つに割って手渡しながらいった。

「早く食っちまえ。他のやつらに見つからないうちに」

それは出来てから半月はたっていそうな固さのパンだった。

「どうしたんだ、これも残飯桶か」

「いいや、そうじゃねえ。これは立派にとなりの班の上等兵からもらってきたものだ」

青木の話はこうだった。となりの班では国境守備に出掛けたり、方々の隊へ分遣されたりで、兵隊の出入が多いから残飯が沢山出る。ことに古兵たちは酒保へ行く権利があるから、なおさらだ。ところがこんど国境守備の兵隊がかえってくるについて、いままでどおりに炊事場へ残飯をかえしに行ったのでは実績がすくなくなって、分配される飯の量がへってしまう。だから、あすの朝はやく、初年兵を使役につかって直接、養豚場へ残飯を棄てに行かせる。

「どうだ、お前、おれといっしょにやらんか？」

「よしきた。しかし何かよこすだろうな」

「それは、よこすさ。マンジュウか、ギョオザかだな」

翌朝、二人は起床ラッパの鳴らないうちに起き出した。中隊内ではともかく、外では隠密を要する作業だからだ。

残飯は四斗樽(しとだる)に一本と一斗樽に二本あった。青木は最初、その全部を一本の丸太にとおそうとしたが、はたで見ていた上等兵がとめたので、小さい樽の一本は置いて行くことにした。しかし、担ぎ上げてみると、それでもふだん炊事場から運んでくる新しい飯よりも重かった。上等兵はいった。「巡察はたぶん大丈夫だろうが、気をつけて行け。特に途中にこぼさないようにしろ、あとがウルせえから。見つかると中隊全員の飯をけずられるのだぞ」

「はい。気をつけます」二人は爆弾をかかえて斥候にでも出されるように敬礼して、ケムリのような雨の中を出発した。

……豚小屋への道はひどく遠かった。青木も加介も、まだろくに聯隊内の地理さえわきまえなかったが、時間に合わせて巡察の通路をさけたので、ますますわかりにくく、見たこともないような林や丘が忽然(こつぜん)として雨の中からあらわれたりするのだった。

青木が先棒を、加介が後を担ったが、身長六尺ちかい青木と五尺三四寸の加介とでは、どうしても樽の重みは背の低い加介の方にかかってくる。……ゴムの営内靴が、ぬかるみの道にすべると、そのたびに樽をぶら下げた直径四寸ほどの丸太棒はキシみ、樽の中の重い水が踊って加介の胸にぶつかった。それは白っぽく濁って、かすかな甘酸っぱい臭いをはなちながら、水面に魚の骨や菜の茎やを突き出させていたが、その上に雨のシズクが絶え間なく大小の波紋を落して行った。

すると加介には、その波紋の一つ一つが肩の重みを増して行くように思われるのだった。もはや彼等は兵営のはずれに達したらしく、ふと振りかえった草原の中に、ゆるんだ鉄線の柵があり、その向こうに満人の不器用に歪んだ車をロバに引っぱらせて行く姿がみえた。それは明け方の、うすムラサキ色の空気のなかで、夢をみている錯覚を起させるような光景だった。

「休もうか」

加介は声を掛けた。だが青木は固い、張板のような背中をみせながら黙って歩きつづけた。……道はほとんど絶望的にとおかった。さっきやりすごしたロバのいななく声が、まだ自分のすぐうしろをくっついてくるように耳ぢかに聞える。

——ああ、あいつは何て変な声で鳴きやがるんだ。

あの馬ともウサギともつかぬ役畜(えきちく)の鳴き声は、この満洲へやってきてはじめて耳にしたものだが、まったくのところそれは何とも理解しようのない奇妙な声だ。古ぼけた機関車が錆びついたレールの上で急ブレーキをかけたような、子供の爪がブリキの缶をひっ掻くような、「キイキイ、キュル、キュル」と金属性の機械めいた、それでいてへんにナマナマしい声を、聯隊中にひびかせながら三十分でも一時間でも、そいつは鳴きつづけるのである。一体、何のためにそんなに大きな声で、悲しそうにワメきちらすのか？　最初にその声をきいたとき加介は、どこかで満人のクーリーが日本軍の兵隊に殴られているのかと思った。それがロバの声だとわかってからは、きっと満人の百姓がロバの尻を丸太か棍棒で引っ叩いているのだろうと考えた。しかし、そのうちどちらの想像もまちがっていた。実際は、ロバはただ単に鳴いていたにすぎなかったのだ。ドロ柳の下に手綱をゆるめてつながれながら、ただいかにも所在なげに、首をふりふり、

「キーコ、キーコ、ヒュルヒュルヒュル」

と鳴いていたのだ。まるでそれは自分で面白がって、あるいは職業的に、嘆いてみせているかのようだ。それは、いかにも騒々しい、いやな、不潔な感じさえする叫び声だ。しかし、そうかといってロバにしてみれば、いやな労役を逃げ出すこともできず、嚙みつくこともできないとすれば、嘆くより他に方法がないではないか。

加介は、息切れして乾いてくる口の中で舌をからませながら、考えるともなしに、そんな考えを追った。そして彼自身、知らずに同じような呼び声を口の中でくりかえした。――仕方がないさ、どうせおれは自分で来たくもないところへ、ひっぱられてやってきたんだから。

雨は小(お)やみなく降りつづいていた。濡れた丸太棒は、どうかすると肩先から滑り落ちそ

うになりながら、ぐいぐい身体に食いこんできた。青木は依然として無表情な背中を見せながら歩いている。まるで生れたときから歩くことだけが目的で歩いているようだ。——やっぱりこいつの真似はできねえや。加介は疲労とともに増してくる後悔の念でつぶやいた。が、ふと見ると、青木のフェルト製の軍帽だけは一と足ごとに、かたむきながら、右、左、とゆれている。それは初年兵だけにあたえられる最も粗末な軍帽で、ノモンハンで全滅した部隊がこれをかぶっていたことからノモンハン帽と呼ばれているのだが、そうでなくとも型がくずれているのに、雨に打たれてノビたり縮んだりしたフェルト帽は、いまはいいようもない奇妙なかっこうで青木の頭の上にゆれている。

——何てこった。加介は、イライラしながら呟いた。すると、そのときまで思ってもいなかったことが突然、口から飛び出した。

「おい青木、おれはじつはアンチミリタリストなんだ」

青木は前を向いたままだった。が、その拍子に加介が足をヌカルミにすべらせて、丸太にぶら下った樽を大きく一と揺れさせると、ふと気がついたように、

「何だねそれは……」

と問いかえした。加介は驚いた。自分が何をいったのか、やっと気がついたからだ。

「ハングンシュギシャってことよ」

加介はそうこたえて、口の中にねばねばするようなその言葉をくりかえしながら、急に

体のシンから力がぬけて行くような気がした。――そういえば彼もまた、たったいま思いついて「反軍主義者」などと口走ったのだった。それにしても、それは何と無益な空しい言葉だろう。軍隊に反する主義とは一体どういうことなのか？　学生が教練の授業をサボって喫茶店へ行くことだろうか。それとも徴兵検査の前日、しこたまショウ油をのんで心臓病のように見せかけることだろうか。どっちにしてもそれは、いま眼の前に、志願兵の青木と片棒かついでいる残飯樽が、チャブチャブと音を立てながら甘酸っぱい水を加介の顔にはねかしそうになっていることにくらべては何と力なく、ソラゾラしい言葉だろうか。……だが、それにしても青木のこんなにソッケない返辞をきくと、彼はまたいまさらのように裏切られた気持になるのだった。加介にすれば、この際、この憲兵のタマゴに同意をもとめるほどではなくても、せめて相手を一瞬ギクッとさせるだけの効果をこのハングンシュギという言葉に期待していたのだ。

加介は不精ヒゲにまみれた顔を苦痛にゆがめながら、背の高い青木の肩からずっと自分の方に重みのズリ落ちてくる残飯樽を、いまにもその場に投げ棄てたい気持だったが、肩に食いこんでくる丸太棒をはずすことさえできず、そのままヨロヨロと、いつおわるともないブタ小舎(ごや)への道を歩いて行った。

国境から古兵たちが帰ってくると、屯営は急に忙しさを増した。彼等の銃器は赤錆だらけになっており、下着類はシラミの巣だった。おまけに途中、氷の溶けた沼地を突っ切ってきたので、軍服は泥で染めつけたようになっている。そして、それらの手入れや洗濯は全部、加介たち初年兵の役目だったからだ。……班内はギッシリ一ぱいにつまり、上下二段になっている寝台の上段は古兵の占領するところとなったが、そのため加介たちにとっては監視人の数がいままでの十倍にも二十倍にもふえたことになった。他に楽しみもないところから古兵たちはいつも初年兵に「芸」をやらせるタネをさがして、寝台の二階から見下ろしているからだ。何年間もそれをつづけている彼等は見巧者な見物人で、寝台にねそべったまま、初年兵の一挙手一投足のカンどころだけをたくみに抑えて見ている。

ちょうど、そんなときになって、加介は銃架に掛けておいた銃から銃口蓋（じゅうこうがい）を紛失してしまった。

戦場でならばともかく、軍隊内で官給品の員数を失うことは、どんなに細かなものにしろ重大な過失である。ことに兵器の場合はその物質が精神のよりどころだとされているくらいだったから、なおさら厳重にまもられなくてはならなかった。

それで加介に課せられることになった芸当は、当然これまでのなかで最も困難なやつだった。まず、兵器係上等兵と教育係上等兵と、それに傍でそれを見ていた古兵の一人か二人から、力いっぱいに殴打されることは覚悟していたが、それはそのとおり、素手とスリッパと交互に、それぞれ十回か二十回ぐらい殴られた。けれども難しくなるのは、それからだった。与えられたのは実に簡単明瞭な一と言、「探せ。……みつかるまで探せ」という。しかし、芸はどんな芸でも単純に見えるものが一番むつかしい。

一体、どこを、どのように探せばいいというのだ。

もともと銃架にかかっている銃口蓋が消え失せるということはあり得ないのだから、それは既に誰かの手に収まっていることは明らかなのだ。しかし初年兵の加介には、そのことを訴えて出ることは許されない。訴え出たとしても、画一的な官給品である銃口蓋のようなものには誰の所有にかかるという目印はどこにもないのだから、盗難品が上げられる可能性はほとんど絶対にあり得ない上に、もしそれを盗んだ者が古兵であった場合には、その品物が返されないばかりでなく、逆に公然と許されている私刑で、どんな目に会わされるかしれないからである。したがって探すとすれば加介もスキを狙って誰かの銃からそれを外してくるより外に方法はない。しかもこの見物人沢山の中でそれが不可能だとすれば、あとはただ探すふりだけしているより仕方がない。それも二等兵である加介が兵舎内で勝手に動きまわれるところといえば自分の内務班の二メートル四方ほどの床の上だけしかないのだ。他人の手箱や、私物包みや、寝床などをさぐることは勿論、廊下へ出ることや兵舎のまわりを歩いてみることさえ自由には許されない。……それで加介は、せいぜい眼を出来るだけみひらいて床の木目をみつめた。次には腹這いになって床の上をクマのように歩いた。けれども、その二種類の動作だけでは、ものの一分間もマがもてはしないのだ。どんなに探し廻ったところで、床の上には長方形の食卓が二台、四脚の縁台のような腰掛け、それにキチンと班内の人員の倍数だけの上靴、その外には何もない。

「もっと、ていねいに探せ、ていねいに。……そんなインズウな探し方をしやがって何が出てくるものか」

見物席からは掛け声がかかる。さらに熱心な客は飛び下りてきてビンタの花束をくれる。たしかに、加介のやっていることは、ただ、「探す」という一個の形式であるにすぎない。しかも見物衆はその形式を鑑賞しようというのだ。ただの形式のための形式ではなく、もっと実のこもっているらしいところを演じなくてはならない。しかし、歩き廻ることと、這うことと、それ以外には何が出来るだろう。ポケットに手をつっこむことも、腕を組むことも、小首をかしげることも、そんな動作はすべて軍人らしくないものとして、たちまち見物席から指弾されるにきまっている。したがって彼はただ力いっぱい床板を睨みつけていなくてはならない。どんなに努力しても、そこから何かが湧いてくるものではないにきまっているはずの床板を、いつまでも睨みつづけていなくてはならないのだ、「見つかりました！」ということのできる奇蹟のような日がやってくるまでは。

夜も、昼も、加介は紛失した銃口蓋を探しつづけた。

消燈ラッパが鳴ると同時に、兵隊はいっせいに袋状にたたんだ毛布の中にもぐりこまなくてはならない。不寝番と、特別の許可ある者のほかは、みなそうしなくてはならないのだ。しかし、加介が寝台に入ろうとすると、古兵が訊く。

「おう安木、銃口蓋はもう見つかったのか？　それなら、もう安心して眠れるわけだな」

それで加介は、もう一度起き出して、班内をぐるぐるクマの子のように歩きまわらなくてはならない。するとそこへ、となりの班の週番上等兵がやってくる。

「おい、そこの初年兵、消燈後に何をウロウロしていやがる。おれのいうことがおかしくて聞けねえのか」

それで加介は、こんどは寝台にもぐりこむマネだけする。週番が行ってしまうと、すかさず頭の上から、

「いい軍隊になったなア、兵器を失くしたその日でも、ラッパが鳴れば寝台でグウスカ眠れる世の中だからなア」

と、そんなことをシッッコク浴びせかけられる。こうして加介はまた起き上り、探すフリと寝るフリを何遍でもくりかえしてしなければならないのだ。自分ではもう眠りたくも

なければ、探したくもないと思いながら。

彼は眠っている間も、古兵や、班長や、准尉や、教官や、中隊長やの監視の眼を感じた。まぶたを閉じると、自分の眼玉の中に浜田伍長や河西上等兵の眼が光って見える。それは、ことあるごとにグッとこちらに額をよせながら、まるでブヨブヨした水晶体から指をつっこんで脳味噌を手探りするような眼つきだ。彼等はいった。

「昔、この聯隊に、上靴一つ厠（かわや）の中に落したために首をくくった奴がいる。銃剣の柄の発条を失くして自分の小指をツメた者や、銃の木被に傷をつけて自分のひたいを切り裂いた者などは数えきれないくらいだ」……仮に銃剣のバネ一つが小指一本に換算されるのだとしたら、ごぼう剣の刀身を折ったときには腕一本切り落せばいいのだろうか？

ここでは誰もが員数を見失うまいと、絶えず必死で気を配っている。小銃、帯剣、弾薬、等々の兵器をはじめ、軍衣、軍袴（ぐんこ）、襦袢、袴下（こした）、ボタン穴の一つ一つまで、兵隊の身体を取りまいているものはすべて、一定の数に限って配慮されたものであり、その数量はどんなことがあっても保持されなくてはならない。それは軍人の守るべき鉄則であり、最高無比の教義である。その結果、あらゆるものは数量に換算され、数量だけが、価値判断の基準になる。たとえば天井からブラ下っている電燈は、あたりを明るく照らし出すために重要なものではなく、コードとソケットが営繕係に、電球と笠とが陣営具係に、それぞれ員数として登録されているために重要なのである。同様に兵隊の身体も、それが生命あるものとして重要なのではない。耳や眼や手や脚や、それらのものが果す機能が、「員数」として価値あるものと考えられるだけだ。朝起きてから夜寝るまでの動作、洗面、喫飯、臥床、等みな員数である。そして、ないにきまっているものを探させることも員数である。

実際、加介はこのごろではもはや自分の身体の各部が分解された小銃の部品のように思われ出してきていた。古兵の監視の眼にうるさくつきまとわれればつきまとわれるだけ、自分の脳髄も胃袋も心臓も、ことごとくが他人の手にゆだねられて、自分自身からはなれて行った。

「おい、安木。そんなところで何をボンヤリ考えていやがるんだ」

教育係の河西上等兵に声を掛けられて、加介はあるいいようもない奇妙な戸惑いにおそわれた。あたりを眺めまわすと、カンカン日の当るゴミ棄て場の穴のほとりに腕組みして突っ立っている自分を発見したからである。そして、おどろいたことに自分のグリグリ坊主の頭の上には軍帽のかわりに、水のついたアルミニュームの飯食器が載っているのであった。

これは一体、どうしたことか？

加介は、わがことながらまったく合点が行かなかった。たぶん自分は班内二十二名分の食器を入れた籠をかついで、それを洗うために水呑み場へ行ってきたにちがいない。食器の中には班長や古兵の食いのこしたオカズや飯が入っていた。それを棄てるためか、あるいはコッソリ食べるために、このゴミ棄て場にやってきたのであろう。けれども何故に、その食器が頭にかぶさっているのか、そうして軍帽がちゃんとズボンの物入れの中にたたんでしまいこまれてあるのか、理解に苦しむのである。大陸の初夏の太陽は頭上にかがやいており、セメントと煉瓦の四角い兵舎も、踏みかためられた赤土の営庭も、貯炭場の石炭も、一様に白く光ってみえた。しかし、アルミニュームのどんぶりをかぶった頭は冷たくすずしい空気につつまれているようであった。足もとでは、黒くて胴のふとい蠅が何匹も、頑丈そうな翼をにぶく鳴らしながら、裂けた靴下や、石炭の粉や、玉ネギの皮のまわりを飛びまわっている。それは、いかにもふてぶてしく、強烈で、現実そのもののような光景であった。一方、自分の頭にドンブリが載っていることも厳然たる事実なのだ。——ウツツに夢みるこころもちとは、こういうことを指すのだろうか。

それにしても加介を愕然とさせたのは河西上等兵の「何を考えている?」という訊問だった。考える? それは、いまや何か苦笑を誘うような言葉だった。加介はおもった。おれはもはや一個の銃口蓋にひとしいものではないか、そのおれがどうして「考え」たりなんかするのだ。実際、加介は入営するときまった日から、誰に命令されるともなく暗示されるともなく、(軍隊に入ったら、もう考えるのはよそう)と決心していた。しかし、それは何と無意味な決心だったろう。眼をつむって「見ない」でいるように、心を閉ざして「考えない」でいることなど出来るはずもないことではないか。だが、そのような加介をいちはやく見破り、

「何を考えていやがるんだ。そんな恰好をして。考えていたって銃口蓋はおろか、針金一本だって出てこやしねえんだぞ」

と叱責する教育係上等兵の洞察力には一層おどろかされた。

「はい」

と反射的にこたえながら、では一体おれはいま何を考えていたのか？　と思いかえすと、加介はただ直射日光に蒸せかえるような熱気と、臭気をはなっていたゴミの山、それに冷たいシズクを頭の皮にしたたらせているアルミニュームのどんぶりの他に、何一つとして憶いあたるものはないのであった。とすればおれはもう銃口蓋といっしょに、自分自身まてもどこかへ失くしてしまったのだろうか。

こんな風にして、半月ばかりたったころ、加介はようやく銃口蓋を探す役目から解き放

されることになった。加介の銃口蓋につづいて、尾登の銃から撃芯が、それからほどなく内村の銃から弾倉バネが失くなったからである。銃口蓋とちがって、それらのものは分解手入れ中に紛失することが考えられるだけで、単なる不注意で演習中に失くなるものではない。それでも尾登の場合は、あやまって撃芯の先端を折ってしまったのをゴマ化しているのではないかという疑いをもたれたが、内村の弾倉バネはもうその余地はなかった。九九(きゅうきゅう)式短小銃の弾倉バネは蝶ツガイで銃にとりつけられるようになっており、班内での分解手入れ中に見失うということも、まず絶対にないといっていいからである。

このことがあってから、浜田班長の態度に不思議な変化があらわれはじめた。彼は突然のように機嫌がよくなり、食事のあとで自分のタバコを班内全員にふるまったり、また加介には慰問袋の配給を一つ多くくれたりした。もっとも袋の中にはカビた唐ガラシと塩辛いフリカケ粉のほかには古雑誌と新聞紙しかつまっていなかったけれど……。そうかと思うと、しかしまた青木のような、内村のような、ふだんはあまり殴ったことのない兵隊を、やにわにぶん殴って、しばらくは部屋のすみでじっと考えこんだりする。

「お前たちの中に、盗っとがいるぞ、盗っとが」

いつか加介が銃口蓋を失ったことを報告したときには、「お前は戦友が泥棒だと思いたいのか」とドナリつけたくせに、いまは彼自身がそんなことを口走りながら、初年兵の一人一人の顔と寝台とを見較べ、それから全員に四つん這いになることを命じて、食卓や寝合の下など、班内をグルグルと這い廻らせたりする。しかしそんなときでも将校や古参の下士官の姿がみえると、あらゆることを中止して、ふと何気ない顔つきになって、得意の剣をみがきはじめたりする。要するに、浜田班長は自分の班から二人も三人も兵器の員数を失う者が出てきたことに、ひたすら狼狽していた。中隊最年少の下士官である彼には、薬莢や銃口蓋ぐらいのものならともかく、弾倉バネや撃芯の補充を内々ですませるだけの才覚はまったくなかったし、そうかといって自分が初年兵のときさんざん傷めつけられた兵器係班長の関根軍曹に相談をもちかけるだけの決心も、まだつけかねていたのである。けれども浜田班長は、そんな苦境を二、三日で脱け出すことができた。というのは他の班の古年次兵の銃器からも、なくなるはずのない部品が失くなりはじめたのだ。師団司令部の衛兵につこうとしていた上等兵の三八式小銃から、やはり撃芯が抜き取られていた。と、それがキッカケになったように、あちらからもこちらからも兵器の部品の紛失事件が発見されだした。それも、これまでのように小銃や帯剣なぞ個人にわたされてある携行兵器ばかりでなく、軽機関銃、擲弾筒などの部品が紛失していた。

いまや中隊には一種云いようのない不安な空気が流れはじめた。

最初に初年兵の銃、次に古年次兵の銃、つづいて軽機、擲弾筒の順で事故が発見されたというのは、それらの兵器が兵隊の一人一人にあたえる負担の順位をあらわしていた。おそらく兵器そのものの重要さの順序は、その逆であるにちがいない。しかし、屯営で訓練をうけている兵隊にとっては、兵器は単なる厄介ものであり、自分たちを束縛する道具であるにすぎない。――実際、十一年式軽機関銃などは、どうみたって敵をうつためのものよりは、演習のたびに故障を起して兵隊を泣かせるためにあるとしか思えないほどだ。――したがって初年兵の小銃はもっともしばしば点検され、兵隊が個人で責任を負わされることのない軽機、擲弾筒はもっとも粗略に扱われる。責任ということが員数保持の観念だけで問われる以上、それは当然のことだった。

だから兵隊たちにとっては、これは何でもないことだった。自分の銃器を盗まれた加介や、尾登や、内村は、被害がひろまるほど安心できるわけだし、浜田伍長にしても他の班からの被害者がふえるたびにホッとした。だが、兵器係班長である関根軍曹にとって事態はまったく逆だった。関根軍曹はあと半年で曹長になれることは確実だったし、そうなればもう営外居住の身分になれるのはすぐ目の前だ。営外居住となれば気ままな下宿ぐらしもできるし、女房ももらえる。仮に営内でくらすにしたところで、これまでよりは余計に手当てをもらって、点呼もうけずに、好きなときに外出もできる。それでこそ「道楽商売」である下士官の本領が発揮できるというものだ。……彼の目には、将校のように長い剣を吊った半年後の自分の姿がチラついてはなれない。それが、銃口蓋一つ、弾倉バネ一つ、と紛失の報告を受けるたびに、一層強く彼の頭にうつってくるのだ。ただしこんどは半年後の自分としてではなく、そうなるはずだった自分として、である。

それを思うと関根軍曹は苦痛のあまり、下士官室や廊下のすみで頭をかかえてしゃがみこんだ。そして他に、これといった打開策もうかばぬまま、(こんなとき、せめて中隊長がもうすこし、しっかりした人だったらなア)と、つぶやいた。

ところで、中隊長の光尾中尉は、幹部候補生上りの、もとは映画会社につとめていたという、ものごとをキチンと片づければ後はどうでもかまわないといった性質の男で、ふだんはウルさいこともいわないかわり、こんな場合はたしかにまったくたよりにならなかった。現に一年ほど前、国境で三年兵の上等兵が原因不明の自殺をとげたときも、彼は将校室で白いセーターに運動靴をはき、鏡に向かってテニスの打球の恰好を練習しながら、

「そうか、じゃ聯隊長に報告しとくんだな」と云ったきりだった。

中尉にしてみれば、それで自分の昇進がおくれようと、考課表がどうなろうと、かまいはしないのだから、それでもいいわけだ。こんどだって、それ以上の答を期待するわけには行かない。結局のところ、非常呼集をかけて、中隊全員の持ち物の包みを一つ一つしらべて見るより他には何の方法もなかった。

非常呼集は表面、訓練のかたちを装って行われる。たとえば夜、兵隊が寝床について、ようやく眠りかかったころ、いきなり毒ガス警報が出される。

「全員、防毒面をかぶって舎前に集合——」

眠い目をこすりながら兵隊が、とりあえず防毒面だけもって表へ飛び出したところで、兵舎の扉は閉じられる。そしてそれから兵舎の中では兵器係その他の下士官の手によって、兵隊の私物の包みが一つ一つ開かれ、疑わしげなものが没収されて行く。たとえば、乾パンの空き缶でこしらえたフデバコだとか、毛布のへりをかがった毛糸をほぐして編みなおされた靴下だとか、また軍服のツギ当てにくばられた布でこしらえた財布や帽子や、敷布を切ってつくったマスクや襟布。それらはみんな、おそろしく手間暇をかけて、官物から私物につくりかえられたものである。また、どこからどんな風にして持ちこまれてきたのかわからないような奇妙なものも発見される。たとえばスキヤキ用の鉄鍋、靴なおし屋が釘打ちにつかう靴型の鉄の台。しかし一体、彼等はそれを何の役に立てようというのか、なるほど、それらはどれもこれも実用品ばかりである。しかし靴下や、マスクや、襟布や、帽子は配給された官物で間に合うのだし、それさえあれば邪魔にこそなれ必要ないものだ。またスキヤキ用の鍋にいたっては火のない所では全く用をなさないものなのに、ちゃんと錆びさせもしないで手箱のうらの壁の中にしまい込まれてあるのは、冬になってペーチカの火を利用しようというのかもしれないが、あいにくペーチカは壁の中で燃えるもので、鍋をのせるようには出来ていない。――云ってみれば、それらは兵隊が一人一人でもっている内臓器官の一部なのだ。外側からは何の役目を果しているのかわからないけれど、また兵隊自身も何のために所有しているのか知ってはいないけれど、ある必要から自然とかたちづくられて出来上ってしまった品々なのだ。だからこそ、それらは別に害になるとも思えぬごくクダラないものなのに、どうかすると観る者に、ある不可解な衝撃をあたえる。軍隊という体の皮膚にたまった垢のような、または湿疹のようなものにおもえる場合もある。それで、こういう不意うちの内務検査のときには真先に没収されてしまうのだが、なかなかもって根絶してしまうわけにはゆかない。もともとそれは不毛の地に咲いた花みたいなものだから雑草のような繁殖力があって、たちまちもとどおりに増えてしまうのである。……もっとも、すべての兵隊がこういうものを所持しているわけでは勿論ない。そんなものは持ちたがらない連中もいるし、持とうにも持てないのもいる。初年兵の大多数はそうである。彼等にはその暇もないし、技術もない。では、そういう連中は何をするか？彼等は大体、ただ食べたがってばかりいる。

寒い夜空に二時間以上も立たされたあげく、班内にかえると自分の荷物がメチャクチャにして放り出されてあるのを見て、まだ怒るだけの元気をもっている古兵たちは憤激する。実際、彼等には怒るだけの正当な理由があるわけだが、そんなことよりも彼等はただ一途にイラ立たしさにかられて、それを鎮めるために整列させた初年兵を気のすむまで殴るのである。こんな際、特に強く殴られるのは加介や剣持ではなく、青木や内村のようにふだん積極的に活躍している兵隊である。なぜなら古兵は軍隊そのものに対してイラ立っているからだ。内村はカン高い泣き叫ぶような声でいう。

「じぶんが悪いのであります。じぶんの不注意のため、大切な兵器を失ったばかりか、古兵の皆さんにまでご迷惑をかけ……」

すると帯剣を手に、内村の頰を張ろうとしていた上等兵のうしろから、もう一人の古兵がすかさず、

「何、古兵の皆さんだと？　それは一体どこのどいつだ。おれたちはミナサンじゃねえぞ」

それならば古兵の一人一人の前で謝ればいいかといえば、勿論そうではない。彼はただ内村の絶叫するようなカン高い声が気に入らないだけだ。軍隊では、とくに初年兵はつねに大きな声をハリ上げていなくてはならない。それは大きければ大きいほどよろこばれる。しかし、どうかすると声の質によってやっぱり嫌われる声がある。経理将校志願の内村は

洗濯でも靴みがきでも、ひとの二三割方多くやり、演習や行軍のときも落伍したことは一度もない。要するに非のうちどころのない初年兵だ。しかし度の強い近眼鏡のおくから白く光る眼をすえ、「内村ヒカル、便所からもどりました！」と班の入口で実行報告する彼の声をきくと、誰しもギクリとするのである。そのセッパつまった声は、いま自分が便所からもどったところだということを、隣の班まで聞えるほど大げさに伝えるのだが、彼の場合にかぎってそれは変に押しつけがましく、イヤでもオウでも、それを事実として納得し承服せざるをえないような気持を起させ、ともすれば古兵の方から、

「ゴ苦労サマデアリマシタ！」と答えたくなるハメに追いこむのである。そして、それは裏返って彼等の心に、この泣き声を発している男は九州の殿様の子孫であること、その邸には黒塗の馬車もあれば馬丁もいるということ、あと一年たつと確実に自分たちを追いこして将校になってしまうこと、等々を刻みつけるのだ。

一方、青木は背が高く、堂々とした体格のために殴られる。とおくから、あるいは暗い場所でみると、もはや下士官か将校のようにも見える彼は、こんな晩には何の理由がなくても殴られる。もっとも軍人らしく見えるということが、そのまま古兵たちの神経をイラ立たせるのである。

それから一週間、非常呼集はこんな具合にして毎晩——多いときは一と晩に二度も——つづけざまに掛けられた。また昼間は、主として初年兵が演習を行った地域を、中隊の全員、あるいは一部が匍匐前進の訓練その他の名目で、這いまわらせられたけれど、失われた銃器の部品はまったくどこにも見当らなかった。とうとう、ある払暁、非常呼集のラッパが聯隊全部にひびきわたり、全員が聯隊本部前に集合させられた。

数千の兵隊を前にして、台の上には一人の縄にしばられた満人の男が立っていた。それが犯人であるかどうか？　兵隊たちはその男の前をとおって、彼の顔に見おぼえがあるかどうかを確めさせられた。首実検の結果、もし見おぼえのある者がいたら怪しいというわけだった。果して、それが銃器具の盗難事件に関してだけの容疑者であったのかどうかはわからなかったが、もしそうだとすれば、いかにもそれは心もとない探索法だった。加介たちは、見たこともないその男の前を、ただ黙って通りすぎただけだったのである。しかし、もしそれが軍隊というものを皆の心にしみこませようとするのが目的だったとすれば、たしかに効果があった。麻縄で胸を亀甲型に縛られ、両手を後にくくられたその中年の男が、目を真正面に大きくみひらいて立っているところは、加介たちに、軍隊そのものを感じさせたからである。

どっちにしても、その大掛りな非常呼集も、失くなった指一本にも足りない大きさの銃の部品を発見する手がかりにはならなかった。

中隊の全員が、ひどく疲れてしまった。事件以来、古兵たちも被疑者になったり被害者になったりで初年兵と同列にあつかわれたせいか、以前ほどには鋭い監視の眼を加介たちに向けなくなった。浜田班長でさえ、ひと頃ほどの元気がない。そうして初年兵たちは、もうすっかり変ってしまった。これまでは、まだどこか顔のウブ毛のようなものが残っていたが、気がつくと、もう誰にもそんなところはなかった。なかでは、はじめから一番兵隊らしさ、軍人らしさをもっていそうだった青木も、いまはすっかり痩せて（彼もまた加介と同じように、いくら食べても、それが肉や脂肪にはならないのだ）、背がいよいよ高く、頬がこけて病人のようなおとろえようだが、そうなってはじめて、暗いギョロギョロした眼玉のすわり方や、青黒い皮膚が、いかにも本物の兵隊くさくなっている。そのほか尾登にしても、大山にしても、加介にしても、肥っているのは肥っているなりに、細いのは細いなりに、もうどこから見ても間違いなしに最下級の兵隊である。もし変っていないやつがいるとしたら……一人だけいる。それは渡部だ。

どの中隊にでもかならず、こんな兵隊が一人はいるかもしれない。しかし、それ以上はいないだろう。気をつけのとき前歯が出ているというだけで、死ぬほど殴られたのは剣持だが、この渡部は絶えず実際に笑っているくせに、一度も殴られたことがない。孫呉へやってきて間もなくのことだ。浜田班長が皆に襟布のつけ方を教えるとき、そばにいた渡部の上衣を脱がせて、それで実例をしめしながら説明した。ところで四、五日たつと、渡部は上衣をぬいで班長にさし出しながら云ったものだ。――「班長どの、襟布がよごれて気持わるくてしょウねえだ。またつけかえてくだせい」

その言葉は、オニの浜田班長にも、まわりの初年兵にも、信じかねるほど奇妙なものだった。みなはただ唖然とし、浜田伍長もまた気をのまれて「処置ねえ」といいながら針と糸とをとり上げた。しかし、加介はいまになっておもうのだが、一体、渡部の言葉が何でそんなに奇妙なものに聞えるのだろう。下級の者が上級の者に、ものをたのむことがどうしてそんなに破天荒のことに思えるのだろう。たのむだけならたのんだっていいはずではないか。彼はまた、上靴のことはスリッパ、薬莢のことはケース、軍帽のことは帽子とか云わない。何度なおされても彼の場合には、それが天来の言葉のように軍隊以外の言葉の方が出てくるのだ。したがって、それを誰も怒ることができない。あるとき加介は、分隊の散開の教練で、渡部ととなり合わせの番号で傘型にひらいた列の一番端にいた。草むらの陰から射撃をおわって、「突撃」の号令をまちながら、ふと横をみると渡部が四つ這いで近よってきて、

「おい、安木、おらのケースがねえだ」と云う。例によって彼はまた弾のうち殻を落したからひろってくれというのだ。だが、突撃は部隊全員が一丸となって敵陣へ飛び込むこと

になっているし、その号令はいまにもかかりそうなのだ。ところが、渡部が三日月形の眉をひそめながら、あたりの草むらを四つ這いで掻きわけているところを見ているとマツタケ狩りかツミ草の人をみるようで、それが軍隊の掟や歩兵操典を架空な夢のようにボンヤリしたものにしてしまう。

「おい何発ぐらい失くしたんだ」

「五発だ」

「じゃ全部落したんじゃないか。そいつは大変だ。はやく探そう」

薬莢の員数を失くすと分隊全員が連帯責任で殴られる。だから、いっしょになって探すことはムダなことではない。だが実際のところ、それはその場で加介が考えた口実にすぎない。加介はただ、劇(はげ)しい運動で真赤になった顔を草むらの青い葉で冷しながら、渡部と二人で、その辺を這いまわることに、何ものにもかえられない解放感を味わっていたかっただけのことだ。


その日も、「ないもの探し」をかねた訓練をおわって、班長以下内務班へもどってきたところだった。渡部はその日、風邪をひいて練兵休で、やすんでいたのだが、いきなり近づいて、「班長どの、これいりませんか」と、キラキラ光る銀色のシャープ・ペンシルのようなものを突き出したのをみると、三八式小銃の撃芯なのだ。

浜田伍長は顔色を変えた。

「貴様」

渡部は、はじめて班長の殴打をうけた。

「貴様は何という野郎だ。とぼけるのも、いいかげんにしろ。貴様のおかげで、このおれはどういうことになるのか知っているのか。貴様がこんなすッとぼけたマネをしやがると、その責任は全部おれのところへかかってくるのだぞ。……おい、一体どうしてくれるのだ。おれの出世はもう止まったぞ。おれはもう一生、准尉殿からニラまれるぞ。兵器係下士官にはもうなれんのだぞ。このおれが関根軍曹の野郎に一生アタマが上らんのだぞ」

すでに最初の一撃で、その場に倒れ伏し、床の上に泣きじゃくっている渡部を足もとに見下ろしながら、班長はヒステリックにどなりつづけた。彼は、この甘ったれた兵隊が、テッキリ犯人だと思いこんだのだ。ところが驚いたことに渡部は、その撃芯がこんなに毎日、中隊じゅうを騒がせていることもしらずに、ただとなりに寝ている石川のワラ蒲団との間から見つけ出したのを拾っておいただけだという。

石川？　その名をきいて誰もがケゲンな思いをした。それは東京からやってくると、そのまま、ほとんど練兵休で寝てばかりいる兵隊ではないか。

狼狽した班長は、そのまま中隊事務室へ、兵器係下士官をさがしに駈け出した。三八式歩兵銃は中隊では二年兵以上のものにあたえられており、初年兵のものではない。初年兵にあたえられているのは新しく濫造されている九九式短小銃なのだ。そうであるからには、どっちにしろその撃芯が盗まれた部品であることは明らかなのだ。班長にとって、自分の班の教育中の初年兵がこうした事故を起したとなれば、その考課表に何点かの減点がしるされるのはたしかである。事件が起って以来、日数がたつにつれて、何とはなしに皆から初年兵のことは忘れられかかっていたところだけに、班長にはまるで突発的な事故が、たったいま自分の身にだけふりかかってきたように思われたのだ。

まわりで見ていた加介たちには一層、何のことだかわからなくなった。石川は、さっきから隅のうす暗い寝台に毛布にくるまって眠っているままだし、渡部はただ班長に殴られた頬をおさえて、

「おら、きれえだ。あんなやつ、ほんとうに、きれえなんだよ……」

と、泣きじゃくっているばかりなのだ。

それにしても石川は不思議な男だった。ほとんど誰にも理解されないように出来上っているとしか思えない。東京で彼が銃床のウルシにかぶれたとき、——そんなことになったのは、いくら九九式が粗悪なつくりでも入営した初年兵の中で彼一人だったが——目ぶた

も頬も脹れ上った彼は一人だけはなれた寝台にねころんで、たまに誰かから、「どんな具合だ?」と声をかけられると、かならず最初に、ズボンのボタンをひらいて、「こんなになってしまって……」と、その脹れ上った陰部をとり出して示すのだ。そのため、まったくといっていいぐらい彼のそばへ近よったり、話しかけたりする者はいなくなってしまった。彼は、別段ひとをイヤガラせる趣味があってそんなことをするのではないらしかった。おそらくは、そんなことになってしまったのが、あまりに怖ろしく、あまりに悲しく、あまりに恨みがましい気持になったために、そうしたのにちがいないのだが、その表明のしかたがズバぬけて端的すぎるので、誰もが不可解な、閉ざされたものにぶっつかったような気にさせられてしまう。孫呉へきてからも、同じ班に寝起きして、いつも病気がちだった彼のことを気づかうものは誰もなかった。どんなに口うるさい古兵でも、彼の姿をみると最初から拒絶されたような気になって、何も云い出せないのであった。あんなにたびたび行われた内務検査のときにも、うす暗い隅の寝台に一人居残って、しめっぽい毛布から目ぶたの脹れあがった細い眼だけをチカチカ光らせている石川のそばに近よることは、内務係の准尉や榎本曹長にもタメラわれた。関根軍曹はそれでも一旦、手をのばして毛布を引っぱったが、シラミが一匹、石川の顋の下から這い出るのを発見すると、冷たいものが背筋を走るような気がしてそのまま引き下った。

実際それは、検査の方法が手ぬるかったとも、間がぬけていたともいえるだろう。だが、それにしても石川の性格はあまりに奇妙すぎたのだ。こんどのような場合、普通に考えられる動機は、部品をまちがって毀してしまったときに、それをコッソリ取りかえるためだ。しかしそれは小銃のように個人個人にわたされている兵器のときのことで、軽機関銃や擲弾筒のように何人かで一台の兵器の責任を負わされるときにはあんまりない。しかるに盗難にあった部品のなかには、それらのものも交じっていたのだから、これはもっと別のもの、たとえば無目的な蒐集癖のあるものの仕業と考えられた。兵隊たちに、何かしら無益なものを集めずにはいられなくなる傾向のあることは前にも述べたとおりだ。ところが石川の場合は、それともまた異なっていた。たしかに、時計の修理工見習だった彼は、鉄の光や、機械の組合せや、それがもっている律動的な外観などが好きだった。しかしいったん手に入れると彼は、どれもこれも兵器の機械には、すぐ倦きてしまった。そして、あきたらなくなると、たちまち何の未練もなく、他人の眼を盗みながら苦労してあつめたその蒐集を、片ぱしから便所のタメの中へすててしまったというのである。

事件は、石川の自白で一段落した。中隊はひととおり、もとへもどったが、加介たちの班の初年兵だけは、それではすまされなかった。浜田伍長は、ものごとを最後までアキラメきれない性質だった。彼ははじめて班長としてまかせられた内務班のなかで、このような事故が起った不運について、ほとんど一睡もできないほどに悩んだ。事故の発見がおくれた結果、嫌疑は部隊に出入する満人にまで及び、すでに憲兵隊にも通報されて、すっかり外部に知れわたってしまった以上、石川二等兵が兵器損壊の罪で軍法会議にかけられることは確実であろうし、そのため浜田伍長の考課表にも汚点のつくことになるのは決定的であろう。……そして、ついに彼は中隊の便所を全部掻い出してみることを決心したのである。さいわいにも石川の使用した便所がつねに一定して北側の右はずれにあることや、汲み取り人がまだ一度も取っていない事などが判明しているので、掻い出してしまいさえすれば、中には必ずあるはずだった。勿論、長いものは二十日間も底に沈んでいるのだから、きっと腐蝕してしまっているものもあるだろうけれど。

降りつづいた雨のせいで、便所の外にあるマンホールの蓋をあけると、中には黄色い汚水がいっぱい溜まっていた。加介たちはバケツのリレーによって、それを兵舎からかなりはなれた地点に掘られたいくつかの穴に流しこむことになった。

軍隊でも、さすがにこんな行事は、そうたびたびは見られないことなので、朝食後、作業が開始されると、暇のある古兵たちは大勢見物に集まってきた。しかし、それは何という退屈な仕事だったろう。作業は昼食まで、ほぼ四時間、休みなく行われたが、汚水はやっといくらか減ったかと思われる程度にしか進まなかった。しかもその間、バケツを運ぶ加介たちが見たものは、ただ揺れ動く糞の連続だった。はじめのころは恐怖心と、ものめずらしさが手伝って、仕事はかなり活潑にすすめられていたが、ついにはほとんどの兵隊が糞ばかり見つづけて、ほかには何も眼にうつらないほど疲れてしまった。汲み出す方も運ぶ方も絶えず下を向いているので、たまに眼を上げても、木立ちも、空の雲も、みんな黄色い紡錘型のものに見えてくるのである。

昼食後は一層の努力がはらわれたが、午後四時ごろになって、ようやく半分を汲み上げた程度であった。すると、このときになって驚くべきことが起った。

「作業やめ！」

そのときまで、じっと腕組みをしたまま汚水の吃水を見つめていた浜田伍長は突然、そう命令したのだ。彼は何を思ったのか上衣を脱ぎはじめた。ついで軍袴の紐をといた。そうして、ついに下帯一つの姿となった。初年兵たちははじめ、ただアッケにとられていた。軍服をすっかり脱いだ班長は、思いの外に体の色が白く、急に子供っぽく見えたのである。……しかし、加介たちが息をのんだのは、この若い伍長が、マンホールの縁に手をかけると、その中に爪先きから体を沈めはじめたからだ。あたりは、まったく静まりかえった。

「班長殿！」誰かが気をとりもどしたように声をかけた。しかし伍長は固く口を閉じたまま、腹のあたりまで汚水にひたすと、両手で糞や溶けかかった紙片をかきわけながら、ひと言、

「冷たい」と云ったかと思うと、どぶりと首まで水につけ、泳ぐように両肩を動かすと、

手さぐりに底をさぐりはじめた。

「いいぞ、浜田班長！」

伍長とは同年兵である年長の上等兵が、兵舎の窓から首を出してひやかすように云った。それはいかにも感動的な一と齣だった。伍長は白い歯を見せながら笑って手を高く上げると、その手に弾倉バネが一つ握られていたのだ。拍手が起って、ぐるりをかこんだ兵隊たちは、「よう、よう」とか、「がんばれ」とか、はやし立てはじめた。すると、そのときだった。兵舎のうらから鋭い呼び声がきこえた。

「班長どの、石川がいなくなりました。逃亡です」

中隊は、表門と裏門との二た手に分れて、石川を追跡した。糞まみれになっている班長はそのままにして、加介は表門の一隊に加わったが、しばらく行くとバラバラになり、思い思いの方向に走ることになった。石川の姿はすでに、どこにも見当らなかったのである。

やがて夕刻になるとかならず降りだす雨がやってきた。加介は岡の中腹の横穴のくぼみに入って腰を下ろした。……彼はタバコをくわえて火を点けそうになっている自分に気がつき、「こうして一人っきりになれたのは、何と半年ぶりのことじゃないか」と声に出してひとりごとを言った。

実際のところ、加介はこうやって一人だけでボンヤリできる機会がやってくるのを、どんなに待ったかしれなかった。しかも、いまそれは偶然にもやってきたのだ。だが、どうしたことだろう。彼は穴の中に一分間と落ち着いていられない。別に追いかけられたり、発見されたりするおそれがあるわけではない。引率者が別れ別れになってよいと云った以上、これは半分公然と許された状態なのである。だが、何かしら、もっと異なった不安がある。それは自分が自分に対するおそれみたいなものだ。草の上に投げ出された足や、脚や、腿や、それらは膝にツギのあたった、ぶくぶくした大きな軍袴につつまれ、足首で釘の飛び出した軍靴といっしょにくくりつけられてある。それはまるで血の通っていない義足のようだ。でなければ、もう少し奇怪な生き物のようだ。そいつが何だか訴える――どうして、こんなになってしまったのか、と。

前の方を剣持がやっぱり歩いて行く。ときどき立ち止まって、草むらをちょっと覗き、そこらのものを蹴とばして、急に十メートルぐらい走ったかと思うと、またのろのろと歩いている。……一体、彼は何をやっているのか？

加介は声をかけて呼んでみようかと思ったが、やめた。そして道を反対の方へ、一目散に駈けてみた。こんどは勢いよく走れた。射撃場の手前の沼まで出た。ふと見ると、沼をこえて射撃場の山へ、小さな兵隊が駈けて行く。石川だ。遠くはなれて、消しゴムほどにしか見えないが、背中の丸め方からみて、そうにちがいない。非常な速さだ。あの寝てばかりいた石川の体の、どこにあれだけのエネルギーがたくわえられていたのだろう。彼は感動してつぶやいた。

——あいつ、まるでノロじゃないか。

それは、このあたり一帯にすむカモシカに似た動物で、よく射撃自慢の下士官が実弾をこめた狙撃銃をもったりして追いまわすのだが、そして浜田班長なども「知っちゃいねえぞ、まちがってニイ公の一人や二人、ぶち殺したって隊長どのは何とも云いやしねえ。ともかく一頭仕とめれば中隊全部がスキ焼をたらふく食えるんだからな」と、すでに何十頭ものノロを射ちとったようなことを云うのだが、加介たちはこの獣が弾にあたって倒れるのを見たことは一度もない。彼等はいつも芦の葉かげを見え隠れしながら、凸凹のひどい湿地帯を真直ぐに駈け抜けて、けむりかマボロシのように消え去ってしまうのである……。それは見ていて一瞬、息のとまるような光景なのだ。

ちょうどそんな興奮におそわれて、思わず加介は石川の後を追うように芦におおわれた沼へ、二三歩足を踏み入れた。しかし、一体、石川はどこへ逃げるつもりなのか？　すでに憲兵隊にも通報が出されている以上、この兵舎ばかりの土地では民家にかくまわれる可能性は、ほとんどない。うまく行って、せいぜい一日二日のうちに病犬のように体を引きずりながら部隊へつれもどされるだけであろう。加介は一度、麻縄で体をカメノコ型に縛られた上等兵の襟章をつけた兵隊を見たことがある。それで重営倉に入れられただけではない。進路を北に、国境に向かって走ったものは奔敵罪にとわれて銃殺されることもあるということを、中隊長から教えられている。しかし、万が一、一日二日で帰ってこなかった場合は、もうどこでどうなっているのか、さらに絶望的な状態に陥るとみてよいだろう。沼と湿地と赤土の山だけのこの地帯を、食糧もなしにさ迷い歩くことはただちに餓死を意味するだけであるし、もし奇蹟的な幸運にめぐまれて、国境まで無事にたどりついたとしても、そこには越えることのできない黒竜江が横たわっている。どの面からみても脱走兵には何の希望もありはしない。……それなのに駈け出して行く石川の姿は、加介をはげしく鼓舞するのだ。ほとんど自身のものとも思えないほど疲れきっている脚や手が、何かをしきりに訴える。しかし、それが何であるかは加介自身にもわからない。ただ彼は思うのだ。どうして自分のような者が、こんなところへやってきてしまったのか？　どんな意志をもって軍隊へ入ったのか？　もし本心から軍隊に入ることを嫌っていたのなら、どうしてそれを避けなかったのか？　たとい醬油をのんだり、絶食したりの方が、無鉄砲な危険なやり方だとしても、すくなくとも試みてみるだけの価値はあるはずではないか。自分はそれを試みるどころか、考えてみることさえしなかった。と、すれば自分はむしろ、青木や浜田伍長と同じ側の人間に属しているのではないか。ただ自分に欠けているのは彼等の持っている積極性だ。同じ苦しみを味わうものならば、志願して出てきたとハッキリ自分で認めるべきだ。でなければ、石川のような盲滅法な脱走を、ただちにこれから行うべきだ。しかし結局のところ、加介は自分の意志を何とも計りかねた。彼はただ茫然と、日の暮れかかる沼の岸にたたずみながら、泥に吸いこまれそうになる軍靴を足踏みさせるばかりであった。

中隊全員はソンピラ川の夜営の演習に出掛けた。ソンピラ川というのは聯隊から二里ほどはなれた平地をゆっくり流れる、川幅五十メートルほどの川だ。そこでは魚が餌なしで釣れるほどのんびりと泳いでいる。その魚を飯盒の油でテンプラにして食べるのがどんなにウマいかということを、古い兵隊たちは何度となく語り合う。それは彼等が外出したときのほとんど唯一の慰安なのである。

中隊長は石川の逃亡以来、全員に今後一年間の外出を禁止したが、そのうめあわせと、ここのところつづいた面白くない事件を忘れて心機一転するために、川遊びを催そうというわけだった。

浜田班長は弱り目に祟りめのはずだったが、兵器係軍曹よりは気を腐らせていなかった。表面はかえって以前よりほがらかそうに見え、初年兵たちと裸になって水モグリ競争をやったりしていた。

古兵たちはタバコを沢山もって、満人の部落へ卵や豚肉と交換に行った。加介たちのうちに本物のコックがいて、彼がいろいろのものをつくった。テンプラ、サシミ、ひたし、吸い物……。ところで、ひたしは黄色のユリの花をゆでてしぼっただけのものだし、吸い物の実はアカザだった。そしてサシミにいたっては、ただ生きた魚をナイフで切っただけのものだったから、変なかたちに曲っていて、おまけに甚しく泥の臭いがした。

夕食は、まだ日の高いうちに川原に、それらの御馳走やら牛肉の缶詰やらを並べて、演芸大会をやりながら行った。そういうときになると浜田班長はかならず「白頭山節」を歌った。本当にそれだけしか知らないのであった。古兵たちは飯盒を叩いて八木節を歌ったり、食器を投げて曲芸や手品をやったりした。そういうものを、中隊長は真中に坐って、川風に吹かれながら、眼をマブしそうに細めて、いかにもつまらなそうに眺めていた。

しかしともかく、その日一日は、中隊じゅうに不思議なやさしさが、生温かな空気のようになって流れていた。兵隊たちは一人も殴られなかったし、三年兵が初年兵といっしょになって笑う声もきこえた。兵隊というものは元来、こんな風に朗らかで、陽気なのが当りまえで、ふだんあんなに陰気で、怒りっぽいのは、兵舎の暗い建物がいけないのではないかと思われたほどだ。しかし、そんな突然のやさしさが何か病気の人の弱気のように感じもした。

中隊は翌日、ひるすぎに天幕をたたんで帰営した。

その途を半分ぐらい来たころから加介は腹が痛み出した。兵営が近づいてくるにつれて、だんだんにまた重苦しい、険しい気分にもどってきた。それといっしょに加介の腹も一層いたみ出した。ひどく殴られるとき、整列ビンタをくわせられるようなときは、ある前兆がある。ハッキリした原因もないのに何とはなしに、こわばってくる空気。——それを大抵の初年兵は、もう肉体のカンでわかるようになっている。だるく、重く、関節がはずれるような気分になってきたら、もう確実にそれだ。——ちょうど加介のいまの気分が、そうなのだ。そして、それをおもうとますます胃が圧され、腹がねじれてくるようであった。

営門を入ると、中隊長は突然、「駈け足」を命じた。加介は尻の筋肉を十分に引きしめている必要があった。彼はただ一刻もはやく中隊へ帰りついて便所へとびこむことと、疲れて不機嫌になった古兵たちから横ツラにビンタを張られる覚悟をきめることだけしか考えなかった。だが、その不吉な前兆は実際に何を知らせようとしていたのであったか?

営門を入ったとき、いきなり中隊長は聯隊本部からの指令にぶつかったのだ。「動員、出発準備せよ」……加介は一瞬、下痢を忘れるほどに驚いた。

それからの中隊は毎日戦場そのもののような混乱と、底ぬけのお祭り騒ぎの連続だった。師団や、国境や、病院や、野戦貨物所や、その他、各所の分遣先きからドヤドヤと帰ってくる古兵たち、被服庫や兵器庫や、陣営具倉庫から運びこまれる厖大な、そして細ごました器具や布地や荷物の山。装具がひととおり行きわたると、あたえられた被服に姓名の縫いとりをする。中隊内の被服検査や兵器検査が行われる。その間にはまた倉庫や聯隊本部や方々から何度も使役兵が呼ばれて、引っぱり出されて行く。

その忙しいさなかに舎内では、もう配給の羊羹をあけて食べだす者、私物の例のタカラモノのようにしている手製の手袋や筆箱などの梱包をこしらえる者、どこで酒をのんできたのか真赤な顔でワメきちらしながら廊下を往きつもどりつする者。そんな兵隊たちを突き飛ばすように内務係の准尉が兵舎の外に飛び出すと、どこかへ一直線に駈け出して行く。生れてからまだ一度も走ったことのないような准尉が……。

部隊の南方転属のウワサは、これまでにも何度となく言いふらされていた。一期の教育をおわった兵隊はその過半数が野戦部隊要員として、シナ大陸の各地や仏印やグヮム島やに、つぎつぎと送りこまれており、そのたびに残された兵隊たちは安堵と羨望と自負心の入り交じった心持で見送ってきた。聯隊の大部分の者が、世界中にこの孫呉ほど退屈でつまらない場所はないものと心得ており、ことに冬の寒さは言語に絶するものだから、生命の危険があるとしても、ともかくこの土地をはなれられるということだけで気分は沸き立ってくるのである。けれども、初年兵たちだけは事情がちがった。彼等はかねて野戦へ出されれば、自分たちは弾よけの人形になるほか使い途がないことを、古兵たちから云いきかされており、何よりも体でそういうものを体得していた。自分らの戦闘訓練の経験不足はともかくとして、冬、ペーチカのそばへ近よることが出来ないように、弾の飛んでくるところでは限られた安全な場所から真先に危険な区域にほうり出されるのは自分たちだと覚悟させられていたのである。勿論、そのようなことは口に出していうわけには行かなかった。ただ舎前に突然、食台が出され、その上に新しい夏服や軍靴や防毒面などがひろげられてギラギラした日に曝されていたりすると、また何人かが引き抜かれて戦場へつれて行かれるという予感から、皆の間に暗澹とした空気が流れ出すのである。

動員が下って最初に加介をマゴつかせたのは、隊長の命令で、切り取った髪の毛や爪といっしょに遺書をかいて班長にあずけさせられることだった。

あいにく彼は、その二、三日前に内務班のバリカンで丸坊主に散髪したばかりだったから「遺髪」をとろうにも一分か二分ほどのゴミのようなものしかなく、それと爪とをハトロン紙の封筒に入れると、次には一枚のワラ半紙に「遺書」をしたためなくてはならないのだが、およそこれほど込み入って架空な文章を案じたことは、生涯に一度もないことだった。

拝啓

と、先ず書くべきや否やに迷ったあげく、省略して、いきなり、

御両親様

としてみたが、後がつづかない。死は目前にひかえているものにちがいないのだが、この手紙を書きおえると、すぐ炊事場へ飯の入った樽をかつぎに行かねばならず、それを班に持ちかえって二十人分にもり分ければ、こんどは隊長室や事務室の掃除が待っていることを思うと、たとい頭の中だけでも死を迎え入れ、それと対決する余裕はなかった。かといって命令である以上、遺書を白紙で出すわけには行かないのだ。あたえられた三十分間、考えつくすと、ようやく、

御両親様

加介はいよいよ名誉の戦死をとげることとなりました。どうかおよろこびください

天皇陛下　皇后陛下　万歳

安木加介

と、したためて、封筒の中にほうりこみ、開封のまま班長のもとに差し出した。

しかし、隊長室の掃除をおわって、便所のマンホールの蓋に腰を下ろし、古兵の軍靴を

四五足もって歯ブラシの柄で泥を落していると加介は、突然のように、あの遺書のことが悔恨とも忿懣ともつかぬ不愉快な気持で想い出された。あの遺書に郵便切手が貼られて両親の手もとにとどけられる日のことを想うと、暗然とした。それに、その遺書が友人の手から手へ廻されることを想像すると、居たたまれぬような気恥ずかしさと、取りかえしのつかぬことをやってしまったという後悔に、うしろ足で自分の汚物を踏みつけたあとのような心持になるのであった。……しかし、そうかといって、あれ以外に隊長や班長に見せるための遺書をどう書くかという段になると、書きようがなかった。

出発の日は極秘にされていた。行き先が南方だということだけはわかっていたが、その他のことは全くハッキリしなかった。炊事や動員室の使役に出ている兵隊からも何等確実な情報らしいものは得られなかった。何度も、「明日だ」とか「今晩の夜おそくだ」とかのデマが飛んだ。かと思うと、一度支給された出陣のための一装用の軍服が回収されて、これ以上はないと思われるボロボロの服がわたされたり、また戦闘分隊単位に組みかえられた内務班がもう一度もとどおりに戻ったりした。そして、そんなことがあるたびに中隊全員がイライラし、その余波をうけて、初年兵たちは整列させられたうえ理由なしに殴られた。それで初年兵たちは眼に見えて前途に対する不安と恐怖の色を濃くしはじめて行った。そうした感情はまた古兵の方へもどって行き、その結果ますます彼等は荒れ狂った。やがて、古兵たちはいうようになった。

「ダラシのねえ初年兵が一人いたおかげで、おれたちみんなが死にに行かされる」

こんどの動員は普通の転属ではない。逃亡した石川が国境の憲兵隊にあげられたため、中隊長の光尾中尉はその名誉を挽回する任務を特に部隊長からあたえられたのだ、というのである。そういえば、中隊に配属されていた士官学校出身の村野少尉は、こんどの騒ぎがはじまる直前に転任になって他へうつって行った。同じ将校でも幹部候補生あがりの者が「空砲」と呼ばれるのに対して、陸士出は「実砲」と呼ばれて温存されるという噂が事実だとすれば、こんどの動員に懲罰的な意味があるというのも本当だということになりかねない。不吉な予感はそればかりではなかった。加介たちの班の教育係助手である河西上等兵や小川上等兵は、この七月一日付で兵長に進級することになっていたのに、その命令はいつまでたっても発せられる気配もなかった。河西や小川だけではなく、下士勤のO兵長でさえ伍長に任官することができなかった。そうでなくても幹部が不足しているのに、動員に際して進級者がいないとは普通には考えられないことだったのだ。

一方、中隊長はこと動員に関しては何もいわなかった。命令のあった翌朝、点呼のあとで、「中隊は特にえらばれて、熱地演習に参加の目的で、ちかく南下の予定である」とシラケきった口調でいったほかには。

ところで情況の如何にかかわりなく、加介の食欲は増大する一方だった。このごろでは、それはもう自分ながら狂気に達したかと思われるほどだった。

たしかに以前はこれほどではなかった。これまでなら満腹するということに、ある充実感をおぼえて、それが心を明るくした。しかし、いまでは逆に食べれば食べるほど食欲がつのってくるのだ。どうして、おれはこんなことになってしまったのか？　ときどき加介は、酒の害について嘆息しながら酒をのんでいる酔漢のように、食べながら考えこんだ。まったくそれは、体力の消耗に応ずるエネルギーの補給というものではない。はじめのころ、それは他人と一つの釜の食物を分けあうところからくる闘争心であったようだ。また、汽車の中での退屈しのぎのこともあった。しかし、そういったことでは、もはや現在の異常にたかぶった食欲を説明することはできない。現在では、むしろ古代ローマの吐いてはまた食うという美食家のそれに匹敵するほどになっている。ことに動員が下ってからは、食餌の量はこれまでよりもグッと多くなり、おまけに使役や公用外出で班を留守にする兵隊のぶんがまわってくるので、誰でもが食い放題なのだ。ある日曜日、加介は朝食のあとで、公用で出て行く上等兵からあたえられた食パン一斤を食べ、十一時にはさらに二斤のパンを、そして正午には炊事場の使役につかわれた代償にスイトンとウドンをそれぞれ飯盒に二杯、午後四時には外出した古兵のぶんを合わせて二人前の夕食を食べている。さすがに、その日は胸苦しく、卵黄くさい噯（おくび）を立てつづけに発して悩んだが、こうなっては胸苦しいまでに食うこと、胃の皮が張りつめて痛むのを押して食うこと、それ自体に快感を味わっているとしか思えない。……たしかに、それは一種、復讐のよろこびに似た心持だ。しかし一体、何に対して復讐しようというのか？　自分の意志に反して下劣なイジマしい欲望を発する胃袋に対してだろうか？　そうかもしれない。まったく食物の味そのものには何のウマサもない。いくら食いなれてもそれは、えがらっぽく、塩からく、汗と革具の臭いのする、食物とは思えないほど下等な味だ。しかし、ことによると、おれは食うことによって軍隊に対して復讐しようとしているのじゃなかろうか？　そう思いついたとき、さすがに彼は自分の滑稽さに耐えかねた。どうがんばったって、自分一人の胃袋に全陸軍の食糧倉庫では、荷が勝ちすぎるというものだ。けれども、二六時中完全に束縛されたところで、自由に自分の意志だけで行動できるところといったら、自分自身の皮膚の内側の内臓の諸器官だけではないか。物を食い、消化し、糞にかえること、これだけが監視なしに行いうることのすべてではないか。

しかし、その結果は、加介の下痢はほとんど慢性のものになった。食うとすぐ便所へ駈けつけ、水のような便をし、するとその後からまた食いたくなる。彼は以前ほどに便所へ行くことに気をつかわないでもすむようになっていた。もはや浜田班長は加介が下痢をし

ているとハッキリわかるようになっても絶食療法を命じたりはしなくなっていた。そのかわり、加介が大声に、

「安木加介、便所へ行ってまいります」と実行報告すると、班長は青い加介の顔をひと眼みて、普通なら「よし」というところを「臭い！」とだけいって、横を向いてしまうのだった。

底ぬけの騒ぎと怖ろしい緊張感のうちに、もう二週間もたっていた。この間に、兵隊たちは騒ぐだけ騒ぎ、怒るだけ怒り、もうすることもなくなって、あとはただ日の暮れるのを待ちわびるような毎日だった。日中ははげしく照りつける太陽に、たいていの兵隊が上半身裸体ですごすが、日夕点呼のころから急に肌寒くなってグッと温度は下る。そうして、きわめて長いたそがれどきがやってくるのだ。それは何もすることのなくなった兵隊たちにとって、いいようもなくうっとうしく、耐えがたい時間だった。各中隊とも、それぞれ舎前で軍歌演習を行っているのだが、一日の労働に困憊（こんぱい）した初年兵のカスレ声や、下士官の太い調子はずれの声がバラバラに、重い靴音といっしょになって聞えてくるのだ。

——アーアー、あの顔で、あの声で、

手柄たのむと妻や子が、……

　――アー、アー、……


「――アーアー、じゃない。――あアあア、あアあッだ。やりなおし！」

けれども、どんなに大きく叫んでも、どの声も皆、白夜を想わせるツワイライトの中に吸いとられて消えて行くようだ。

底光りする薄黄色い空を、ときとすると何百羽ともしれぬ鳥の大群が列をつくりながら幾組も飛び去って行く。

軍歌演習はまだ続く。「ポーランド懐古」、「ブレドオ旅団の突撃」、「昭和維新の歌」、「八紘一宇節」……けれども、たそがれの方もまだ終らない。実際、この宵闇は倦怠そのもののニュアンスを引きずりながら、営庭のあちこちに点在する白樺の幹や、空の雲を、澄み切ったうす水色に染め上げたまま、兵隊の声がどんなに涸れはてようと、靴音がどんなに重く鈍くなろうと、一向に退く気配もみせないのだ。

そのくせ、消燈ラッパが鳴りおわり、ある時刻がやってくると突然、あたりを鼻をつままれてもわからない真暗闇にかえてしまう。それは待っている間じゅう、こちらの心をジラせながら、忘れるころを狙って姿を現すもののようだった。

中隊全部が、もう待ちくたびれていた。戦闘訓練もときどきは行われていたが、それは思いつきみたいなもので、たとえば演習地で三時間もウタタネしてしまう隊長の目の覚めるのを待って、その間全員が無意味な休憩をさせられたりするのであった。古兵たちは、いったん梱包した包をひらいて、またそれぞれに得意の手芸にふけりはじめた。なにしろムダなやりなおしをさせられることには、もう慣れきっているのだ。

加介は、たいてい湯沸し場の椅子に坐っていた。湯沸し場は洗濯場の一隅に設けられてあり、便所の入口に当っているので、便所のバネつき扉が開閉するたびに、あたりの空気は甘酸っぱい糞尿の濃厚な臭いで満たされている。しかし人の出入りが多いわりには人目につかず気楽な場所だし、おまけにさまざまの余徳にあずかるチャンスがあった。ここは隊内で唯一の火のある場所なので、古兵たちは、炊事場から都合をつけてきたギョオザや豚肉入りの味噌汁を温めなおすために釜の焚き口へつっこんで行ったが、その火加減を見ることで、いくらかずつの分け前にあずかるし、なかには釜へ入れたまま公用外出して、それっきり取りにこない場合もある。

加介は剣持と相棒で、交替にこの椅子に坐った。班内がヒマだと剣持は、下番しているときにも通信隊のそばで拾ったという伝書鳩のマメをもってきて、火に炒って、加介にも半分わけてくれたりしながら、

「おれたちは一体、どこさつれて行かれるべかなア。……シリピンなら、おらの兄貴がいるだがなア」

「そうだなア。フィリッピンといったって、ずいぶん広いんだから、兄さんに会えるとはかぎらんがな」などと話し合うのである。

　加介は一日、釜の前に坐って、そんな受けこたえに時間をすごしながら、はじめて兵営の中に安住の地を見出したような気持になりかかっていた。まったくのところ、それは入営以前の生活をふくめても、この二三年間でもっとも平安な日々であったかもしれない。そして、うかつにも彼は、そんな状態がほとんど永遠につづくもののように錯覚しはじめていたのである。

　その晩も加介は、中隊の幹部と古兵をつれて夜間の斥候訓練に出掛けた隊長のために、大釜いっぱいの湯を沸すことに精出していた。午前一時ごろになってかえってきた隊長のところへ、行水に使う湯を運んで、部屋を出ようとすると、隊長はふと想いついたように加介をよびとめた。「きさま、このごろイヤによく働くな」

「はい」

　加介は機械的に返答しながら、ふと隊長の語調にある危険なものを感じた。ふだん加介たち兵隊と隊長との間には、個人的な接触はほとんどない。兵隊たちにとっては下士官までが地上の人間である。それ以上の階級になると、手をのばしても触れることの出来ない、灰色にカスんだ抽象的な存在に思える。が、その光尾中尉が白いメリヤスのズボン下だけの裸体で、日焼けした首筋をタオルでこすっているのを見ると、不意に加介は学生時代の運動部の合宿を想い出した。平べったい額、うすい唇、ほそい眉、すこし上向き加減の鼻、それはいかにもスポーツマンによくある顔つきだった。おまけにその体軀は、加介の頭デッカチの体やO型に曲った脚などとくらべて、あらゆる点で対照的だ。加介は、相撲部や拳闘の選手たちの顔を瞬間的に憶いうかべながら、

——こいつは苦が手だ。

と、心の中につぶやいた。すると隊長は、まるでそういう加介の心を読みとったかのように、ふとマブしそうな細い目をこちらに向けながら問いかけた。

「お前、こんどの動員に行きたいのか、行きたくないのか」

それは不自然にきこえるほど、静かな、ゆっくりした口調だった。

「行きたいであります」と、加介はふたたび機械的に答えた。

「なぜ行きたい？」

隊長は顔をのぞきこむように訊いた。……加介はいまさらのように自分が重大な喚問に立たされていることに気がついた。すでに戦闘部隊として編成されている現在、もし「行きたくない」とこたえていたら、戦線離脱の罪に問われないものでもない。隊長は、ほんの冗談だよ、といいたそうなウス笑いを口のまわりにうかべている。けれども、その顔にはもう運動選手らしいところも学生風なところもない。ひとが好いのか残忍なのかもわからない。軍人独特の微笑が、渋紙色に日焼けした皮膚にうかんでいるだけだ。加介は、他

に答えようのないままに言った。

「戦友と別れるのが、つらいであります」

　すると隊長は、

「まるで落語家のセリフだな」と、おおいかぶせるようにいうと、あらためて、

「それだけか？」と問いかえした。その顔にはもはや笑いは消えていた。……加介はどういう理由で自分一人がこんな質問を受けなくてはならないのかわからなかった。この間、班長のもとに差し出した「遺書」の書き方があれではやっぱりマズかったのだろうか？それともふだんの自分の行状が何となしに疑られているのだろうか？　しかし一方では、この職業軍人ではない隊長が話のワカル話相手をもとめたがっている風にも見えないことはない。こんなとき唯一の逃げ路は「わかりません」ということだった。しかし、それには時間が（それはほんの数秒間のことかもしれなかったが）たちすぎているように思われた。すくなくとも、この際はあの「遺書」の場合のようにゴマ化してとおることは許されそうもなかった。「天皇陛下」とか「国家」とか、そういったキマリ文句は、隊長の細い白眼がちの目で、あらかじめ封じられてしまっているようだった。そして考えれば考えるほど自分のいおうとすることはシラジラしい嘘のかたまりしか出てこないのだ。……もしここに内務係准尉があらわれて、

「おい安木、お前、野球できるか」

と、とぼけた質問を発してくれなかったら、加介の運命はどうなったかわからないところだった。

「あんまり得意ではありません」

「そうか。よし、行け」

准尉は不愉快そうに黙っている隊長を尻目にかけて、そういった。

加介には隊長にかけられた疑惑と同様、准尉のこうした態度も、わけがわからなかった。ただ隊長はイラ立っており、准尉は落ちついている。それだけはたしかだった。……実際のところ、（戦地へ行きたいのか、行きたくないのか）は、隊長にだって答えることの出来ない質問にちがいない。将校に志願したということは別段、軍人になりたくてなったということにはならないし、戦地へ行きたがっているということにもならないからである。その点、軍隊にいることで生活をまかなっている准尉とはまったく異なった立場にあるわけだ。おそらく隊長は避けられない運命として営門をくぐったことは加介と同様だったにちがいない。ただ、その運命の受入れ方が加介とちがって、より器用に、よりタクミであった。見習士官としてこの聯隊に着任した最初の日、将校集会所で行われた会食の席上「葉隠」を要約した言葉を所信としてのべて、人の好い聯隊長に感銘をあたえたのは彼だった。どんなことでも機械的に処理すること、相手の弱点を見抜いてアピールすること、これらのことを彼は、映画会社の宣伝部員となる前から体得していた。

隊長に喚問を受けた翌朝、目を覚すと加介は左腕に不思議な痛みをおぼえた。筋肉を内側から引っぱられているような感じがした。そして全身が熱っぽいようだった。診断を受けようか、と彼は思った。しかし、その瞬間に痛みは消えて行くのである。もし診断を受けたとき、軍医に「どこも悪くはない」と云われた場合、また隊長は訊くだろう。——お前、動員に行きたいのか、行きたくないのか？　もはや加介は、彼自身でも、それをどっちとも決めることが出来ないような気持だった。同様に自分の体の内部にある痛みも、信用できなくなっていた。マキを割るために左手でそれを支えようとする。と、一本のマキが鉄の棒のように重く感じられるのだが、朝起きたときに感じたヒキツレるような痛みは、もう感じられないのである。

しかし、こういった傾向は多かれ少なかれ、おそらく中隊の全員について云えることだった。希望というものは、どんなときにも失われないものだといら。牛でさえも屠殺所の門をくぐらされるときは抵抗の意志を示すという。それなのに二百人ちかくの兵隊が前線へ——それも多分は懲罰的な意味がふくまれているものとして——駆り出されようとするとき、中隊が平静でいられたのは、いつの間にか彼等がこういう事態に慣れさせられてしまった結果である。何度も何度もの出発のやりなおし、宙ぶらりんな毎日のあけくれ、そんな中で彼等は、最初にうけたショックを次第に飼いならして行った。だから行き先は、どうやら南方の孤島らしいというバクゼンとした知識しかあたえられていなかったにしろ、そのバクゼンたる場所は営門を一歩出ればいたるところに拡っている演習地か何かのように思われてくるのであった。……そして、それはいよいよ出発の本当の晩になっても変りなかった。

命令は、この前ソンピラ川へ川遊びに出掛けたときのように、ほんの一、二泊の夜営演習が行われるといったふうな出され方をした。

無論、兵隊たちはそんな命令にはダマされはしない。誰だってそれが本物の出陣だということは知っている。けれども彼等の中に飼いならされたもう一つの心が、至極平静にそれを演習の命令として受けとってしまうのである。

午前一時、中隊は武装をととのえて舎前に集合した。最後の訓示があたえられる。

夜空には星が光っており、整列した兵隊たちは夏だというのに白い息を吐いていた。大隊長の検閲がおわると、もう舎前にはもどることなしに、その場で休憩が行われ、すでに黒い背中を並べているトラックによって、そのまま兵隊たちは駅まで輸送されてしまうのだ。大隊長がやってくるのを待つ間、何度も番号がかけなおされ、隊伍がととのえられる。

その合間、合間に、浜田伍長は白い手袋をはめた手をふりながら、冗談ともつかず、「お前たちも、ついに孫呉の朝鮮ピイの味もしらずに戦場へ出るわけだな」と、初年兵たちにささやいた。

しかし、それも加介たちには最も架空なものにしか聞えなかった。そんなことよりも彼等は携行品の重さに、いまさらのように驚かされていた。

カン詰、生米、その他の携行食料をつめこんだ背嚢は、防雨外套、天幕、円匙、飯盒、地下足袋、防蚊覆面、防蚊手套、などがくくりつけられ、そのほか雑嚢、水筒、防毒面、等々、一切合財の世帯道具を身につけたうえ、さらに弾薬盒三個をつるした帯剣をおびると、それだけで体はガンジガラメに縛りつけられてカブトムシのような恰好になるが、それに小銃を担うと、その重味で足の裏が地べたに吸いつけられたようで、一歩あるくにも体ごとゆさぶらなくては脚が前に出ないのである。

やっとのことで大隊長は本部の方から足早にやってきた。

「気ヲ付ケ！」

中隊長が張り裂けるような号令をかける。中隊長のそんなにカン高い声をきいたのは、加介たちはこれがはじめてだった。が、それよりももっと意外だったのは、大隊長の前に小走りに駈けよった中隊長の恰好だった。正式の歩兵の軍装、つまりふだんの長靴ではなく巻脚絆をつけ小型の背嚢を負った中隊長の姿は、奇妙に子供っぽく哀れにも見えたのである。

中隊長は大隊長に向き合って正面に位置すると、「頭、中！」の号令を掛けるためにヒラリとサーベルを抜き放った。

(まるで兵隊ゴッコだな)加介は不意に吹き出したくなる衝動を感じた。と、これをこらえる拍子に一層困難な事態が生じた。何としたことか、彼は突然便意をもよおしてしまったのだ。ふだん、さんざんに荒らされている加介の消化器官は、ひえびえとした夜気にあたって刺戟を受けたのだろうか、腹の中では、夜食に出された豚のシチュウと茄アズキが煮えくりかえっているように思われた。

大隊長の訓示はきわめて長かった。もはや加介の耳には大隊長の訓示は一言も入らず、そのロイド眼鏡と酒で赤くなった鼻の下にパクパクと動いている口もとだけを一心に見つめたが、それはいつまでも動きやめそうになかった。加介は勝手につぶやいた。――おれのなかではいま「希望」と「絶望」とが撃ち合い、ひしめき合っている。おれはいま何処かわからないところへつれて行かれようとしている。それは、おれの運命であって希望も、絶望も、その運命のワクの外へは出られない。ところで、おれがさしあたって最大の望みというのは、ここらあたりが広大無辺の便所であって、そのままそこにしゃがみこんでしまいたいということだ。

訓示がおわって大隊長がいってしまうと、次は中隊長の番だったが、さいわいにもこれは省略された。中隊長は、いまは、玩具の兵隊然とした恰好のまま、両手をズボンのポケットにつっこんだりしながら、ゆっくりと下を向いて、解散と休憩の命令をつたえた。加介は「捧げ銃」の銃を引くがはやいか、目的のところへ走りこんだ。

間に合った。扉は開いた。……下士官用、患者用、と貼り札のあるのを右に見て、三つ目の扉を引っぱった。扉は開いた。だが、なかに入ろうとすると入れない。そのはずで、彼の体には完全軍装のままの装具がまつわりついており、右手には歩兵が決して手放してはならないところの小銃が握りしめられてあるのだ。加介は、追われて壁の中に飛びこもうとする人のように、体をできるだけ真直ぐに、両腕を垂直に前にのばして、ようやく中に入った。しかし、しゃがもうとすると背嚢の背に飯盒といっしょにくりつけてあった鉄帽が、ゴッリと後の壁にぶつかり、前の壁へ押し倒されそうになると、こんどは胸に防毒面がつっかえる。剣ザヤは左の壁にひっかかる。そうしてついに軍袴のヒモをほどく間なしに、生温かいものが袴下の中を、内股をすべり落ちて行った。加介は不快と安堵の入り交じったなかで、あきらめの心とともにつぶやいた。

——おれは、いままで胃袋や腸で軍隊に復讐しようとしていた。だが、その武器がいま返り打ちをくわせようとしている。

そのときだった。「敬礼」と呼ぶ声といっしょに、五六人の足音が乱れながら入ってきた。加介は本能的な防禦心から、扉を内側からシッカリと押えた。すると、

「誰もおらんか、おらんだろうな」

と准尉の声がきこえて、足音はそのまま行ってしまった。それをきくと彼は、背嚢を下ろし帯剣をはずして、はじめて思いきり排泄することができた。

……だが、どうしたことだろう。加介が用便をおわって汚したものを背嚢の中にまるめこんで、出てきてみると、すでに中隊の灯は消えていた。

舎前には、まるで嘘のように人かげ一つなかった。

営庭にかけつけると、もう一台のトラックもいない。

こんなときには、どうするべきだろう？　聯隊本部へ行ってみるべきだろうか、衛兵所へ連絡するべきだろうか。加介は、月夜の営庭をしばらくさ迷った。頭は到底解き難い難問題をあたえられたようで、熱をおびて悩んだ。

しかし、ふと気がつくと加介の足は自然に中隊の方へ向かっていた。すると急に、自分が何を悩んでいたのかわからなくなった。おれがこれから中隊のあとを追いかけて一体、どうなるのだ。ただ単に死にに行くだけではないか。中隊兵舎へかえりつくと、彼はごろりと寝台に横たわった。そこはもう片づけられて、ワラ蒲団も毛布もない。それなのに、これは何という寝心地のよさだろう！　いままで便所の中にしかなかった「自由」の空気が、ここには満ちあふれて悠々とながれているようだった。

どこかでロバの鳴く声がきこえる。だが、それはいつものイラ立たしいワメくような声ではなく、何か誘われるような、なつかしい気分をかき立てる声だ。仰向けにひっくりかえったまま、彼はふとその声を真似てみた。が、それっきり加介はこんこんと眠りに入った。

どのくらいたってからだろうか、加介はドナリ声に目をさました。
「馬鹿野郎。こいつは酒に酔っているんじゃないぞ。熱があるから、こんなに真赤な顔をしていやがるんだ。この臭いがわからねえのかよ、むんむんしているじゃねえか」
声をきいて加介は飛び起きようとした。が、体がうごかなかった。ふたたび、うつらうつらしながら、自分の額の上にいやに冷たい手がおかれたり、消毒薬の臭いがただよったりするのを感じた。もう一度、目をさましたとき、彼はかつぎ上げられて何処かへつれて行かれるところだった。

あれから、ほぼ二時間後、空き兵舎に寝込んでいた加介は巡察の衛兵に発見された。どんなにユスぶっても起きない加介を、出陣前の酒に泥酔したものと見做(みな)して衛兵は、医務室から衛生兵を呼んできた。

「この野郎、ふてえ野郎だ。こんな体をしていやがって何で診断を受けに来やがらねえんだ……」

衛生兵が、またドナった。勿論、加介は何を云われているのか、自分がどういうことになっているのかさえ知らなかった。彼はただ、ひょっとすると、この軽々とした眠いような気分が、死んで行くときの気持かもしれないと考えたりしていた。……彼は周囲から、軍医や衛生兵や衛兵やの顔が自分を見下ろしていることに気づくと、半ば無意識で口走っていた。

「うーん、キュル、キュル、キュル、……これがロバの鳴き声だぜ。皆、わかるかい」

加介は、まわりからのぞきこむ兵隊たちの顔を、家の者や友人たちの顔と混同しているのだった。

II

安木加介は眼をさましながら夢をみているのではないかと思った。……檻の柵のように室内にいつも暗い影を落している銃架がない。寝ている頭上にぶら下っている鉄帽も、帯剣も、防毒面もない。純白な壁、消毒薬の臭い、そして身体を柔らかくつつみながら適度の弾力で下から押し上げてくれるベッド。枕もとの棚に昨日食べたアイスクリームの汁がひからびて残っているアルミニュームの食器があった。たしかに、ここは病院だ。中隊の兵舎ではない。そうにちがいない。

「点呼準備！」

「気ヲツケ、敬礼！」

看護婦の号令がきこえてくる。つづいて廊下を踏みならす長靴の音。号令の掛け声は、兵隊とすこしも変りない。節度があり、力強く、とおくまで響きわたる。すっかり同じであるために唯一の相違点である声帯が、男性でなく、女性であることがハッキリと感じられる。病室のなかには十台あまりの鉄製のベッド。週番司令の軍医の見廻りにそなえて、室(へや)づき看護婦が眠っている患者の毛布をピンとのばして歩く。

陸軍二等兵安木加介　病名左湿性胸膜炎

枕もとの寝台の枠に、そう書かれた木の札と、護送患者の印である赤い球とがぶら下っている。加介は、いま自分の置かれている状態が夢でなかったことをたしかめるために、その名札と赤い球とを一日に何度となく上眼づかいに眺めてみた。

——キイコ、キイコ、キイコ、キュルキュルキュル

加介は、まだ自分がロバであった方が正しいような気がする。中隊の出発してしまったあとの兵舎から、この病院へうつされるまでの間、暗いあなぐらのようなところの板敷の床に寝かされていたことや、荷馬車の上でゆられながらウスムラサキの服を着た満人の女にすれちがったことや、病院の入口で付き添いの下士官からタバコを全部かすめられてしまったことや、それらの継続した記憶の中で、加介は家族や友人の誰彼にロバの鳴き声を説明してきかせる夢をみていた。けれどもその夢で、あのどこから出てくるのかわからないような金属的な鳴き声を発しながら、彼自身がロバになって追い立てられる夢を、もう一度見ているのだった。

――キイコ、キイコ、……

そのたびに、

「畜生、衛生兵をナメやがって。気ちがいの真似なんかするのはよせ。ポーラポーラ（放馬、脱柵の意）のあげくに、とっつかまりやがって、ふざけたマネをしていやがる。病院で電気にかけられてもいいっていうのか……」

そんなドナリ声に目を覚すのだが、怖ろしいと思いながら加介はまた底知れない疲労にひきずられて、そのまま睡り、睡るとまた自分はロバの恰好のまま、一緒に残飯桶をかついだ青木や、鳩のマメを嚙みながら、

「おれたちは、どこへつれて行かれるだかなア」といっている剣持に、こちらも何か言葉をかけようとしながら、口をひらくと、

――キュル、キュル、

妙な声になって、またしても衛生兵のイラ立った声に目を醒され、そうだおれはロバであったのだな、と夢の中で自覚するのである。

その間、聯隊本部には「特別報告」として、次のような書類が呈出されていた。

陸軍二等兵　安木加介

重営倉七日

本人ハ昭和十九年八月十九日午前二時　本人ノ所属スル中隊ノ南方動員ニ出陣ノ際将ニ出発セントスル時ニ当ッテ　平素中隊長ノ訓戒ニ反シ暴飲暴食シアルタメ遽カニ便意ヲ催シタル儘　厠ニ赴キタル処　用便ニ長時間ヲ費シテ遂ニ中隊ノ出発ヲ知ラズ　是ヲ恥ジタル本人ハ狼狽周章　中隊追跡ノ任務ヲ忘レ　中隊兵舎ノ内部ヲ無為ニ徘徊シイタルヲ　衛兵ニ発見セラレタルモノナリ　云々

本来なら、それは陸軍刑法による処断も考えられることなのだったが、それでは当然その直属上官の責任罰も免れず、これ以上光尾中隊長に汚名を着せるのは可哀そうだからという理由で、右のような隊内処罰が課せられることになったのだ。

これは寛大な上にも寛大な処置というべきだった。しかも、その当人の安木二等兵は何をいわれても板の間に釣り上げられたタコのように正体なくうずくまっているばかりなのだ。衛生兵がやってきて体温を計ると、四十度をすこしこしていたが、この際かえってそれは不自然なものに思われた。二人の兵隊が両腕をかかえて無理矢理彼を立たせると軍医のところへつれて行った。すると軍医は、その胸に針を突き刺しながらいった。

「いかん、これはずいぶん上の方まで水が上っとるぞ」

加介には、それが何のことだかサッパリわからなかった。食欲は一切なく、食餌のかわりにタバコを請求すると、週番上等兵がこんどは、

「何だッてめえは肺病やみのくせにタバコを扱いたがるやつがあるか」

とドナった。……そして、もう一度、眼をさましたとき、病院のベッドに加介はいた。

その孫呉第一陸軍病院というのに、加介は入隊後間もなく、体格検査をうけにきたことがあった。そのとき窓から覗いた病室の中の、白衣をきてベッドの上でキャラメルを食べている連中を、彼は一種珍奇な動物でも眺めるような気持でみた。それは、「白衣の勇士」とかいう偽善的なにおいの名称で呼ばれているものとも、また、子供のころ街で見かけたラッパを吹きながらクスリを売って歩く廃兵ともちがって、尊敬する気持は勿論、あわれむ気持も怖れる気持も起らなかった。どちらかといえば羨しい気持に一番近かっただろうが、それにしては彼等の実際の生活がカケはなれすぎていて計りがたかった。（もし、こんなところにゴロゴロしている連中でなく、街をヴァイオリンやラッパで流して歩く連中を見たら、たしかにそれは羨むべきものだっただろう。なにしろ彼等は「地方人」の中に自由に出入りできるのだから――）たとい羨むにしても、それは到底自分たちのところにはやってきそうもないものに思えたのだ。これは加介が自分の体力に自信をもっていたからではない。ここでは病人と病んでない者とは、その人間の体の具合で決められるのではなく、軍医の心境如何で決められるのだということを、これまでの短い体験でも十分に知っていたからである。小学校の講堂で行われた徴兵検査のときから、そうだった。赭い顔をした恰幅のいい検査官は偶然にも、加介の行った中学校に以前配属されていたことのあるXという大佐だったが、加介の前に立つと、書類に落していた眼を上げ、いくらか顔をほころばせながら、

「学校の方の成績はあんまりかんばしくない方か」と訊いた。それはこの千人もの壮丁のなかで、とくに自分に「目をかけられた」という印象をあたえる態度だった。加介は無邪気らしい様子をととのえて、

「ハイ」とこたえた。すると検査官はもう一度、書類を見なおしながら、頭をふりふり何かつぶやくように、しばらく一人ごとをいっていたかと思うと突然、大声をはり上げて、意外にも、

「よし！　甲種合格」

と宣告したのだ。……そのとき以来、加介は自分の体は自分のものではなく、組織の上に立つ者の意向でどうにでも書きかえられる記号なのだということを悟った。同時に、自分は決して上長から気に入られて即日帰郷その他の恩典に浴する気づかいはないものとアキラメをつけていたのだ。だから、その自分がいまこうして起床ラッパも実行報告もなく、点呼や不寝番は看護婦にまかせて眠っていられるということは、それだけでも信じられないぐらい幸福であり、運命が変ったような気さえした。けれども、この幸運がいつまでつ

づくものだろう。寝がえりを打つたびに、左側の胸が体とは別個の物質のように重くのしかかってくるのを、彼は後生大事に抱きかかえた。そして猟師が近よると死んだフリをする動物のように、一日中ぐったりとベッドの上に横たわった。

実際のところ、自分にはもう一つの幸運が加わっていたのを、まだ加介は知らなかった。病院の軍医が正式に彼の病名を決定してから、聯隊では加介のことを、病をおして最後までよく軍務に精励したものとして当初の処罰を取消した。入院して五日目、聯隊本部の下士官が精勤章を五六本腕につけた上等兵を一人つれて、そのことを知らせにやってきた。

「よかったな。しっかりやれ、……病気をなおすことも御奉公だ」

そういって下士官が帰りかけると、ついてきた上等兵が加介の軍衣や軍靴をまとめて風呂敷に包みなおしながら、

「てめえは、まったくいいタマだな。動員からはずされた上に、聯隊長からほめられて、おまけにうまく行けば召集解除にもなろうっていうんだからな」と、小声で下士官には聞えぬようにささやいて去った。

加介は何を聞かされても、ただボンヤリするばかりだった。下士官たちの帰ったあと、はじめて彼は起き上って一人で便所に行った。長い廊下は遠泳から上った陸地のように感じられた。——隊長も去った、准尉も去った、浜田班長も去った、青木も剣持もみんな去った。われしらずそんなことをつぶやきながら放尿して、ふと見ると、窓から、直径が二

尺ちかくもありそうな花をつけた大きなヒマワリが一本、こちらを向いているのに気がついた。

八月半ばで、もう秋めいている日射しの中のその花を、満洲へ来てはじめて見る植物のように加介は思った。


加介たちの病室には、大体同じ種類の病気のものばかり集められていた。発病後間もない者も、ほとんど回復した者も交じっており、方々の病院を転々としてきた者もいた。加介のあとからも新しく何人かが入ってきた。また退院して行く者もいた。カーキ色の軍服は、そんな際にだけ見られるのであった。ふだん、階級は問題にされていなかったが、白衣の中にカーキ色が交じると、その部分にだけ軍隊や階級があるように思えた。

部屋の窓ぎわの隅に、マットレスを二段重ねにして寝ている人を、はじめ加介は室長にちがいないと思ったが、それはこの病院に勤務している石井という上等兵だった。彼の所には始終、菓子や果物や特別の料理が運ばれて、軍服のひとびとが見舞いにきた。石井は食べきれない食物を部屋中の人にくばって皆の尊敬をあつめ、音痴の声で流行歌をうたったり、初年兵の衛生兵を呼んで自分一人、アンマさせたりしていた。病院以外の所でなら彼よりずっと顔のきく軍曹や兵長は、だまってそれを横目でみていた。そんな「階級」の不信に輪をかけさせるものに看護婦があった。彼女らは全員上等兵以上に相当しており、婦長にいたっては准尉であった。だから兵隊は廊下に出ると彼女らに一々敬礼しなくてはならず、ことに婦長は欠礼すると、たとい対手が下士官でも許されなかった。官等級氏名を訊いて、原隊に報告し帰隊すれば営倉に入れさせる、というのである。それで敬礼は行われはするものの、そのたびに誰しもニガニガしいような嘘のような気分を味わわされ、ふだんは「階級」を重んじたがる兵長や軍曹までが、それを馬鹿げたものだと思いたくなるのである。それで、兵隊たちは部屋の中では上下の区別なく、おたがいに「さん」づけで呼び合った。

二週間とたたないうちに加介の健康は眼に見えて回復しはじめた。朝、起きると、モウモウと湯気の立つ味噌汁と飯とを看護婦がはこんできてくれる。と、それを見ただけでも、そのにおいを嗅いだだけでも、もう彼の体はひとりでに「健康」の方へ向かいはじめるのだ。食いおわった食器を片づける必要はない。誰からも命令されず、何をするべきか自分できめる必要もなく、誰からも見られているという意識なしに、一日中ベッドの中で寝ていさえすればよろしい。無為に苦しむということも加介にはなかった。希望や期待があればこそ、焦燥や不安も起ってくるが、彼にあるのはいいようのないハカナサばかりだった。外界のものでは彼の興味をひくものといったら、あの便所の窓から見えるヒマワリぐらいのものだった。一日たつごとに、その大きな花冠はすこしずつ弱りはじめ、いつの間にかグッタリ下を向いたきり、雨に打たれたりしているのだった。すると、それまで花弁や葉にかくれていた萼に接する茎が、裸の皮膚をおもわせるナマナマしさで露出し、呼吸に喘ぐ動物のような表情を見せた。また彼は往きかえりの廊下で、はなやいだ女性の笑い声をきくことがあった。それは南方の戦線の情況が逼迫してくるのにつれて、外出止めになる部隊が多くなったために、ガラ空きになった孫呉の町の朝鮮人の娼婦たちの声だった。彼女らはしばらくの間、慰安所からかり出されて、病院で繃帯巻きの勤労奉仕をしているのだった。

診断室へ歩いて行くことを許されるようになった頃――それまでは本当は用便も病室内で行うようにいわれていた――が、加介の幸福の絶頂だった。軍医は軍人であるよりは医者であったし、看護婦はやっぱり何といっても女であった。一日おきに行う栄養剤の注射のとき、「びくびくしないで。……あたしの顔を見たって、そんなに怖がらなくたって、いいじゃないの」と、色の黒い小柄な看護婦に叱咤され、そのたびに彼はふと情緒的な、たとえば手相を口実に婦人にたわむれているような気分になるのであった。病院付き衛生兵である石井上等兵のいうところでは、すべての看護婦に軍医か衛生士官のヒモがついているとのことだったが、彼女だけはそれらしい気配も感じられなかった。

ある日、加介は診断室で軍医の診断を受けて帰ろうとするとき、書類をひろげた婦長の机の上の、ページを開いた帳簿の間に一枚の用箋が挟んであるのが、ふと眼に入った。

「内還」

として、見知らぬ人の名前が書きつらねてあり、そのなかに自分の氏名に似た「安…加…」という字が入っているのをちらりと見た。その瞬間、彼は体から血が引くように感じ、途中の廊下をどんなふうに歩いたかも忘れるほど夢中で、病室にもどった。……その時から、彼の心は平静を失った。

内地送還になるということは、同時にほとんど現役免除や召集解除を意味している。加介は聯隊本部の下士官といっしょにやってきた上等兵の言葉を、いまになってやっと実感のあるものとして憶い出していた。あのとき、たしかに彼は憎しみと羨望のこもった眼つきで加介を見すえながら（その上、うまく行けば召集解除になる）といった。……そんなことがあり得るだろうか？　それではおれは自分の体の一部分を引き換えに、いま内地行のキップを手に入れたことになるのだろうか。しかし、それは幸福と呼ぶには怖ろしいほどのものだった。加介は、ベッドの中で、たったいま見た紙片の文字を自分の眼の錯覚であったと思い込もうと努力した。しかし努力すればするほど、あんなに遠くに思われていた内地が、すぐ近くに、ベッドをならべた隣の男の中にまで、感じられるようになった。

加介にはもはや、まわり中の一切がつまらなく見えた。それまでは、あれほど快適だった病室の生活が、やりきれないほど味気ないものになった。朝、味噌汁をのみながら彼は、どうしてシナ人のつくる豆腐はこんなに油臭いのだろうと、いまさらのように思った。石井上等兵の調子はずれの流行歌や、夜中に聞える隣の男のイビキや歯ぎしりが、イラ立たしく耳につくようになった。そんなときに小島上等兵、望月曹長、倉山一等兵、の三人が他の病棟から転入してきた。


加介たちを最初に驚かせたのは、小島安治上等兵だった。この長身の痩せた上等兵の第一の特徴は尖った頭部がすっかり禿げていることだったが、食事の時間になって部屋の一隅から、「なんだ、これは」と怒声がきこえるのに皆がびっくりして、そちらを向くと、やってきたばかりの小島上等兵が禿げ上った頭の表皮まで赤くして、アルミニュームの食器を寝台から投げ棄てようとしているのだ。食器に塵がついていたというのだが、怒りの本当の原因は誰もつかむことが出来なかった。部屋の中では一番年よりの、四十歳で召集を受けた輜重兵(しちょうへい)のKが、

「小島さん、まア若い者のやったことですから大目にみて――」と話しかけたが、それに

は返辞もしない。そして部屋中のものに向かって、

「おい、おれは現役の三年兵だぞ、おれをナメるなよ」といい放った。

それで皆は、二度びっくりした。現役の三年兵なら数え年二十四歳だからだ。じつは、小島の顔をみるなり年より同志の話相手にしようとしたKが、わざわざ自分の隣のベッドをあけさせて小島を迎えたことが、こんなに彼を不機嫌にしてしまったのだった。Kはアテがはずれてガッカリするよりも恐惶をきたした。二年兵になったばかりのKにとって、現役の三年兵の小島は話相手どころか、おそろしい小姑なのだ。

倉山一等兵は、通信兵の下士官候補者だった。W大学の国文科を出た学徒兵だが幹部候補生はワザと自分から落第し、一般の兵隊並みの下士候を志願したのだといっていたが、おそろしく抽象的な、架空な世界に自分一人で生きている男だった。食事のとき、彼一人だけ壁の方を向いて食べているので、室長が「皆といっしょに前を向いて食べろ」と申し入れると、正面を向くには向いたが、こんどは御飯を前にしたまま掌を合わせてブツブツと何ごとか祈りながら、皆が食べおわるまで箸をとらない。もし愛国者というものがいるとしたら、このような男にちがいない、と加介は思った。こんな男を、まだ彼は中隊でも病院でも見たことがない。たとえば中隊でもっとも軍務に積極的だった青木にしても、内村にしても、この男にくらべては単なるハリキッた初年兵であるにすぎない。倉山は、いわば専門的な愛国者とでも呼ぶべきものだ。大抵の兵隊にとっては、国家とか、天皇陛下

とかは実在のものであるよりは、心に気合を入れたり、緊張をうながしたりするための合図の号令のようなものだが、倉山にとってそれは、飯やマンジュウと同じように一個の実体のあるものとして見えるらしかった。一日中ほとんど誰とも口をきかなかったが、ベッドの上に正坐したまま長いこと、ひとりごとをいっているので、そばへよってきいてみると、看護婦や病室の中の一人一人の悪口をいっているのだ。……フチュウモノ、フチュウモノ、倉山の唇からもれるその言葉は呪文か何かのように聞えるのだが、実は部屋中すべての人間が不忠者であると憤慨しているのだった。そうかと思うと突然、

「生命奉還。陛下からいただいたいのちを、もう一度おかえしするのです。明治維新の大業は大政奉還によって完成したが、いまや生命奉還のときではありませんか……」

と、アッケラカンとしている室長に向かって話し出したりする。

望月章曹長は、この二人とちがって特別に風変りな点はなかった。変っているといえばクローム・イエローに染めた軍靴下をはき、馬鹿に大きな黒いトランクを下げていることぐらいだ。彼は寝台がきまると、先ずそのトランクを開いて、部屋中の者に羊羹を一本ずつ配った。国境の野戦重砲隊にいて少尉になる試験の受験準備中に患ってしまったのだといっていたが、別段落胆した風にもみえず、顔色も赤味をした好い血色で、笑うと真白い一直線に並んだ歯がのぞく。いわば彼の態度には、最上級者（将校准士官以上の病室は別棟になっているので）にふさわしい風格があった。廊下へ出ても、婦長をのぞいた他の看

護婦には敬礼する必要がないので、彼の頭の中には階級章のイメージが崩れずに残っていた。砲兵独特のハレツする砲弾の中でも聞えるカン高い声で、まわりにいる兵隊に闊達に話しかけるが、話しかけられた方ではそのキンキンひびく声に何か気づまりなものを感じないわけには行かなかった。

この三人が病室の空気を一変してしまった。小島上等兵の怒声は内務班の古兵さながらに初年兵の心をおびえさせたし、倉山一等兵の態度は不気味であった。それにもまして望月曹長の存在は無言のままでも、まわり中に固苦しい雰囲気をつくり出した。最初に影響をうけたのは石井上等兵で彼は歌うのをまったく止めてしまった。また、ほとんど回復して、看護婦の白いスカートを洗ってやったりする代り、飯を山盛り二杯分もらっていた牛山という初年兵は、いままでどおり大っぴらにそれが出来なくなって、食器をかかえたまま廊下を途方に暮れたように歩いていた。たとい石井の歌や牛山の大盛り飯が、はたに好い感じをあたえないものだったにしろ、何かの圧力でそれが止められてしまったということは、部屋の感じを暗くした。加介は、ふと自分の胸の快方に向かいつつある自覚が不安になった。いきを深く吸い込むと空気が胸いっぱいに入ってくるし、これまでは弱い声しか出なかったのが、気がつくと大きな太い声で話しているのである。するとそんな健康状態が自分を中隊へもどらせてしまったような気がする。そして、急に様子のかわり出した病室の空気がそのまま中隊になってしまいそうな錯覚が起る。もはやこの病室でじっとしているることが不安だった。たとい内還にはならなくとも、せめてなるたけ長く病院生活を送るよう、どこかの療養所に転地させてもらいたい。それだけが彼の願いだった。


四五日たったある日、加介は廊下で、あの注射係りの看護婦から、

「安木さん、なごり惜しいわね、近いうちに転送よ」といわれた。

「へえ、どこへ」

「旅順。……たしか、あすこへ行く人は内還になる人よ」

そこまで聞いて彼はからかわれているのだと思った。しかし部屋にかえると、あらためて彼は、自分のすでに直感していたことが当ったような気になりはじめた。努力して、見間違いだと思い込むことにしていたあの「内還」と書いた紙片のことを思い出した。あのとき、やっぱり自分の名前が書いてあったのだ、と思った。……すると、旅順の軍港から自分を乗せた白い病院船が内地へ向かって出帆する様が眼に浮んだ。

その晩、加介はほとんど睡ることができなかった。内地というものが、これほどの魅力で胸にせまってくるものだとは、八箇月前入営する以前には想像もつかないことだった。おれにとって一体、内地とは何であろう。軍隊の模倣ばかりやっている学校、サッカリンの菓子を食わせる喫茶店、あらゆる物資の窮迫した家庭、にすぎなかったではないか。け

れども、いまは内地という言葉だけでも彼の胸をつき刺すようなひびきを持っていた。そこに何かがあると期待するのではなかった。眼をつむると、実をつけたミカンの枝がゆれながら、その梢の合い間から青い海がみえる、実際には何処でみたという記憶もない風景。そんなものが彼にとっての「内地」だった。それは空漠としていた。けれども、ある甘い、あたたかい臭いのようなものが、強く、ハッキリしたかたちで彼に伝わってくるのである。

情報は、いつの間にか病室全体につたわっていた。はっきりした命令がでるまでの間、誰もが落ちつきを失った。この部屋からは一体、誰と誰とが行くことになるのか、行く先きがどんなところか、情報がすこしずつ食いちがっているので、本当に安心できるものもいないし、誰もが希望をすこしずつはのこしていた。命令は翌々日の日夕点呼の後につたえられた。この病室からは加介の他に六名の名が呼ばれた。ところで、そのなかに例の三人、望月曹長、倉山一等兵、そして小島上等兵の名も入っていた。

出発の日、予想に反して加介は一向に気分がわき立ってこなかった。実をいえば前夜から彼は隣のベッドに寝ている連中に、どうやって別れを告げようかと苦心していた。しかし、いざとなるとそんな心配が滑稽に思われたほど、何の感動もなかった。

「あの曹長がいっしょじゃ、お前たちも苦労するだろうが、しかし向こうへ行けばこっちのものだからな。……旅順の病院は立派だぞ。帝政ロシヤ時代の建築だ」

病院の事情にくわしい石井上等兵が、そんなことをいいながらキャラメルの箱をわたしてくれたが、加介はただウワの空で返答するばかりだった。彼には別段、旅順のことなどはどうでもよかったし、望月曹長も怖ろしくは思えなかった。そういえば、例の三人も旅仕度をととのえはじめると急に気づまりな感じがとれてしまった。綿ネルの白い病衣の上に防水布の筒袖の外被を着せられて、大きな風呂敷包みやトランクをぶら下げると、もう完全に曹長も二等兵もなく、一様に遍路か巡礼の恰好になってしまったのだ。

「やっぱり、わしが号令をかけなきゃならんのかな」

望月曹長はまだ、あの准尉の婦長に敬礼したことがなかったのだが、出発の際には婦長の前に整列して挨拶の敬礼をしなければならない、そのことをいつになく心細そうに苦慮していた。

「それはそうでしょうな」と小島上等兵は意地悪くこたえた。

ちょうど、そんなとき、奇妙な突発事が起った。廊下を、事務室の看護婦が軍服の兵隊二名をつれて駈けつけてきたのだ。そして、「倉山一等兵、倉山一等兵は列外!」と叫んだ。事務の手つづきの誤りで、倉山の旅順行きは取り消しだ。彼はすでに治癒しているから退院で、原隊から迎えがきている、という。

「おい、お前、何しとるんだ」出迎えの兵隊は倉山の病衣の袖をとって廊下へ引っぱり出しながら、「ふてえ野郎だ、こいつ。たかがウガイ薬なんかのみやがって、内地へズラかろうッたって、そうは行くものか」

倉山は実は、中隊の衛生兵の手違いでアスピリンの代りにウガイ薬をのまされた。原因不明の高熱を発したので、軍医は何のことやらわからぬまま一応気管支炎の病名をつけて倉山を病院に送りこんだが、彼の転送されるということをきいた隊付きの衛生兵が、昨夜事実を軍医に自白したというのだった。……「大体こいつが、ふてえんだ。仮病をつかったも同じだ。手間をとらせやがって」兵隊はまだ怒りながら、病衣を脱いで軍服に着かえる倉山の帯剣の吊りボタンをはめるのを手伝ってやっていた。

加介には何のことだかサッパリわけがわからなかった。ただ膝と肱（ひじ）にツギの当った軍服をつけた倉山は、誰よりも病人のように見え、彼が両腕を戦友にとられながら出て行く後姿をみると、不意に自分はこれから内地へ向かうのだという実感がわいてきた。

「気ヲ付ケ！」

望月曹長もまた倉山の姿にショックをうけたのだろうか、あの非フェミニスト的なこだわりをすっかり棄てて、婦長の姿が廊下の向こうに現れると号令をかけた。彼女はふだんと違って膝頭でぴったりとめるズボン式スカートをはいて、整列した加介たちの正面に立った。

「婦長殿に敬礼、頭（かしら）ア左」

砲兵独特のカン高い曹長の声がひびいた。

玄関を出ると駅へ行くためのバスが待っていた。小島上等兵と並んで歩いていた加介は、階級に対する礼儀から、彼のトランクを持とうと申し出た。すると小島は急に瞼(まぶた)を赤くしながら、

「いいんだよ。……お前はたしか二十五歳だろう。おれより一つ年上じゃないか」と、老人が若者に礼をいう口調でこたえた。

バスが走り出すと加介は二箇月半ぶりで野外を眺めた。十月の北満は、すでに冬枯れの景色だった。

最初、それが病院であるとは誰も信じなかった。

旅順の一つ手前の駅で汽車がとまると、衛生兵が指揮して加介たち一行の患者を下車させた。駅といっても、プラットフォームさえあるのかないのかわからない小さな停車場だ。そこが水師営というところであった。

北満各地から集められて、ほぼ一個小隊ほどの人数になる患者は、下車するとリンゴ畑

にかこまれた狭い一本道を歩かせられたが、どこまで行っても人の住む家らしいものさえなく、四方には小さな山や丘が、海の中の島のようにポッカリポッカリと独立してリンゴの樹の林の上に浮んでいた。
「あれが二〇三高地……」「あれが東雞冠山……」と、誰からきくともなく、遍路のような恰好の一隊は、指さしながら教えあったが、かんじんの病院は眼前にそれが現れても、そうと気づくものはなかった。

うすネズミ色をしたその木造の建物は、まるで半分地面にうずまっていた。ゆるい斜面を上りつめたところに建っているにもかかわらず、それは上から押しつぶされたように見えたのである。赤土に汚れた窓ガラス、そり返った板壁、それが辛うじてくッつき合っているだけの、投げやりというよりは悪意でつくられたような粗雑なバラックだった。有刺鉄線にかこまれた門を入りながら、加介はまだこのバラックに自分が入れられるのだとは考えられなかった。彼の頭の中には石井上等兵のいった「帝政ロシヤの建築」がしみ込んでいてはなれなかった。……港を見下ろす丘、白い大理石の円柱で飾られた建物、そんな勝手な想像が、どういうわけか眼前に見ているものより一層現実性にとんでいるように思われた。

アテがはずれたのは単に建物のことだけではなかった。中に這入(はい)ると誰もが、これが病院だろうかと、ふたたび疑った。いたるところめくれ上った板壁の合い間から病室がのぞかれたが、そこには寝台も何もなく、患者は七八十メートルの長さのアンペラ敷の台の上に藁蒲団を並べて荷物のように寝かされていた。……（何かの間違いで行路を変更されたのだろうか？）加介は、来がけに倉山一等兵が不意に退院させられたことが、不吉の前兆のように思い出された。しかし一方、ここは病院船を待つ間の仮の収容所にちがいない、だからこんな粗末な扱い方をするのだろう、とそんな考え方に希望を託したりもした。

ところが間もなく、またまた前途の暗さをおもわせることが起った。雑然と廊下にたむろしていた加介たち一行のところへ、四五名の衛生兵をつれた背の高い下士官が革のスリッパを鳴らしながらやってきた。その下士官を、加介は最初、憲兵かと思った。胸につけた山形の徽章が暗くて黒色にみえたせいもあるが、ひたいの抜け上った面長の青白い顔に眼が疑りぶかそうに光っていた。彼は一同を一列横隊に整列させると、荷物を前に置かせて私物検査を行った。所持品の内に、タバコ、薬品、アブナ絵、規定額以上の金銭などが入っていないかどうかをしらべるためのものだったが、加介を脅したのは検査の方法だった。それは中隊の内務検査ともちがった冷酷さをもっていた。下士官は自分の前にいる患者の風呂敷包みから紙の箱を一つとり出すと、いきなりそれを引き裂いてみせた。そして狂暴な調子でいった。

「こういうノリで貼って作ったものはすべて禁止だ」紙と紙とを貼り合わせた間に何でも隠すことができるからというわけだった。また、「トランクその他、大きな荷物は、日常に必要なものだけ手もとに置いて、そのまま病院の倉庫に預けろ。そうすれば検査なしですませてやる」

そういって一同がアッケにとられているうちに、小島上等兵も望月曹長も、その大きなトランクを衛生兵に引き上げられてしまった。……加介は、歯ミガキ粉の粉のなかに百円紙幣一枚と十円紙幣二枚をかくしてあったが発見されず、別に被害はなかったが、同行者の荷物を取り上げられたことから、相当の期間この病院にとどめられるのではないか、という気がしてきた。

この病院も、病気の種類によって病棟や病室が分けられていたので、望月曹長以下六名の一行は、また孫呉のときと同じく一つの病室に入れられることになった。

病室？　それは部屋というより、むしろ一種の長い大きな廊下であって、通路の両側にアンペラ敷の台があるだけのものなのだ。ガランとした部屋の片隅で一行は、旅の疲労と不安とをこもごもに感じながら、より合ってぼんやり坐っていた。そうでなくとも隙間だらけの建物だから、開放された両側の窓から赤土まじりの風が吹きとおして、戸外と同様の寒さだ。だが、加介たちの一行を何よりも驚かせたのは患者たちの風体だった。彼等は病人でもなく、兵隊でもなく、孤島に漂着した人のようであった。彼等のある者はシャツだけの上に帯をしめ、裾からフンドシをのぞかせながら、軍帽だけはちゃんとかぶっており、胸にグリコの箱から作ったひどく大きな階級章を下げていたりするのだ。先刻、彼等は縛りつけられた荷物のように寝ていたが、いまはほとんど意味の聞きとれない叫びを上げながら、部屋中を狂ったように踊ったり追い駈けたりしている。ここでの階級に対する不信は一層徹底しているらしく、曹長がいるのに敬礼しようとしないばかりか、種族のちがった動物どうしのような、無関心な眼でみて通るだけだ。

「こら、待てえ。……待てえちゃ」

一人の色の白い一等兵のあとを、背の低い四角な体の伍長が真赤な顔をして将棋盤を片手に、追い駈けながら、坐っている望月曹長の肩をドタンと蹴とばして行った。そうかと思うと枕もとからリンゴを取り出しては、ぶッつけ合っている者もある。……「どうも内務がだいぶ、でたらめらしいな」曹長は半ばウメくように小島上等兵にささやいたが、小島はアイマイな言葉に返事をにごしながら、そのためにますます老人のように見える顎の先の不精ヒゲを爪で引っぱってばかりいた。

室長と書いた大きな札を胸に下げた軍曹が、望月曹長のところへやってきた。

「どうだね」と彼はやや意識したような横柄な口調できいた。

「そう……」曹長はいいかけたまま一旦だまったが、ふと顔を上げて、「大体、ここにいる連中は皆、内還の船を待っているわけか」ときいた。

こんなに多勢が頭につかえているのでは、順番が廻ってくるまでが大変だ、一行の誰もがそう思った。しかし関心が大きければ大きいほど切り出すのに、ある勇気がいることだった。皆は思わず軍曹の顔をみた。すると軍曹は一瞬顔をくもらせながら、うす笑いして、

「内還？　そんなものはこの半年、一度もねえや。皆ここで癒してまた北満へかえるのだ」と吐き出すようにいった。そして、「そんなことより、まアお互いに仲よく行こうや。室長は別に命令が出ないかぎりおれがやっているからな。……これ、読んでくれ」そういって「患者心得」という紙を一枚おいて、肩をふりながら自分の寝台へかえって行った。

すると、こんどはまた顋の長い、ボロボロの病衣をきた男がやってきて、

「まアそんなにガッカリせん方がええですよ」といった。

その口のきき方の横柄さに、曹長はついにこらえかねて、

「お前は何年兵か」と訊いた。

「七年兵ですよ」と、男はあっさり答えて胸の上等兵の階級章を示した。けれども七年兵といえば、それは望月曹長と同年兵ということになるのだ。曹長は沈黙するより仕方がなかった。

上等兵の語るところでは実相はこうだった。すくないときで四五百人、多いときには千

人ちかくの患者を収容するこの水師営療養所から内地還送の目的で転出されるのは、一度にせいぜい十人ばかりのものにすぎない。——それも先に軍曹がいったとおり、この半年ばかりは一度もないのだが——のこりの大多数の者は、病状もハッキリしないままに、一年も二年も療養所に置かれるか、でなければ大連や金州や錦州や、そのほか南満各地に散らばってある病院へ順ぐりにタライ廻しに廻されている。彼自身、昭和十七年に発病して以来、各所の病院を転々としてきた。では、そんなに大勢の患者のなかから一体どんな者が選ばれて転出になるのか、その基準はひどく不明瞭なので、たとえば十人のうち二人は担架ではこばれるほどの重症であるかとおもえば、なかには血色もいい、まるで健康そのもののような体つきの者が混じっていたり、さらにまたこれといった特色のない病室の中でも病人として平凡きわまる男が入っていたりする。在院日数の長い者から選ばれるのかというと、そうでもなく、要するに病棟の衛生兵班長の主観によって決められるとしか思えない。だから衛生兵の威張ること、班長は勿論のこと、初年兵の衛生兵でさえ患者の曹長よりも権力がある。

そんなことを説明したあとで上等兵はつづけていった。

「しかし、そうはいってもね、結局のところ、おれたちには何が何だかわからんですよ。内還で転出になる連中は、みんな奉天へ行って朝鮮経由でかえされるんだが、とっくのむかしに内地に着いているはずだと思ったやつが、療養所を出てから二三箇月たったころに、熱河や北満の病院から、検閲済みの判を押したハガキで、『当方モタイヘン元気デヤッテオリマスカラゴ安心クダサイ』なんていってくることが、よくあるんだから……」

加介はその夜、寝小便をした。小学校一年のとき一度あって以来のことで、まさかと思ったが、枕元の開放した大きな窓から吹きつけてくる風に眼をさまされ、気がつくと蒲団がもう冷たくなっていたのだ。彼は狼狽するよりも淋しい気がした。夢ではないか、ともう一度思おうとして、となり近所を見廻すと小島や曹長の頭が毛布の間からのぞいてみえ、なぜかそれが孤独な生き物を感じさせた。

それにしても希望は、かたちを変えていろいろの現れ方をした。これまでとは全くちがった病室内の風習に接して心細くなればなるほど、自分たちの所にだけはいまに内還の命令がやってくる、とそんな気持もした。また食事のときに他の患者たちには牛乳やリンゴが配給され、加介たちにだけそれが配られなかったが、そんなことも自分たちはここに落ちつく人間ではないから配給がないのだろう、と考えられもした。ウマそうに食べている連中が羨ましくないわけではなかったけれど。

三日、四日と日がたつにつれて、とうとうこんな浅はかな期待はそのまま絶望に変った。まわり中の人間が寝台上に坐ったり、寝そべったりしながらリンゴを齧っているのを、曹長と小島と加介とが並んで眺めていると、室長の軍曹がやってきて、すこし萎びたリンゴを一個ずつくれながらいった。

「もうしばらく我慢しろ。転入して一週間は、官給品も酒保品も渡らないことになっているんだ」

軍曹のいったこの言葉は、加介たちの最後のたのみの綱を切ってしまおうとしていた。望月曹長は渡されたリンゴを、そのまま加介にあたえた。

曹長は期するところがあった。来ると早々にあずけさせられた例のトランク、あの中には羊羹八十本、キャラメル百三十箱、パイナップルの缶詰、甘納豆、その他、兵営にいて酒保や炊事場から手に入るかぎりのあらゆる貴重な食料品がギッシリつまっているのだ。あのトランクさえあれば、すくなくとも軍曹から馬鹿にされることはない。すでに孫呉の病室で、そのほんの一部を同室の兵隊に配ってやっただけで石井上等兵の威勢を一瞬のうちに失わせてしまった実績がある。どうせ郷里の山梨県へ持って帰ることが出来ないものなら、病院内の者全部に、配ってやろうと決心した。

「病院の規則がどうなっていようと、預かったものを返すのがあたりまえだろう」

と、曹長は、赤らめた顔をいくらかハニかむようにほころばせながら、出掛けて行った。

ところが彼は、ほどなく手ぶらで帰ってきた。厳重な鍵を下ろした倉庫の中で、トランクの中身は一物のこさず消え失せていたのであった。

看護婦のいないこの病院では衛生兵が絶対の権力をもっていた。しかも、それは看護婦のもっていた権力よりも一層強力なのであった。不思議なことに、他の病院では女性がやっていることを男性である衛生兵がやっていると、元来女性だけがもっているはずの権力も彼等は兼ねそなえてしまうのである。衛生兵たちの猜疑心がつよく嫉妬ぶかい点が女性的だとしたら、おしつけられるだけの責任をみんな患者におしつけてしまうことで一層女性的な特質をあらわしていた。検温——それは、どの病院でも毎日の日課の中で最も重要視されていた。というのは薬をのむことも手術をすることも大した効果のない病気なので、体温計の目盛りを読むことぐらいしか対応策がなかったからでもあるが、特に結果が数字で表わせるという点で、軍隊の好みに合っており、無条件で信じられたのだ——。ところで、その検温器を一本、加介たちの病室の係の初年兵の衛生兵が失くしてしまった。

「何とかしてくれよ」

年とった「一つ星」の衛生兵は、若い軍曹の室長の前に立つと、ダダッ子が甘えるような口調でいった。

「トボけるなよ」室長は笑いながらいった。

「おれたちが員数外の体温計をもっているというのか」

「…………」衛生兵は口ごもったまま、室長の顔を見下ろした。

「おれも何とかしてはやりてえが……。衛生兵さんにとっちゃ体温計は兵器で、おれたちの小銃と同じことだからな」室長はカラカウようにそういった。

それは当り前のことだ。勿論中隊では冗談にも下士官と初年兵がこんな口をききあえるものではなかったが、ここは病院なのだ。しかし、笑いながら室長は、彼の向かい側の寝台の痩せた色の黒い初年兵のところへ近づいて、かがみこんで何か小声でささやいた。加介は、はじめて驚いた。見るからに痩せっぽちのロイド眼鏡の初年兵に室長がたのみこんでいるのを聞いたからだ。「お前が体温計を落して割ったことにしてくれ。あとはうまく取りはからうから……」

室長のいうところでは、体温計を衛生兵が失くした場合には悪くすれば重営倉だが、患者の場合ならせいぜい原隊復帰してからの罰が待っているぐらいで、それもここで衛生兵の心証を良くしておけば避けられるというのだ。

初年兵は承知して、衛生兵といっしょに病室を出て行ったが、帰ってきたときは顔をゴム人形のように膨らせていた。

望月曹長はトランクの中身の行方を探すことを諦めなければならなかった。どんな手段も講じようがなかった。一週間たって、加介たちにもキャラメルや、まんじゅうなどの酒保品が配給されると、一つぶ一つぶのキャラメルを大事そうにしゃぶっている加介の顔を曹長は悲しそうにながめて、頭から敷布をかぶって寝てしまった。その頃から加介は、となりに寝ているからという理由で曹長の当番を命ぜられていた。孫呉では食事の仕度、その他一切のことを看護婦がやっていたが、ここではさまざまな当番や使役が患者に課せられていたのだ。……ところで加介のような当番をつけられたことは、望月曹長の威信をますます傷つけることになった。加介は、いろいろの点で曹長に同情はしはじめたものの、当番になって、一体どういう奉仕をすればいいのかサッパリわからなかった。彼は毎朝、曹長の寝床をつくりなおし、食事の後で食器を洗ったが、それでは全く「当番」とはいえないほど不十分なものであることが後になってわかった。

加介や曹長が気をくさらせながら日を送っているのに反して、小島上等兵はひとり元気だった。彼は絶望を知らない男のようにみえた。高等小学校を卒業するころから髪がうすくなりはじめたという彼は、あらゆる境遇にたえぬくことを幼少のときから学んだにちがいなかった。この病室でも、やはり彼は老年の召集兵から真ッ先に話しかけられたが、こんどは決して孫呉のときのような態度はしめさなかった。逆に年とった兵隊とはうまくめぐり合えた古い友人のように、若い兵隊とは物わかりのいい小父さんのようにふるまって、忽ち人気者になってしまったのだ。彼はまた衛生兵にもウケがよかった。どこでおぼえてくるのか血沈の測定法なども心得ていて、診断室で衛生兵にまじって血を吸いこんだガラスの管を器用な手つきで台の上に立てるのを手伝ったりしていた。

加介がまだ自分の病室の百人ほどいる患者の名前を五分の一もやっと憶えたかおぼえないうちに、小島はもう何十箇月も前から住みついたような顔で、被服係という役目についていた。

「おい、ちょっと」

ある日、加介は食器を洗いに洗面所へ行く途中で小島上等兵に呼びとめられた。

加介は、ぎくりとした。なぜなら彼は大きな扉のかげにかくれようとしていたところだったからだ。

加介は曹長の当番について以来、ある忘れていたものを憶い出していた。それは食欲――何でも彼でも人より余計に口に入れたくなるあの衝動的、かつ持続的な情欲――を感じはじめたことだ。中隊を出てから何箇月間かは、たしかに彼はその厄介きわまる欲望を忘れていたのだが、どうしたことかまたそれが萌しはじめたのだ。それは自分たちの手で食餌を分配するために起るのだろうか。それとも孫呉にはいた看護婦がここにはいないためだろうか。内還の希望がうすれて行くにつれて加介は、あの色の黒い小柄な看護婦の顔を何かにつけて憶い出すようになっていた。眼をつぶると、小さなダンゴ鼻や、黒い眼や、白い看護服の胸をふくらませている乳房の隆起やが浮ぶ……。それが、このごろではもう、そんなものさえ想い浮ばなくなった。白い服の下にみえる胸の隆起の幻影は、ただちにふかふかしたマンジュウのそれに変った。皮の白さといい、濡れたように光るアズキの餡の色合いといい、その幻影は胸苦しいまでに真に迫って強く訴えてくるのだ。けれどもそれは、あくまでも甘美な想いにすぎない。実際に彼を苦しませるのは、となりの曹長が食事を毎度、半分以上も食べ残してしまうことだ。きょうもまた砂糖で煮た豆がどっさりのったままの皿を残飯桶の中に自分の手でぶちまけなくてはならない。厚手の陶器の皿の上で、ふっくら煮えたウズラ豆の一粒一粒は何だか半殺しにされた動物のように、せつないものに見える。手でしゃくって口の中へ入れたら、こいつらは生き返るだろう。残飯桶の位置からちょっと下ると、大きな防火扉がある。扉のかげに半分体を入れると同時に彼は素速く皿の中のものを口にほうり込んだ。そのときだった。

「安木。……ちょっと話があるんだ」

小島は加介の袖を引いて、小声で、用事がすんだらおれのところへこい、といった。見つけられたにちがいない、殴られるだろうか？　その重苦しい予感も、しばらく彼が忘れていた感覚だった。呼ばれて行ってみると、しかし小島は残飯を食べたことについては何もいわず、曹長の病衣を洗濯しろというのだった。

「皆わらっているぞ。お前と曹長殿の病衣が部屋中で一番よごれているんだ」

そういって彼は、小さな石鹼のかけらを渡した。その拇指大(おやゆび)の石鹼が小島のくれた最初で最後の親切だったが、加介はかえって当惑した。曹長の白衣がネズミ色になっていることなら加介も気がついていた。しかし、それをどうやって洗うかという段になると雲をつかむような、理由のハッキリしない障害があるのだ。石鹼の配給のないとき白い物を洗うには、歯ミガキ粉をとかした水によくつけて、しぼらずに乾かせばよい、ということを聞いていたので、加介はその通りにして洗ってみた。すると乾き上ったその着物は、黒いものの上に粉がふいて全体がカスミのように白くなったが、曹長がそれを着て歩くと、そのたびに白い粉がパッパッととび散って、まるで一匹の巨大な蛾が飛んでいるような、奇怪な光景をていしてしまったのだ。一日で軀中がハミガキ粉だらけになった曹長は、以後いくら加介が、「曹長殿、病衣を洗濯させていただきます」といっても、「まだたいして汚れていないから」としかいわないのだ。加介には曹長の気持がわかるし、曹長も加介の気持をくんでくれているものと思ったので、そのままにしていたのだが、いま栂指大の石鹼をあたえられると、そのような洗濯問答はもう許されない、どうあっても当り前の洗濯をして、曹長に着させなければならない。しかし当り前に洗うためには、もっとマトモな石鹼が必要だ。

石鹸を病室の百人の患者の誰かから盗むことは、おそらく可能だったにちがいない。ただ加介は、そのことを思いつかなかった。彼はコンクリートの上に、水で濡らした病衣を置き、一本の棒で朝鮮人のようにそれを二時間あまりにわたって叩きつづけた。すると、こんどは灰色の中に白いダンダラの縞模様をつけた病衣が出来上ってしまった。

さすがに、それを曹長のもとへ届けることは、ためらわれた。


ところが、加介は意外なことで、その窮地を脱することができた。これまでの室長だった軍曹が突然、北満に送りかえされることになり、望月曹長がそのあとをうけて室長になったが、同時に加介は当番を免ぜられたからだ。

望月曹長が室長になったことは加介に、ある期待をもたせた、これでこの病室もいくらかは住みよくなるだろうという。……しかし加介は、曹長がどういう気持で室長を引き受けたのか知らなかった。

曹長は命令が出るとその日の日夕点呼から、わざとのように汚れた病衣の胸に例のハガキ大の「室長」と大きく書いた札を下げはじめた。そんな恰好をすることによって、いままでの病室のしきたりを諷刺しようとする意図でもあったのだろうか。就任の挨拶にかえて彼は、「グリコの箱や赤チンを塗ってつくった階級章ははずすように」といいわたしたのである。しかし加介にとって何よりありがたかったのは、当番をやめさせてくれたことだった。ニマメその他の残りものの余徳にあずかれないことだけは心のこりだったが、もう他人の面倒を見る必要がないという解放感は、それぐらいのものにはかえられないうれしさだった。ところが、この交替した当番が加介に直接間接に、有形無形の圧迫をくわえることになった。

新しく曹長の当番についたのは、以前に軍曹の当番だったという初年兵の鎌田一等兵だが、彼について加介はこれまで芸者の真似をするのが得意な男だという印象しか得ていなかった。……この病室へ入った最初の日、顔の四角い伍長から奇声を発して追いまわされていたのも鎌田だが、笑うと赤い歯茎が丸く出て、そのために皮膚の白さが一層ナマナマしくなる。病衣の裾を引きずるように着て、内股に歩きながら、ひどくカスレた地声で、どういう意味か知らないが、「羽織り買って……」と呼び掛けてまわる。しかし、その鎌田の当番についてやったことは一から十まで加介とは反対だった。

まず曹長の病衣は見ちがえるほど真白くなった。アルミニュームの皿やドンブリもピカピカに磨かれて、まるで銀のように白く光った。それだけのことならば、まだ加介にも思い及ばぬというほどではなかったが、ふと曹長の寝床をみると、いつの間にか藁蒲団がいままでの三倍ぐらいに分厚く、その上に寝ると他の寝床より一尺ほど高くて、周囲を見下すことができるように、やわらかな藁がふんだんに詰められているのだ。いったい、そんなに沢山の藁をどこから集めてきたのだろう。また、鎌田は曹長がどこへ行くときも、かならずつきしたがって、後から襟をなおしたり、チリをはらったり、たえず気をくばっている。蒲団といい、病衣といい、これらのことは新しい室長に威厳を与えることに役立つ一方、安木加介がどんなに劣等なフテブテしい兵隊だったかを示すことにもなった。

曹長は、被服係の小島が特別に調達してきた新しい階級章をつけ、ピンと糊のきいた白い病衣——鎌田は薬缶の尻でアイロンをかけることまで知っていた——を着ると、これまでは寝てばかりいたのに起き上って、さまざまなことをやりはじめた。最初に部屋の壁や、枕元の棚のうらや、いたるところに書き散らされていたラクガキを丹念に消す作業を患者全員を動員して行った。次には私製の階級章をやめさせたかわり、胸に官等級氏名を書いた札を下げさせた。また、病舎の周囲につくられてあった稚拙な花壇や箱庭のようなものをこわし、平地にならして、殊にすべての穴をよくうめさせた。こんな具合に、作業の時間というものをもうけては、毎日一定の時間、病状のひどく悪いもの以外はみな働かせたのである。

こうして曹長の病衣は一日ごとに白さを増したが、病室の空気は加介の期待したこととは反対に、固苦しく、居心地の悪いものになって行った。

ある日、とうとう曹長は加介の病衣の袖を不意に引ッぱって、

「お前は、ドウヤラコウヤラだな。……お前みたいなやつをドウヤラコウヤラ野郎というのだ」といった。つまり加介の病衣の洗い方が粗末であるというのであった。以前には曹長自身病衣のことなんか、あんなに無頓着だったくせに。……加介には合点がゆかなかった。まったくのところ、望月曹長の変貌ぶりは一体どうしたことだろう。無論、こうした曹長の室長ぶりは病院の衛生兵にとっては悪いはずはない。けれども病院で好成績を上げることは、かならずしも原隊へ帰って成績がよくなるとはかぎらない。かえって逆に、軍医や衛生兵から良い点をつけられすぎると、兵科の隊では原隊復帰するのを嫌っているととられて成績を悪くするのである。こんな事情を知らない曹長ではないはずだ。けれども彼が内還になることを完全にあきらめたことは加介にも推察できた。トランクを盗まれ、下級の下士官に踏みつけにされ、何をされても怒ることさえできなかったのが、いま内地へかえる夢を断念したことで、不意にそのときの怒りが、こんな具合に、やっても役には立たない仕事に対する情熱というかたちで現れたのだろうか。してみると、おれを免職にしたことが曹長の怒りの最初のあらわれかな、と加介はやっとそのことに気がついた。

実際、曹長は目的を変えたのだ。そうすることによって彼は一夜にして、患者からもとの軍人になり変ったのである。

曹長の革新策は病室内の空気をだんだん変えて行ったが、それにつれて加介はこれまでわからなかった部屋の様子がわかってきた。

加介は、あの漂着民のような恰好の連中が枕元からリンゴをいくらでも取り出すのをかねてから不審に思っていた。加介には二日に一個の配給しかないのに、彼等は一個のリンゴを食べてしまったその後で、ふと見るとまた丸のままの新しいのを齧っている。……ところで彼等の方では加介を曹長のスパイとみなして警戒していた。室長当番というのは由来そういう役目も兼ねていたのだ。だが、加介がどうやら曹長の信任を得ていないことがわかるにつれて、だんだん加介の見ているところでも彼等は活躍しはじめた。夜になると、彼等はさまざまに変装して鉄条網の外にある満人のリンゴ畑に出掛けて行く。変装するにも白い病衣しかない連中は、フンドシ一つの裸で行く。柵の内側には銃剣をもった巡察兵が、外側には棒をもった満人と番犬がいるが、防空壕や見せかけの花壇を掩蓋壕(えんがいごう)としてリンゴは運びこまれる。……藁蒲団の下は奈落のようなカラクリの、ちょっとした倉庫になっており、その中にリンゴの他にも公然と眼にふれてはならないもの、タバコや、薬品や、高粱酒(コーリャン)などがしまわれてあるのだ。

そんな連中とは別に、もっと平和な生活をしている一派もある。彼等は、毛布の糸を抜いてそれで靴下や手袋を編んだり、窓の枠をはずして小刀でくりぬき、箸と箸箱をつくったり、軍事郵便のハガキを貼り合わせてシガレット・ケースや麻雀の牌(パイ)をつくったりするのに余念がない。喫煙も遊戯も、禁じられたことは一切やらないが、その道具をつくることが彼等の道楽であり、またそれはリンゴや菓子の交換物資にもなるのだ。

ところでまた、そのどちらにも属さない一派がある。彼等は賤民だ。食うことは誰にとっても最大の関心事だが、彼等はもうそれ以外には何等の興味も欲望ももたない。といって脱柵してリンゴを盗みに行くほどの機敏さもなく、いつも空缶を手にもって、よれよれの病衣をまとい、食事どきになるとスリッパをぱたぱたいわせながら、食事当番のあとを、「おねがいします。おねがいします」と追い駈けて行く。他のグループとちがって彼等はおたがいに孤立している。下士官や上等兵から、みっともないぞ、といわれると、うなだれて涙をながしたりするが、あとはまた「ええい、知っちゃいねえや」とつぶやいて、空缶の中に溜めた味噌汁のダシジャコを嚙んでいる。

突然、前ぶれもなしに冬がやってきた。

煉瓦と赤土で組み上げられたペーチカに火を入れることになると、加介たち初年兵はにわかに忙しくなった。前の年までは全員がペーチカ焚きをしたのだが、曹長の意見で初年兵だけがペーチカ当番につくことになったからだ。かてて加えて、この冬は前年から持ちこした半分風化したような粗悪な石炭しかなく、それも病室から五六百メートルはなれた貯炭場へ行って、赤土をかぶった上から掘り起してこなければならなかった。

室内にペーチカは十箇所あり、それを三十人ばかりの初年兵が交替で焚くのだが、当番につくと加介はたちまち、あの曹長の着物を石鹸なしで洗わせられたとき以上の当惑を感じた。……零下十度ばかりの気温になる野外の貯炭場に、綿ネルのシャツと病衣を着ただけで出掛け、なるだけ大きそうなのを選んでカマスに一杯かついでくると、それは石炭ではなく単に黒い石なのであった。出掛けなおして、ようよう二時間もかかってバケツに一杯の石炭をさがしてくると、こんどは燃えるには燃えたが、けむりが煙突の方へ行かず焚き口へ逆流してくる燃え方しかしないのである。こうして彼は、一日で全身、煤と石炭の粉まみれになり、やがて着ているものは勿論、寝床や食器まで彼の触れているもの全部が黒く汚れた。

十箇のペーチカには、それぞれ担任の当番がつけられたが、そのことは自然に当番同志の競争心をあおるので、加介は一向に火のついてくれないペーチカが、まるで自分自身の腑甲斐ない姿のように情なく、火吹き竹で吹いたり手をつっこんだりするために、なおのこと鼻も口もわからないほど真黒に汚れるのであった。……慣れるにしたがって焚き方も上達しないわけではなかったが、その上達に並行して石炭の質も一層悪くなったから、焚くことの困難さには変りなかった。そして、こんな苦役が重なってくるにつれて加介は、いいようのないある不思議な心持にとらわれて行った。
それは何か重苦しい夢に似たものだった。絶えず身体に煤の臭いがつきまとい、口の中にも耳の穴にも、臍(へそ)にも尻にもジャリジャリした石炭の粉がつまっているのを感じていると、全身が一どきに痒くなるような焦燥感がおそってくるが、やがてその感覚が極点に達したとき、ふいと自分の皮膚からもう一人の自分が脱け出すように感じるのだ。そして脱皮した蛇が自分のヌケガラをながめるように、石炭だらけになった自分と、その中から脱け出した自分とが、きわめて無感動に向かい合っているのである。

ある日、入浴のかえりに加介は、下駄箱の中に並んでいる同じような黒いゴムのスリッパのなかから特にはき心地のよさそうなのを選んではいて帰った。彼のスリッパはもう足をつっかける部分が切れて、仮に針金で結んで置いたが、ひきずるように歩かなければポロリと脱げるし、針金がさわって足が傷だらけになるのだ。……どうして、そんなことをしてしまったのか。そう気がついたのは、寝台の上で足の爪を切りながらふと顔を上げて、部屋の入口のところに赤い顔をした曹長と物いいたげに口をとがらせた当番の鎌田とが立っているのをみとめたときだ。鎌田は加介の針金で結んだスリッパをはいている。そして曹長のはいているのはおそらく鎌田のスリッパであろう。孫呉の病院でもはいていた曹長のクローム・イエローの靴下が眼を射るようにとびこんできて、加介はおもわず面を伏せた。鎌田はわざとのように足をひきずりながら、曹長といっしょに皆のスリッパをしらべている。

「おい、これはお前のか」

そういう曹長の声がきこえたかと思うと、次の瞬間にゴムのスリッパが風を切る音をたてながら加介の頰にとんできた。その一撃を彼は重苦しい夢のように感じた。つづいて左右の頰に連続的に衝撃がくるのを覚えながら、「……上官の命令は天皇陛下の命令じゃ。……上官にウソをつくことは陛下をだますことじゃ。……上官のものを盗むのは陛下のものを盗むことじゃ。……」そんな曹長のしばらくぶりできくカン高い声が耳にひびいて、あのやりきれない「退屈さ」がやってきた。……痛みは、それから数時間たって就寝の時刻になって感じられた。枕をひきよせると頰の皮を引き剝がされるように痛んだ。翌朝、洗面所の鏡にうつった自分の顔をのぞきこむと、紫色にふくれ上った頰に押し上げられて両眼が滑稽なほど細くなり、左右不均衡につり上りながら何の表情もなしにボンヤリあいているのであった。しかし、そんなことよりも彼を苦しめたのは、あとからあとからおしよせてくる屈辱感だった。それは兵隊としての加介にとっては、まったく新しい感情だった。何でいまごろになってそんなものを感じるのか？　自分でもそれが合点が行かないことだった。ただ、彼は入営以来はじめて「盗み」という正常な理由で罰せられたのだ、はたして自分に盗む意志があったか、どうかは判然としないまでも。

けれども、その屈辱感もそう永くはつづかなかった。点呼後曹長は初年兵全員を集合させた上で、緊張をうながすための訓話を行ったが、そのキンキンした声をきいているうちに、もうあのマボロシのような分身が活躍しはじめ、鏡にうつった顔が無感動に自分の正面にうつってきた。……加介が食事当番に空缶をさしだして、おねがいします、というようになったのはその頃からである。


望月曹長の権力は、いまや不動のものとなった。出来上りつつあった革新の制度が、加介のうけたスリッパの制裁で画期的な完成をみたのであった。病室内は病院中随一をほこるほど清潔に整備され、内務のしつけは中隊同様に厳正に行われるようになった。

このころになって曹長は、小犬を一匹かいはじめる程の余裕さえみせはじめた。病舎の中で生き物を飼うことは禁じられていたが、あまりに固苦しい規則ずくめは避けた方がいいというわけだった。

小犬は点呼の際は蒲団のかげや、誰かのフトコロのなかにかくされ、食事は皆が少しずつ自分の食物をさいてあたえた。……ところで、この犬は最初のうちは誰のところへもとんで行き、どんなオカズでもうまそうに食べてペロペロひとの手を舐めたりしていたが、ほどなく特定の人間のところへしか行かなくなった。彼はいまや曹長の権力の象徴だった。ふだんは曹長が抱いているが、曹長のいないときは、五島伍長が、伍長もいないときは永井兵長が、というふうに順ぐりに、一つずつ権力の下のものへと抱きつがれて行くのであった。

栄養がいいのか小犬は一と月ほどの間に、おどろくほど成長した。ネズミを大きくした程度だったのが猫ほどの大きさになり、白と茶のブチの毛をむくむくさせて、無邪気とも横柄ともとれる大様な態度で権力者の腕におとなしく抱かれていた。

ペーチカを焚きはじめて以来、賤民階級に転落するものが続出した。その大部分は初年兵だったが、ペーチカ当番の初年兵に病勢の悪化するものが多くなって二年兵も当番につきはじめると、彼等のなかからも転落するものが加わり、そうなるともう賤民の意識は次第にうすくなって、一種の快楽派ともいうべきものになった。彼等は空カンをもってペーチカのまわりに集まると、配給のマンジュウを水でとかしてシルコをつくるとか、卵のカラやリンゴの皮を集めて焼いたり乾したりしてフリカケ粉にするとか、いろいろに工夫しては、一定の限度しかあたえられることのない食料をすこしでも大きなものに見せかけて食うことに腐心した。……こうしたエピキュリアンの一方の大家に二年兵の古川一等兵がいた。彼はいつも奇抜な方法で我慢づよく材料をあつめては、正式な方法で料理をした。たとえば豚カツが食事にあがるたびに食缶の底に残る少量の油をたくわえて、翌朝はそれで卵の目玉焼きをつくるとか、牛缶がくばられると、いちはやく部屋中の者と契約して缶カラをもらい集め、湯で洗い流した汁を煮つめて濃厚なソースをつくるといった風だ。彼の前では誰も食い物の話をすることは出来ない。なぜなら彼はきっとアキムジナという奇妙な動物のことを持ち出すからだ。

「世の中で一番うまいのはアキムジナだ。アキムジナ食わねば、うまいもの食ったとはいわれない」といって近眼鏡の底から相手をにらむのだが、そういえば加介には色の黒い幅広の古川の顔がそのアキムジナであるような気もしてくるのだ。

また石丸という二年兵の一等兵は、古川とちがってはなはだ雑な料理しかしないが、質より量で、古川や加介たちの使いのこりの材料――というとこれはもう口へ入れるのもどうかというしろものだが――をカンの中へさらえこんで、うんと水増ししたやつを暇さえあれば食べている。石丸は、もと大阪のはずれの方のタイ焼き屋であって、それは彼がペーチカのまわりで、しょっ中、

「いま、おととが商売やっているのや。まだ学校へ上っているのに、毎朝しぇっしぇっと薪わってなア。……アンコの冷たいの、手ですくうて霜焼けだらけになってるで」

と、誰彼となく話しかけることから、皆が知っているのだ。誰も、この男に弟があろうとなかろうと、そんなことに興味をもつ者はいなかったし、またその弟がどんなに苦労していようと同情すべきものもなかったが、相手の意嚮はかまわず、彼は赤くなった鼻先から流れ落ちる水バナを掌で受けとめたりしながら、ただ話すのである。

「冷たいアンコの中へ手えつっこんでなア。えらいもんやで」

「おい、よせよ。おれの食べているマンジュウまで塩っからくなる」

と、聞いている方も不遠慮にさえぎるが、石丸は委細かまわず、

「アンコの冷えたのとなア……」と、つづけるのである。

加介が一人、貯炭場で、土と石コロの間から石炭をとりわけていると、後から白川一等兵が声をかけた。ふり向くと、白川は手に大きな直径二尺ほどのザルを持って、これで二人して赤土にまじっている石炭の粒をふるい出そうというわけだった。

加介は意外な気がした。というのは白川は、ついこの間まで彼一流の方法でこの病室の中で一種特別の地位を保っており、ペーチカ当番のような使役は免除されていたからだ。

白川はいつも大きな楽譜帳をもって伍長や軍曹に歌曲や俳句を教授したり、ドイツ語のアルファベットを読み上げたり、また誰に向かっても、除隊したら東京の自分の家に遊びにこい、省線電車のエビスという駅からみればすぐわかる、大きな煙突のある家で、などといって、どこまでが本当だかわからないといわれながら、それでも誰もが彼のことを「白川さん」と「さん」付けで呼んで、当番にも使役にもつけられず毎日のんき気に暮していた。このような人物が、こんなやり方で軍隊生活を送っていることについては加介でさえも、ある怒りを覚えずにはいられなかった。だから加介はきょうまで彼とは一度も口をきいたことがない。

その白川が、鼻と口とに石炭で真黒くなったタオルを巻きつけ、すこしでも暖かくしようと、手と足とに毛布のボロ布をくっつけて、何とも得体のしれない恰好をしている。いまはもう曹長以下何人かの権力者と、それに直接奉仕する者とをのぞいては、みんなこんな恰好なのだ。

白川の提案にしたがってザルで石炭をふるう方法は非常に能率的だった。二時間たらずで大きなカマスに二杯ぎっしりの石炭がとれた。しかし、そんなことよりも一しょに体を動かしているということに、これまでにない喜びがあった。

石炭をふるいながら白川はいった。

「君、どうしていつまでも二等兵の階級章をつけているんだ？」

これは加介にとって最も苦手な問いだった。兵隊は入営後半年たつと、誰でも一等兵に進級するのがあたりまえだ。仮にそれに洩れることがあるとしても、八箇月目には必ず進級できることになっている。ところが加介は、もうあと一と月あまりで二年兵になろうとするのに、まだ進級のしらせがない。進級におくれること自体は、加介にとっては何でもない。ただ、そのことにふれられると、発病のために免れたとはいえ、あのアナグラのような営倉の床や、鉄の格子や、が憶い出されるにつけて、中隊が出発したころの自分の行跡の一切合財を覗きこまれるような気がして、不意に背筋が冷たくなるのだ。

「…………」加介は口ごもったまま、作業をつづけようとした。

するとと白川は、

「どうして星二つのやつをつけないんだ。……つくるのが面倒なら、おれが二つ持っているから、一つやるよ」と奇怪なことをいう。

「だって命令が……」

「命令なんか来なくても当り前だよ、ここは病院だもの、時期がくればサッサと一人で進級すればいいんだよ」

「じゃ、ニーデ（お前）も？」

「まアいいからさ、命令はどうでも。……ニーデもはやくつけろよ」

加介は「私物」の進級を行う気にはならなかった。けれども白川のいってくれたことに親切心を感じた。

それ以来、加介は白川とペーチカで、空缶料理を分け合って食べたりする間柄になった。それは白川も、楽譜帳やドイツ語の本はいくらふりまわしても役に立たないと悟ったのか、それはしなくなったが、そのかわりこんどは「おれは秘密でM軍医から、酒保でマンジュウ百個買ってよろしいという許可をとっているのだが、百個のマンジュウを一どきには食えないし、かくす場所もないから困る」などと、あいかわらず途方もないことをいいふらしたりして、そんなときは興醒めな気持にさせられたが、それでも楽譜やドイツ語にくらべればよほどマシなホラとして聞くことができた。ともかくこれで「戦友」という言葉が大仰なら、「隣人」を一人もつことになったわけだ。加介は、自分が食事当番についたときは白川の皿をおぼえていて、なるべく柄杓をバッカンの底から掻きまわして汁の実の多いところを入れることにしたし、一方、白川が当番のときには安心して自分の皿を彼にまかせておくようになった。

たとい一人でも、こうした仲間をもつということは実は大したことなのだ。いまでは小島上等兵のような権力者でさえ、食事どきには落ちつきを失って、自分の皿と食事当番の手つきをジッと食い入るような眼つきで見つめている。おそらく曹長をのぞいた病室内の全員がそうなのだ。食事の絶対量がすくないというのでは決してなかった。むしろ現状としては、質も量も、のぞみうる範囲で最上のものがあたえられているといってもよかった。ただ毎日、三度三度、一つの部屋にあつまった百人ばかりの人間が、同じ食べ物をキッチリ平等にあたえられるということで、おたがいに神経をすりへらし、他人のものと自分のものとの差が少ないということが原因で、おたがいに髪の根元が痒くなるほど疑り合い、嫉妬し合い、苦しみあっているのだ。一日おきに朝の食事にナマ卵が一人に一個ずつ配給される。勿論、誰もが大きい方を欲する。が、なかには、たとえば小島上等兵のように、割ってみて、黄身の大きさを隣近所の者と比較してみなくては承知できない者もいるのである。

こんな中で、一人でも気を許せる者がいることは、それだけ他の面でも余裕を持つことができることになる。もはや加介は以前ほどには望月曹長も小島上等兵も怖れなくなった。それに加介は、曹長に殴られたことで、何箇月か背負ってきた重荷を下したようなものだった。正当な理由で存分に殴られたことは、孫呉以来、曹長に対してもっていた理由のハッキリしない引け目をなくし、逆にそれが曹長の方に引っかかりはじめた。殴られたあとの紫色に脹れ上った加介の顔を、見るたびに病室のみんなは顔をそむけた。けれども脹れがひいた後も曹長はやっぱり加介の顔を見ようとしなかった。その顔に殴るだけの十分な理由があったにもかかわらず……。朝夕、曹長は加介と顔を合わせるとき、眼をそらせるか、でなければニッコリ笑うのであった。

めんどうな事件が起った。

曹長の小犬がどこかへ姿をくらました。慰問演芸団がやってくるので、曹長と伍長がその相談に出掛けた留守のことだった。

「チビ！　チビ」

窓の外を鎌田一等兵が、半分泣いているような声で犬の名を呼ぶのが聞えたが、もうマルマルと肥って親犬になりかかっている「チビ」は、ときどき病棟の外を駈けまわったりすることもあるのだから、誰も別段、気にとめようとしなかった。けれども、その晩の食事時にもとうとう姿を現さなかったことから、部屋中の者が騒ぎだした。実際には、犬のことなど気にかける余裕のある者は、曹長と鎌田をのぞいてほとんどいなかった。だが、そうであればあるだけ心配そうな素振りを示さないわけには行かなかった。というのは、犬が姿を消した翌日の昼ごろから、「チビは逃げたのではなく、食われたのだ」というウワサが流れはじめたからだ。あの日、防空壕から煙の上るのがみえて肉の焼ける臭いがしたとか、配膳室でキャンと鳴き声がきこえ、あたりにも毛が散乱していたとかいう……。

このウワサに最も恐慌をきたしたのはペーチカのまわりで空カン料理に熱中している連

中だった。なかでも古川一等兵はふだんから「アキムジナの次にうまいものはネコだ」とイカモノ食いの権威を以て任じていたことから、犬を料理して食べたのは彼だという評判が、ほとんど確定的なものとされてしまったのだ。そのため古川は一所懸命、まるで子供をさらわれた父親のような顔つきをして一日中、部屋の内外をうろつかなければならなくなった。「チビのやつ可哀そうになア。どこへ行ったのかなア」とつぶやきながら……。しかし加介にしても白川にしても、程度の差こそあれ、事情は同じだった。疑られていることには変りないのである。で、もう誰も空カンを持ってペーチカの囲りに近づくことはできなくなってしまった。病室の空気は以前にくらべて一層重苦しく、トゲトゲしたものに変っていった。

けれども小犬失踪の事件の意味は、もっと他のところにあった。仮に曹長の小犬が本当に誰かに食われたにせよ、食われなかったにせよ、そんなウワサが立ったということは、曹長の威信が表面だけでしか行われていないことを、みんなに認めさせることになったからだ。まったくのところ、あの小犬が食事のたびにキャンキャン鳴きながら、あちらこちらの寝台を駈けめぐって、好き勝手なところから、兵隊たちがあれほど執着しているオカズを蹴ちらしたり、くわえて逃げ出したかと思うと、ぺっぺっと廊下のすみに吐き出してまた他の兵隊のオカズを狙って突進したりするところを見れば、誰だって一度は取っ摑まえて思いきりぶん殴ってみたい気にはなる。だが、それを実行にうつす段になると、革命を起すだけの勇気と決断が必要である。何しろ相手は犬コロでも、すでにそれは権力の象徴なのだ。……それがいま殺されてしまった上に、食われたという。

もともと飼うことを表向き禁止された動物だから、曹長もあくまで追求するというわけには行かなかった。時日がたつにつれて、犬そのものについては皆、忘れてしまった。けれども料理された犬のことは、ヤキトリのように串にさして食われたとか、シチューにされたとか、さまざまに取沙汰され、いつまでも兵隊たちの話題をにぎわせた。

これは望月曹長が、ふたたび権力を失墜する前兆だったのだろうか。それから間もなく、しばらくぶりで大規模な患者の内還が行われるという情報がつたわった。

病院長の武田少佐は日ごろ、ノモンハン事件に参加したことを誇っており、病院自動車に立ちはだかって、むらがり寄ってくる我が軍の負傷者を軍刀で斬り捨てながら、自動車を進行させたという武勇談を、加介たちは訓話の際に聞かされてきた。病院をことさら「療養隊」と名をあらためたのも、この院長の発案にかかっていた。そして「この武田のいるかぎり、当療養隊からは絶対に患者の内地送還は行わない」とのことであった。したがって、軍医たちの前では、病兵たちは内還のウワサ話をすることさえ許されない。病院の庭——といっても赤土を平坦にならした地面にすぎないが——のあちこちには、病兵がヒマつぶしに石コロと雑草で作った花壇のような、箱庭のようなものがあるが、それにはきまって「北転園」とか「復帰山」とかいう名を書いた立て札がたてられてある。北転というのは北の国境へかえることであり、復帰というのは原隊復帰の意味である。しかし、便所や、壁のすき間や、整頓棚のかげや、そんな場所にはいたるところ、「アア早ク内地ヘカエリタイカエッテ早ク……シタイ」というような文句が稚拙な笑画とともに書きつけられてあり、検査のたびに何処も消されたり削られたりしながら、また何日間かたつうちには、きっとどこかに同じような文句と絵が発見される。最初それを見たとき加介は、いいようもない陰惨な不潔なものを感じた。しかし見慣れるにしたがってそれは何かしら滑稽なものに思われてきた。たしかに兵隊にとって「内地」という言葉は恥部なのだ。ちょうど、ものごころついてまだ女を知らない少年にとって、それが永遠に手のとどかぬものと思われるように。だから実際に、確実性のある内還の情報が流れはじめると、そうした落書も、「北転園」も、うっちゃらかしにされて、眼にふれても気にもとまらないほどツマらぬものになって行った。

これまで加介たちの病室にも、何度となく内還のウワサが立っては、いつの間にか消えて行った。しかし、こんどこそはそれの本物だという証拠に、部屋の空気がこれまでとはまるで変ってしまったのだ。いままでは被服係から事務室で衛生班長の事務の手伝いまでやっている小島上等兵から、内還の候補に上っている者の名がひそかに伝えられると、彼等は一様に不思議な変化をしめしはじめた。つまり彼等の顔には一種の気品と見えざる上流階級の権威のようなものが漂い出してきたのだ。これはまったく奇妙なことで、彼等は周囲に気がねして肩身を狭くこそすれ、けっして威張ったりするはずもないのだが、それでも態度や物腰にいいようもない優雅さがともなうようになったのは、どうしたことだろう。

第一の徴候として、彼等は食事に鷹揚になりだした。古川がそうだった。白川がそうだった。彼等はもうペーチカのまわりを、空カンをかかえてうろつかなくなったばかりでなく、古川一等兵のごときは食事のたびに、どんぶりの飯を四分の一ほど、まわりの誰彼に与えるようにさえなった。白川はまたキャラメルや、いつ配給になったとも忘れるほどむかしの羊羹をもってきて、こっそりと加介に手渡した。

「どうしたんだ。これは、もらってもいいのか?」

「何をいっているんだ、いまさらへんな遠慮はよせよ。ずっと前にM軍医にもらったのだが、うっかり食うのを忘れていた。手箱の中の整理ができなくなるから、君に進上するよ」

こんなことをいう白川の言葉に偽善的なひびきさえもないのである。また洒落者たちは身装(みなり)にかまわなくなってしまった。いつも糊のきいた真白な病衣に、どこでどうして手に入れたのか、もうそのころは病兵などに渡されるはずのない純毛のラシャ製の真新しい階級章を花のように胸につけ、真四角にピタリと巻いた帯を私物のニッケルのピカピカしたバックルでとめていた田中上等兵も、転出ときまった日から襦袢、袴下まですっかり他の兵隊に引き渡して、交換に病棟で一番汚れたネズミ色の病衣をまといだした。

そういうことが、どうして上品に見えるのか？　それは勿論、彼等のふるまいが謙遜で美徳にあふれたものだからというわけではない。たとえば小島上等兵は、被服係をしている間に、その特権をどういう風に利用したのか、病院に出入りする満人からタバコを手に入れて、それを患者に売って三百円あまりの貯金をしているという評判だったが、事務室に自由に出入りできる関係からいちはやく自分が内還の候補に入っているという情報をキャッチすると、「さア、おれは内地へかえるぞ。内地へかえるんだからすこしは小ざっぱりしたものを着せてもらわんと困るぞ」と、初年兵を動員して、コンクリートの床の上に一尺も水がたまっている洗濯場で上から下まで真白に洗濯させるやら、炊事場からひろってきたビール箱に、下着だのハラマキだのを何度も整頓して詰めなおすやらで、若禿の頭をふりふりそんなことをしている様子は、まるで孫娘の嫁入仕度のようでもあるが、そんな小島上等兵の顔つきもまた上品に見えるのだ。……してみると、彼等が気品ありげに見えるのは、外見上の物腰態度の変化のせいではない。それはもっぱら彼等が背中に「内地」のおもかげを後光のように背負いはじめるためなのだ。

いまや誰にとっても「内地」は恥部ではない。反対に、すぐそばにあって光りかがやいているものだ。もはや兵隊たちにとっては世界は二つしかない、内地と外地と。それは天国と地獄のようにはっきりと区別される二つの世界なのだ。そして、そういうことから逆に、転出、内還になるのは、どこかにもともと「上品」さのある者、それだけの徳のそなわった者、そういう人間だけが転出者にえらばれる資格があるのだという気持を、無意識のうちにも皆の心に抱かせるのである。だから、たとえば加介たちがこの病室へやってきた最初の日に、病院の事情や内還のことを説明してくれたあの顚の長い上等兵、鹿島七年兵のような男は、いくら人が善くて、ふだんから食事や洗濯のことについて文句ひとつ言わなくても、こういうときになるとタダの人にしか見えない。

鹿島はただ一人、寝台の上に大の字にひっくりかえりながら、

「どうせおれは人間がお粗末に出来ている。こういうときはいつだって、おいてきぼりを食うにきまっているさ」と、うそぶいているが、それに対しては誰しも、

(そうでしょうな) としか答えようがない。

ウワサが立ちはじめてから命令が出るまでの一週間、病院は全体が浮き足だったようにあわただしく過ぎた。

ただ一人の仲間である白川がいなくなることについて、加介は別段さびしい気もしなかった。ペーチカをかこんで話し合っていても、二人がもう別々の世界にいることが、あま

りに明らかだったからである。およそ病室内のすべての兵隊が、それぞれ同じような気持だったにちがいない。いまは、なぐさめられることも、なぐさめることもなかった。ふだんの望月曹長なら、きっとこんなときには士気の沈滞していることをいましめて怒号するにちがいないのだが、曹長はまた別の意味で元気を失っていた。当番としていたれりつくせりの働きをした鎌田一等兵が内地還送患者の中にふくまれていたからである。……小犬を探しながら眼の痛みを訴えていた鎌田は、病状を悪化させ、両眼とも結核性結膜炎の診断を下されて絶対安静の床についたままだった。

「ああ、おれも早よ、内還にしてもらわな、あかんな。……家で、おととが一人で商売しているのに」

そういって嘆息をつくのは石丸だった。そんなことをいうのは彼一人なのだ。ところが、まわりにいる連中はそれを聞くと、ある奇妙なイラ立たしさに駆られてしまう。

「馬鹿をいうな。お前みたいな野郎が内還になってたまるものか！」

とドナリかえす者もいる。しかし実際のところ、石丸がとくに内還になる資格がないという理由はどこにもない。ただ、この男があの「天国」のそばへ行ける人間とは、誰にもどうしても考えられないのである。それは口にするさえ許しがたいことのように思われる。

にもかかわらず、石丸はペーチカの煤に汚れた黒い水バナをすすり上げながら、何べんでも繰りかえすのだ。

「ああ、早よ、かえりたいなア。おととが暗いうちからチベタいあんこに手エつっこんでるのになア……」

ところが、いよいよその晩の日夕点呼後、室長の読み上げる命令回報で、

「右の者は明日、奉天陸軍病院へ転出を命ぜられたるにつき、午前八時出発の用意をととのえて、本部前に集合すべし」

と、一行二十名ばかりの姓名が呼ばれたなかに、石丸の名が入っているのを聞いて、しばらくは全員が耳をうたぐった。

「どうせ奴のことだ、奉天でストップを食って、悪くすれば北転だぜ」

まるで、出しぬかれたクヤシまぎれのように、みんなはそんなことをいいあった。しかし、仮に行き先にどのようなことがあろうと、石丸が転出者の中にえらばれているということ自体が、何か腑に落ちない、いかにも道理に反した出来事のように思えるのだ。命令の読みちがい？　あるいは書きちがいではないのか？　疑りっぽい連中は、わざわざ曹長の隙を狙って回報簿をのぞきさえした。しかし、そこにはやっぱり、小島や白川とならんで陸軍一等兵石丸重平の名が見られたのである。

加介は、その夜めずらしくなかなか眠れなかった。彼は石丸のいなくなることを他の誰ともちがった意味で、もっとも怖れていた。他の連中にとっては、石丸が転出になるかならないかは、彼等の自尊心の問題だったが、加介にとってはもっと直接的なことだった。この百人ばかりの兵隊の集まった中で、一番目立って劣等視されているのが石丸だとすると、次は自分だ、と彼は自ら考えていた。実際、加介は石丸のおかげで何度殴打をうけたり、ドナリつけられたりするのを救われたかしれなかった。彼の病衣は石丸に次いで汚れているし、彼の食器は石丸の次にくろく、そして彼の焚くペーチカは石丸の次にすぐ消えた。だから石丸がいなくなれば当然、石丸にあたえられていた殴打やドナリ声は加介がうけなくてはならないだろう。……だが、そんな恐怖の合間から、不意にある期待がわき上ってくる。

——ひょっとすると、おれも転出……。

孫呉の病院を出るときからずっと抱きつづけてきたこの期待、だがこの療養所に到着すると間もなく消えてしまった期待が、ふと頭をもたげはじめた。

——ひょっとしたら

——どうせだめさ

加介はその単純な問答をくりかえした、眠れぬままに、ほとんど際限なくくりかえした。

もともと転出者の選定はどういう方針によっているのか、患者の側からはうかがい知ることができなかった。それでも石丸がえらばれるまではルーレットの上を転がる玉が、ある種の目には見えない法則にしたがって動いていたのが、いまはその法則さえやぶられて、まったく別種の玉が誰もが賭けたことのない奇妙な数字の上を狂ったように跳びはねている。

「おい安木、安木」

いつの間に眠入ったのか、体をゆすぶられて、見ると白川だった。

「シルコをつくったんだ。飲まないか」

ねぼけた頭の耳に、そうささやかれて、加介は病室の一番すみの電燈のとどかぬペーチカへつれて行かれた。寝しずまった病室は、真中の通路をはさんだ両側の寝台に、数十個の坊主頭ばかりが仄暗い電燈の光をうけてぐるぐると並び、何やら不気味な感じがした。

白川はあたりの寝息をうかがうと、赤く焼けたペーチカの鉄板から空カンを下ろし、茶碗にどぼどぼと得体のしれぬ黒い液体をついで差し出した。

「どう?」

ひと口のんで加介は返辞につまった。それがシルコでないことはたしかだが、といって何なのか、いままで味わったことのない液体だ。

「それはな、パイナップルの空缶に羊羹三本、キャラメル六十粒、入れたんだ」

得体がしれると同時に、加介はうまいと思いなおした。遠慮をせずに飲めといわれるままに、その一封度(ポンド)入りの缶を一人で全部のみほした。

「どうだ。よかったらもう一つこしらえようか。すぐ出来るぜ」

「いや、もういい。これ以上は入らんよ」

加介は、実際にこの奇妙な液体の混合物に満腹した。ねばりつくような甘さが喉もとから口いっぱいに満ちあふれて、それはいいようもない満足感をもたらした。重い、どっしりした糖分が、腹の底から四肢のすみずみにまでジッとしみとおってくるような感じだ。


……


「がっかりしないでいい。こんどの内還はこれでおわるわけじゃないんだ。どうせ君も近いうちにきっと内還だ。……向こうの病院でまた会おう」

慰めるようにいう白川に、加介は無意識で、

「うん」

とこたえながら、はじめて彼は自分がまだ奇怪なシルコの甘さにひたって他の何ものも考えていなかったことに気がついた。たしかに彼は、別段がっかりしているわけではなかった。かといって白川の言うとおりだとも勿論おもわなかった。それはこういう場面にふ

さわしい無意味なヤリトリにすぎなかった。気をとりなおして加介は挨拶をいった。

「途中、気をつけて行ってくれ」

「君こそだ」白川は笑いながらいうと、ペーチカの鉄板を開けて手早くキャラメルや羊羹の包紙らしいものを放りこんだ。一瞬、真赤な火がもえた。「それから、これなんだ。……なかにキャラメルが二十箱と羊羹が十三本入っている」と、白い布につつんだものを差し出した。「近いうちに大掛りな内務検査があるから、かならずそれまでに食べてしまうか、処分するか、しなければいけない。他の人間にくれてやってはいけない。特に望月曹長には絶対に見つけられないようにしろ」

それだけいうと包みを加介の手にわたすなり、白川は暗い自分の寝床に吸い込まれる影のように去った。加介はいわれたとおり包みを手箱の裏側にかくして寝た。


翌日一日、加介は何とも不思議な心持だった。

加介は、昨夜のことが夢のように思われるのだが、手箱のうらをしらべると白い包みが置いてあり、胃袋がひどく重苦しいのはやっぱりあの妙なシルコをむさぼり飲んだせいにちがいなかった。それにしても、キャラメル二十箱と羊羹十三本、白川は一体そんなに沢山の菓子をどこから手に入れたのか。疑ってみるまでもなく、それは彼の正規の配給の品を食べずに貯めたものではない。「特に望月曹長に気をつけろ」といっていたことと思い合わせると、曹長のトランクの中身を抜き取ったのは白川だったのだろうか？　それならば、どうやって盗み、どうやって今日まで隠しおおせてきたのだろう？　あのニセモノ一等兵白川とは、おどろくべき豪胆さと細心の用心深さをかねそなえたアルセーヌ・ルパンのごとき人物だろうか。しかし彼が衛生兵と気脈を通じ合っていたことも考えられる。衛生兵ならば倉庫の鍵もたやすく手に入るし、中の品物を出し入れすることも自由だ。白川は必要に応じてその衛生兵のところへ品物をとりに行けばいい。それならば白川が転出した直後に徹底的な内務検査を行うこともツジツマが合う……。してみると内還にえらばれる者というのも、衛生兵と何等かの取引きのある連中ばかりなのだろうか。小島上等兵は明らかにそうだし、白川もそうらしい。だが、それならば石丸重平はどういうことになるのか。彼はどんな点が気に入られて内還患者にえらばれたのか。その石丸は、けさほどやっぱり水バナに濡れた鼻の下を真黒にした顔のまま、

「ああ、早よ、かえりたいなア。おととが待ってるからなア」

と足踏みして声を上げながら、堂々と還送者一行の列に加わって奉天に向かって出発してしまった。それを想うと、いまさらのように加介は、軍隊とはどういうところか、どう考えたらいいのか、まったくわからなくなってしまうのだ。ガンジガラメの規則と、それにともなうヌケアナと、それはいったい何のためにあるのか、何のための規則で、何のた

めのヌケアナか？

しかし、何はともあれ加介は一刻もはやく白川から贈られた菓子の処置をきめなくてはならなかった。食べるか、隠すか、棄ててしまうか、この三つのうち、棄てる気には先ず絶対になれなかった。……望月曹長はこの菓子を盗まれたのが動機になって、患者であることをやめて軍人にかえった。それがために自分は殴られなくてはならなかった。そう思うとこの菓子は、何としてでも自分の腹の中へ収めなくては気がすまなかった。隠匿することにも自信がなかった。近々に大掛りな内務検査があるとすれば、自分一人のチエで何百人もの衛生兵や、何千人もの患者と競争しなければならなくなる。だが、そんなことを考えながら、もう加介は毛布をかぶった寝台の中で羊羹の包み紙を破っていた。すでに昨夜から胃は重くもたれ気味だったが、食欲と胃袋とは別のものだ。

——もし、この毛布を誰かに剝がされてみろ、菓子を盗んだと思われる上に、犬を食ったのもおれだということになるのだ。

そう思いながら、恐怖心を押えるために、羊羹を二た口でのみ下した。

——白川のやつ、ひどい野郎だ、内務検査でおれに罪を背負わせるつもりか。

そんなことをツブやきながら、一と箱の半分のキャラメルを一度に口の中へおしこんだ。そうして、その日のうちに半分以上を腹の中に収めることができた。あくる日は、動かしつづけた舌が板のように固くなってしまったが、体じゅう搔きむしりたいような狂暴な食欲が起って、ついに夕方ちかくになって全部を食いおわった。

その夜、劇しい下痢におそわれた。いそいで寝台を下りたが、二三歩あるくうちに、もう尻のあたりが生温かくなり、絶望感がやってくると同時に、身体の緊張がとけて、やがてその場にしゃがみこんで、動く気にもなれなくなった。ふと見ると思いがけなく目近なところに曹長の分厚い藁蒲団があり、曹長は毛布の端から刈り立ての円い頭を半分出して眠っている。あちら、こちら、歯が抜けたように内還に出た患者の空ッぽのままの藁蒲団が一層、曹長の満月の影絵のような頭を目立たせており、加介はある言いようのない感慨に浸された。

中隊が孫呉の兵舎を出発するとき、やはりおれはいまと同じようなことになって、それがこの男と一緒にくらす機縁になったのだが、それからもう半年ちかくなる。

——おたがいに苦労しますなア。

しゃがんだ膝頭に両肱をついて加介は、何も知らずに眠っている曹長へ、何おもわずそんな言葉を呼びかけた。

III

その冬も、もうおわりに近づいたが、真冬の頃よりも却ってウソ寒いような日ばかりであった。白川たち内還の患者が出て行ってから、もう一と月あまりたったが、新しく転入してくる患者もいなかった。もともと関東軍特別大演習のとき仮の野戦病院としてつくられたこのバラック建ての病棟は、もう命数がつきて、ちかく取毀しになる予定ということだった。

病室内の人数が減って、望月曹長は以前のように口うるさく叱言(こごと)をいうことがなくなった。小犬もいなくなり、鎌田一等兵もいなくなって、新しく当番についた大西二等兵には、鎌田の病状悪化に責任を感じたのか、病衣の洗濯もあまりいいつけないようであった。どうかするとペーチカのそばで一人で何か歌っているので、そばへよって聞いてみるとナニワ節なのであった。

加介はしかし、そんな曹長と顔を見合わせることが、何とはなしにタメラわれた。別段、白川から贈られた菓子のことで疑られているとは思わなかったが、眼と眼が合うと、恐怖心からではなく、視線をそらした。

貯炭場の石炭も、いよいよのこりすくなくなって、ペーチカ当番につくこともそれだけ少なくなったが、それに代って便所の中でうず高くピラミッドのように凍りついている糞尿の氷塊を砕いて取片付ける作業があった。しかし加介はむしろ、この作業に好んで出た。便所は屋外の貯炭場ほど寒くはなかったし、糞尿も凍っている間は臭わない。それに何よりも好いことは、そこでは公然と一人きりになれることだ。病室では、ときに内還のウワサ話がきかれたが、いまではその言葉に加介は、ある胸苦しさをおぼえるばかりだった。裏切られた、というわけでもないのに、白川が去ってしまった前後のあの何日間かの混乱した心持は、日がたつにつれてかえってハッキリと不愉快なものとして憶い出されるのである。白川という人物のイカガワシサもだが、それよりもこれまでの自分自身が何をどういうつもりでやってきたのか、これから先きどうやって行けばいいのか、さっぱりわからない気がしはじめた。そんなとき、糞尿の山に向かってクワを打ち下ろすことは、かろうじて慰めになったのである。

その日も加介は、梯子をつたって下りる地下室のような糞溜の中で、クワを振り上げた瞬間、ふとあの頃のことが頭をかすめ、イラ立たしさに叩きつけるようにクワを下ろすと、その拍子に足もとが滑り、あっと思う間もなく転倒して、足首に軽い捻挫を起した。

それから一週間ばかりたってのことだ。加介は外科病棟の治療室から、うす黒く汚れたホータイに包まれた足をひきずって、渡り廊下を自分の病棟へかえろうとしていた。うしろから革製のシッカリした上等の上靴の音がひびいてきて、思わず自分の、ばたん、ばたん、と爪先に引っ掛けただけの上靴が不規則な音を、渡り廊下全部に反響するほど大きくたてていたことに気づき、（やられるな）と身を引き締めたとき、

「おい、安木」

と声を掛けられた。ふり向くと、新しく被服掛についた山沢四年兵だった。

「お前、転出だぞ」

「はア」

しばらくは不動の姿勢のままで、何をいわれたのか了解できずにいる加介に、山沢は、

「手箱の中身や、営内靴や、返納するものは全部整頓して、間違いのないように用意しておけ」

といいすてると、茫然と立っている加介を追いこして肩をふりふり廊下を先に行ってしまった。

それから三日目に、加介は奉天陸軍病院に運ばれた。……運ばれた？　まさにそれは、

そういうより仕方のないことだった。彼自身の意志とも期待ともまったく関係がない、仮に加介が水師営の便所にのこって糞尿の氷塊割りの作業を志願したところで、それは水師営から勝手によそへ転出できないと同様に不可能なことなのだ。

そういえば、この前、白川たちが転出になったときと違って、こんどは内還のウワサは何処からも出ず、加介の病室からは加介一人が転出させられることになっていた。彼は転出の命令をうけとると同時に、それまでは想ってもみなかった自分の物臭さな性質を発見した。出発の前日、午後になっても加介はクワをもって糞溜の中へ下りて行った。どうしてそんなことをしようとするのか、自分でもわからなかった。

周囲の眼からは、それは意固地なものにも、イヤ味なものにも見えるらしかった。鹿島上等兵はいった。

「キザな真似はよせ。いまさらクソ溜めの中でハリ切って、それがどうだっていうんだ」

そうかもしれない、と加介は思った。しかし、行きつけた場所に行かずにすますことが彼にはただ耐えがたいほど不安に思われたのだ。なじんだクセをやめること、習慣を変えなければならなくなること、それがいいようもないほどタヨリなく、また厄介なことに思われた。夕刻、彼は仕事をおえると、いつものようにクワとシャベルを倉庫に返納し、汚物のハネの点々とした病衣のまま廊下を病室へかえろうとしているとき、向こう側からやってくる望月曹長に出会(でくわ)した。

——まずいな。と、加介はツブやいた。

曹長の姿をみとめると彼は、なぜかいつもとちがって身体がこわばってくるのを感じた。曹長こそは、鹿島よりも誰よりも、おれがこんなときにワザとのようにこんな作業についているのを憎んでいるはずだ、と加介は直観的に考えた。そして曹長の距離が近づくにつれて、ますますその可能性が強くなってくるのを感じた。——あいつはきっと、おれを憎んでいるだろう。「転出」になるときいて、内心うれしくてたまらないのを、こうやってクソまみれになりながらゴマ化そうとしているのだと思うだろう……。加介はギゴチなく、こわばってくる姿勢で敬礼しながら、曹長の顔を注目した。けれども、「おう、ご苦労」と、挨拶してとおりすぎる曹長の顔色がいつもとどうちがっているのか結局のところ、加介にはわからなかった。そして、その顔は何を考えているのかわからないままに、加介の心にウシロメタサとして焼きついた。

奉天陸軍病院の建物は、孫呉とも、水師営ともちがって、古びて黒ずんだ煉瓦づくりの二階建で、普通に病院とよばれている建物の概念に、もっともちかいものだった。

病院のすぐ前の道路を、毛皮のショールをした日本婦人が、赤い着物をきた女の児の手を引いて通っている。中学生がスケート靴をぶら下げて通る。……それは加介が一年ぶりで眼にする娑婆の光景だった。

だが、そんなものに気を奪われているひまもなく、彼は病室の案内に立った大きな軍服姿の男に目をみはった。

「よう、お前も来たか」

そういって両手をひろげた軍服の男は、一と月半ばかり前に水師営を出た古川一等兵だったのだ。それにしても、古川はこんなに体格のいい男だったのだろうか。

「いったい、どうしたんですか？」

「どうも、こうもない。藤井もおるぞ。田中もおるぞ。田中はあいかわらず上等兵風を吹かしてやがるよ。……おれたちは、ここで毎日、尻の穴に体温計をつっこまれながら、こんな服を着て衛生兵の手つだいをしているのさ」

「じゃア鎌田は？」

「あいつもおるぞ。あれは重症で個室に寝たきりだ。ことによったらスーラ（死了）だな……」

「じゃア石丸古兵殿は？」

「ははア、あいつか。あいつもおるよ。あいつは分院の方だがな」

古川の話に加介は驚くだけだった。古川たちは奉天に到着すると、いったん内還の組にまわされながら、いざ出発しようとすると別の命令が出て、小島上等兵と白川だけは内地へ向かったが、他の連中は全部ここで別に熱も出ないのに四十日間、毎日、体温の測定が行われているという。

「体温計でおれたちの熱を計るんじゃなくて、おれたちの熱で体温計の検査をしているみたいだな……。だから、おれたちは気が立っているんだ。部屋へ入ったら気をつけろよ。おれたちは自分の病院から来たものはカバってやろうと思うんだが、よその病院から来ている連中がうるせえからな。小島なんかも、飯のことでちょっと余計な口出しをしたために、顔から頭からひでえ目にあわされたぞ……」

しかし二階の病室へつれて行かれると、その混乱振りは古川の話以上だった。どこもここも患者が充満しているのは、すでに我が軍に制海権がないため、満洲、シナ大陸の各地は勿論、マレー、シンガポール、仏印、ビルマなどの患者は、すべて鉄道によって輸送され、この奉天に集結するからだというが、じゅくじゅくした廊下を踏んで行くうちに、馬鹿に小さな兵隊ばかりが眼につくと思うと、それは女の患者が加介たちと同じ白衣を着せられているのだった。彼女らは、みなタイピストその他の職業をもって働いていた軍属だというが、ネズミ色になった白衣の襟もとから出ている頬紅や口紅でいろどられた顔が、彼女らの「性」をナマナマしいほど強くあらわしていた。彼女たちの斜向(はすむ)かいに、加介たちの病室があった。二十坪ばかりの部屋にギッシリ寝台を並べて、ここにもアジヤ全域の戦線から送られてきた兵隊が、一つの寝台に二人ずつ寝るように詰めこまれていた。窓を閉め切った部屋はタバコの煙がもうもうと立ちこめ、白やカーキ色の病衣の兵隊に、まちまちの服装の看護婦がゴッタがえしている中を、古川たちのように階級章をはずした軍服に赤十字のマークをつけた兵隊が飛びまわっている様は、まるで戊辰戦争のときの、着物をきた賊軍、洋服をきた官軍が、入り混じって戦う乱闘を見るようだ。……古川は、自分と同じ病院から来た者は庇うといっていたのに、加介たち新米の部屋のわりあてを定められると、先頭に立って、

「お前たち、ここを素通りして内地へ行こうと思ったら、ふとい間違いだぞ」

と、手あたり次第に、腕時計、万年筆、毛糸の私物の腹巻き等を取り上げはじめた。捲き上げられるメボシいものを何も持っていないと思っていた加介も、古川に「軍隊内務令」を召し上げられた。そんなものが何の役に立つのかと思って訊いてみると、

「いや、このごろは地方でも書物が払底しているから……」と、古川はまじめ腐った顔つきでこたえた。

それが一と通りすむと、こんどは廊下にバケツを運ばせ、水をまいて、ワラ縄で水洗いさせるのである。廊下がじゅくじゅくと湿っぽいのはそのせいだった。うしろからは鋲打ちの上靴を片手にした藤井一等兵が、真白い磨いた歯を見せながら、

「お前ら、これで文句があるか、あったらこの上靴で、飯の食えんほど叩き上げてやるぞ、いいか」

と追い立てる。階級も服務年次も無視されていることは、かつての水師営よりもさらにはなはだしく上等兵や兵長も、藤井のいうままに病衣の裾を水だらけにしながら廊下を洗っている。他の病室でも同じようなことが行われているらしく、あちらこちらから罵声や、ハメ板に重いものが倒れかかる音がひびく。

しかし加介は、なぜかほとんど恐怖心らしいものを感じることがなかった。ここには軍隊としての組織も秩序もまるでなく、あるのはただの粗暴さだけだったからだ。この病院で彼を怖れさせたのは、もっと他のところにあった。それは飯上げの合図に、食缶を受けとりに行ったとき、通路からのぞいた階下の外科病棟の光景だった。そこには手や脚のない患者ばかりが集められて、義手や義足の者だけで一つの食卓をかこみながら食事しているかとおもうと、両脚と片手を切断された患者たちが寝台を並べて、おたがいに片方だけのこった手を両方からのばしてタバコの火を貸し合ったりしていた。

翌日、軍医の診断が行われるというので、新来の患者は近所の小学校の講堂に集められた。ここで加介は、また二人の旧友にめぐり会うことになった。

そこには、およそ千人あまりの人数が集まっていただろうか。骸骨に皮をかぶせたばかりのように痩せたものや、片膝ついてしか歩けないのや、大きなコブが片頰にくっついているのや、何と多種多様な人間の集まりだろう。それがみな破れ朽ちた病衣をまとって、毀れた窓ガラスから射しこむ西日にてらされながらひしめきあっていた。

加介たちが中に入ろうとすると、大勢の笑い声といっしょに、聞きおぼえのある声がした。

「申告いたします」

「ゴシンコクイタシマス」

講堂の中央に病衣の兵隊が一人立たされて、かたわらの軍服の兵隊から、口うつしにされた言葉を、せい一ぱい張り上げた声で復唱している。

「陸軍一等兵石丸重平は」

「リクグンイットヘー、……」

加介は顔から血の引いて行くのを感じた。

立たされているのは、まさしく水師営にいた石丸だった、けれども、それは何と変りはてた姿だろう。水師営にいたときから、いつも誰かに追いまわされては殴打をうけていた石丸だが、いま見る石丸は顔がそのころの三倍ほどにもふくれ上り、全体が人間の皮膚とも思われないほど青黒いものでおおわれている。かたわらに立っている男は、石丸が言い

誤る一と言ごとに、

「イットへーじゃない、はっきり一等兵といえ」

と、言葉尻を追いかけては踏みつけるように叫びながら、そのたびに手にした帯革を床板に打ちつけて鳴らすのだ。すると、そのあとから唸り声とも笑い声ともつかぬものが講堂全体をゆるがすように、わき上るのである。

「マンジュウの春風じゃない。満洲の春風に吹かれて、だ」

病衣の兵隊も笑っている。亡者のように痩せた兵隊も笑っている。加介もつられて笑い出しながら、ふと見ると石丸自身も笑っている。……私刑の裁判は、赤い顔をした背の低いゴムマリのように肥った軍医が診断にやってくるまでつづけられた。

診断、というよりそれは軍医が患者の顔と体とを見較べながら、ただそのときの気分にしたがって、残留させる者と、内地送還にする者とを別々にチェックして行くだけのことであった。

順番を待つ間に、満洲在留の部隊出身の者は大部分、残留にチェックされるらしいことがわかった。すでに加介は、覚悟をきめていた。——もともと石丸やおれは水師営から転出を命ぜられるガラの人間ではなかったのだ。

診断は、ひどくアッサリと敏速に進んで行った。加介の番がきた。

「自覚症は?」

軍医のかたわらに立っている、胸の扁平な背の高い看護婦が訊いた。それは流れ作業の牛肉缶詰工場のベルトの傍に立って、出来上った缶詰を勘定しているような態度だった。加介は間髪を置かず答えた。

「異状アリマセン」

「よし！」

こんどは軍医のふとい声がきこえて、背中を一つ叩かれた。それでおわりだった。——残留、ときまったな。すると彼は、おもいがけず、まるで安心したような心持になるのであった。

講堂から引き上げようとして、ふと隅の方に頭から毛布をかぶった三四人、かたまりこんで坐っているのに眼をとめた。

「…………」

咄嗟（とっさ）に加介は出かかった声がとまった。

「安木じゃないか」

半分は毛布に覆われた痩せこけた頬に、そこだけが生きているような眼をギョロリと向けた相手が先に声をかけた。内村であった。

内村の顔から以前のおもかげを探ろうとしたら、歯を食いしばったときに左右に飛び出している四角い顎骨ぐらいのものだった。いったい彼は、どうやってここへたどりついたのか、中隊はその後どうなっているのか——？　加介の問いに、内村のこたえることはまるで要領を得なかった。彼の発する言葉の大部分は、「寒い」ということと、「タバコをくれ」ということだった。

以前はあれほど我慢強く勤めていたのが、どうしてこうなったのかわからないが、加介の名を呼んだのもタバコ欲しさのためだけらしかった。あいにく加介もタバコは一本も持っていなかったが、吸いがらを探して二、三本ひろい集めてきて渡すと、内村は焼け焦げのある竹筒にそれを詰めてセカセカとそれを吸いながら、二、三ぷくしてようやく落ちついたのか、ぽつりぽつり話しはじめた。その断片をつなぎ合わせてみると、こうだった。

——中隊はあれから、途々、戦闘訓練を行いながら大陸を南下し、十月ごろ上海に到着した。そこにくるまでにも疲労で何人かの兵隊が脱落したが、内村はそこで特に許されて経理将校の集合教育をうけるために、中隊と別れてマレー半島から昭南へ向かった。しかし途中でマラリヤとアミーバー赤痢にかかって入院し、こころざしを果すことはできなかった。

「それで中隊はどうなったんだ」

「知らねえな。……ただ上海から出た船が途中でボカ沈を食ったことだけはたしからしいな。何でも兵器はみんな沈んじゃって、兵隊の方は若干たすかったらしいけれど、レイテ島に先遣隊で行ったという話を聞くから、それなら全滅だな」

「じゃ、青木も死んだか……」

「青木？　……ああ、あいつか。あれはたしか上海へ着かないうちに、斥候訓練のときに崖から墜ちて死んだよ」

「じゃ、剣持や渡部は？」

「渡部？　うん、あれは傑作だった。犬が怖いといったばかりに隊長に叱られて、軍用犬の餌をやりに行かされたんだが、嚙みつかれて入院した」

「剣持は？」

「知らん」

「河西上等兵は？」

「知らん」

「浜田班長は？」

「班長も隊長も、准尉さんも、みんな知らん」

「みんな船に乗ったのか」

「そうだ……」

その夜、加介は湿っぽい寝台のなかに足をのばしながら、気持がしばらくぶりで落ちつくのを感じた。——なぜだろう？　その原因は自分にもよくわからなかった。古川や藤井や、その他の軍服を着て衛生兵の手伝いをやらされているという連中が、みんな向かいの女患（彼等は略してそう呼んでいた）を張りに出掛けたからだろうか。それとも昼間、講堂で出会った内村から中隊の始末をひととおり聞くことができたからだろうか？　そうかもしれない。しかし本当の原因は、もっと別のところにありそうだ。いま彼の心をひたしているのは、いいしれない退屈さだった。内地へついたからといって、そこに待っているのはやっぱり、室長であり、当番であり、衛生兵であることにかわりなかろう。そのかわりに、北満へ送りかえされようと、ここへ残されようと、そこに自分なりの行き方をして、生きられるだけは生きて行けるだろう。仮に内地で娑婆にもどされたところで、そこに待っているのは……。

そのときだった。暗幕に電燈を覆った暗い病室に突然のように、ラジオが戦況のニュースをつたえてきた。わが軍は南方の戦線で苦戦中であること、内地の都市が部分的に空襲を受けはじめていること、しかし軍官民は一致して士気旺盛にこれに立ち向っていること。

するとラジオは、そこで内線放送に切り変った。

「次に呼ぶ者は、内地送還になるにつき、ただちに荷物を携行して玄関前広場に集合……」

　そして、おどろいたことに加介の名前は二度呼び上げられたのだ。……彼はもはや自分の名前が何のために呼ばれたのか考えることも出来なかった。ラジオの声の命ずるままに風呂敷包みを下げて、あわただしく玄関前まで駆け出しながら、何か重要なことを度忘れした心持だった。

　玄関前には、すでに五十人ばかりの患者が集合していた。彼等はやはり度を失ったような顔つきで、うす暗がりの中にボンヤリと立ちつくしていた。やがて、ダイダイ色の灯りをつけたバスが二台やってきた。このバスに乗せられて一体、どこへつれて行かれるというのか？

　バスが走りだすと、あたりは人かげ一つない幅の広い舗装道路だった。これが奉天の街なのだろうか？　それは、どこまでもつづくただの道路ではないのか。

　いつの間にか黄いろい色をした霧がしずかに幕を引くように流れはじめ、ヘッドライトの二、三間先の視界を閉ざしはじめたのだ。

「ちくしょうめ、また黄塵（こうじん）になりやがった」

　バスを運転していた兵隊がいった。

「黄塵？」

　誰かがききかえした。

「黄塵をしらないのか、黄塵万丈っていうだろうが。春先になると毎年やってきやがるんだ。こいつにこられると煙幕の中に入ったより始末が悪い。エンジンも何も動かなくなっちまうんだからな」

そういわれると、なるほどヘッドライトにも、フロント・グラスにも、うっすらと細かな土埃がつもっているのが見えた。すると中の一人が、また、

「コージンて何や？」

ときかえすので、ふと見るとそれは石丸なのだ。

「おお、石丸」

石丸は加介を見ても、それが誰であるのか見忘れた様子だったが、話相手でありさえすれば誰だってかまわないという風に、

「よかったなア、内還やで。……おれのおとと、まだ学校へ上ってるのに、もう朝四時から起きて商売してなア」

ようやくそのころ、黄色い霧のように、しずかに舞い下り舞い上りしている塵の層をとおして、行く手に高だかとそびえる城壁のような陸橋と、その上で、北へ行くのか南へ向かうのか、ふと玩具じみて見える機関車が、黒い列車をながながとひっぱりながら汽笛とともに煙を上げているのが見えはじめた。

たまたま一年前のその日、加介はその陸橋の上を北へ向って孫呉へ運ばれたのだが、彼

はまだそんなことを思い出す余裕もなかった。

銃

僕は兵隊として、おそろしく不出来な方だ。

このことは愛国心の欠除、あるいは軍隊組織に対する反逆、といったものに由来するものではない。おそらく兵隊は有能な者であればあるほど、国家観念などには乏しいからである。……けれども、そのこととは別に僕は、自分は愛国心の根本的に欠除している人間ではなかろうかとの疑いに悩まされている。愛国心というのは女にとって、とくに苦手の問題なのだそうだ。なぜならば国家とは、もっとも抽象的な観念であって、女の現実的なカニの横這いするような思考力とは到底あい入れないものだからだという。そういわれれば、なるほど「君死にたまふことなかれ」という歌などは、いかにもただ直感的で、ガムシャラで、まったく非論理的な思考の持ち主をおもわせる。ところで、そういう僕自身、抽象的な観念の操作をもっとも苦手とするタチなのだ。中学生のとき代数で、マイナス掛けるマイナス、イクォール、プラス、という公式がどうしてものみこめず、たとえば悪人が悪いことをすれば矢張り悪事として取扱われる以上、マイナス掛けるマイナスは大マイナスにちがいなかろうと答をそのように書きつけてすませていた。いまだに数学ときくと僕は一種の呪文をかけられたようで肉体的嫌悪を感じるほどである。

実際「愛国心」といわれたら、何を想いうかべてよいのか僕はマゴつく。日の丸の旗、赤いムカデが左を向いたような地図、それとも神武天皇を頂上にカラカサの骨のように何本もの棒が下へ下へ引っぱられて、最後には僕のところへまで下りてくるはずの歴史教室にかかっていたあの掛け図のことだろうか。……無論、僕にも日本の風土には愛着がある。水でも空気でも、満洲や朝鮮にくらべると、こちらの方はずっと肌ざわりが柔らかで、しっとりして、あたたかい。しかし愛国心とは、そういうものではない。国旗に向って脱帽したり、国歌をきいて起立したり、そんな崇高さをともなった観念である。僕が理解に苦しむのもそういうことだ。戦争勃発以来、強制されたイヤな想い出があるからというのではなく、はじめからわけが分らないのである。

僕はまたスポーツを行うことも、見ることも、あまり好まないが、これも精力を抽象的に消費するものだからであろう。なかでも嫌いなのは体操と剣術とで、両者とも無益の極致、まったくのクタビレモウケと思われるためである。……それでも竹刀をもってたたかう撃剣はまだいい、ともかく相手に殴られないうちに身をよけ、あるいは先に殴ってしまうことも出来るからだ。よくないのは銃剣術における刺突の練習である。

刺突の訓練とは、「ひとつ！」と号令をかけられると、脚を半歩ひらいた姿勢で、

「やア」

と叫んで、跳び上りながら木銃を斜め前に突き出す、きわめて単純な簡単な運動なのだ

が、僕はこれがはなはだ不得手であった。

「いいか、刺突の要領は、跳んだ体が地上にふたたび達すると同時に、木銃を突き出した左の腕をピンとのばし、右腕をシッカリと胴にかいこむ。跳んだ足が地面につくのは左足も右足も同時だぞ。右足、左足、腕をかいこむ、その三つが同時に行われて、はじめて、ポン！　という気持の好い音が出る。三つがバラバラだと音は、ばたん、となる」

僕らの浜田班長はそう教えた。

僕が自分の耳できくかぎり、僕の靴音はいつも、ポンと鳴った。しかるに浜田班長は、「ひとつ！　ひとつ！」と号令をかけながら、だんだん僕の方へ近よってくるにしたがって、不思議そうに耳をかたむけ、

「おい安木、お前の跳び方は、それは何だ。……ばたん、という音がするのはまだしもだが、お前のはバクン、バクンじゃないか。おれが初年兵の教育をはじめて以来、そんな妙な音をたてて跳ぶのはお前だけだぞ」と云うのだ。

僕は一人だけ何度もやりなおしをさせられたが、何度こころみても班長の気に入るようなスッキリとした音は出ないのである。それで、ついに僕は浴場の往きかえりにもただ歩くことは許されず、木銃の代用に手拭いを両手にかまえ、刺突の要領で跳びはねながら行かされることになった。……ひろい聯隊の中にも、そんな姿勢で風呂へ行く兵隊は僕一人だったから、巡察の士官や他の中隊の兵隊たちの眼には、いかにも奇妙なものにうつった

らしい。週番肩章のタスキをかけた将校は、跳びはねながら敬礼する僕に、疑わしげな眼を向けて、

「おい、何を踊り狂うておるのか」と訊問したのである。

そのような猛訓練にもかかわらず、僕の剣術は一向に上達しなかった。第一、タオルは木銃や銃剣にくらべて、あまりにも柔く軽すぎて力の入れどころがどこにもなく、僕の全精力はもっぱら両脚の足のウラに集中された。そして、その結果はますますボトリ、バタンと、われながら醜怪な重苦しい音をひびかせるばかりだった。——だが、実のところ僕にはどうしても理解できなかったのだ、白兵戦の際にもちいられるこの武芸に何故「ポン」と音の出る修業が必要なのか。鉄条網をのりこえたわが中隊の全員が一団となってポン、ポンと、ほがらかな足音を立てながら敵陣にせまって行く光景を想像するのは何としても滑稽なことではないか。現実には存在しない敵兵を虚空に描いて、それにいどみかかって行くということを考えただけで、もう僕の体内はすっかりバランスが狂ってしまうのだ。

すでに述べたように僕は自分には愛国心が欠けているものと思い込んでいたが、入営するに当っては何等かの気構えなり、覚悟なりを準備しないわけには行かなかった。つまり

軍人勅諭を暗記するとか、郊外を散歩して足を鍛えるとかに気をうばわれていたのである。……しかし、それらはいまになってみると、まったくムダな心づかいであった。鳴らない足をひきずりながら僕は、つくづく学生時代にタップ・ダンスを習得しておかなかったことを後悔した。

そうでなくとも、舞踊の素養はすべての武芸に役立ったことだろう。それはまた武芸ばかりでなく兵営生活の日常のすべてに役立ったにちがいない。たとえば「不動の姿勢」については「不動ノ姿勢ハ軍人基本ノ姿勢ナリ。故ニ内ニ軍人精神充溢シ、外厳粛端正ナラザルベカラズ」とのべられてあるが、このことは逆に正しい不動の姿勢をとっていれば内に軍人精神が充溢しているものと見做(みな)されるわけで、つまり軍人精神とは不動の姿勢のことだということになる。そして、その不動の姿勢は舞踊の訓練によって、もっともたやすく習得できるはずのものではないだろうか。ところで僕は、舞踊は幼稚園の遊戯以来からっきしダメなのだ。右と左の区別がいまもって怪しく、人に知らない道を訊くときは茶碗と箸を手にもつ恰好をすることによって左右をたしかめなくては得心が行かないくらいである。いきおい、そのことは僕の内心からも軍人精神をうばいさって行く原因であったにちがいない。

だが、そんな僕が突如として中隊じゅうから見なおされることになったのだ。

はじめて基本射撃の行われた日、僕の射った標的は真中の黒いところに一発、穴があいていたきりだった。……そのまえ二度ほど十メートルばかりの距離で撃った狭尺射撃のときには、となりの的を撃って二度とも弾痕不明であったから、こんども一発がマグレあたりで、あとの四発は標的の全体からまったくはずれてしまったものと思っていると、次の回に撃った弾が五発ともくっつき合って、梅の花びらのような形の弾痕をのこしたことから、最初のぶんも五発の弾が一箇所に集中したことが判明した。

これは僕自身でも信じられない成績だった。もともと僕ら初年兵にあたえられた九九式短小銃というのは、口径が七・七ミリで三八式よりも大きく、反対に銃身は短く、重量も軽いので、命中率は三八式よりもずっと劣るものとされていたが、製造されたのが物資の不足しはじめたころからであるため、銃身や鉄の部分はザラザラしているし、銃床や木被は変に黄色っぽいウルシで塗られて、見るからに粗悪な、三八式とくらべては芝居の小道具につかわれる玩具の鉄砲としか思えないようなしろものだった。命中率は無論はなはだしく不良、平時ならば当然不合格品とされる照星（しょうせい）にキズのついたものさえ交っており、実戦にはまだどの戦線でも採用されたことがないという。だから聯隊でも二年兵以上は三八式だし、この前の狭尺射撃のときのも九六式という長い銃身のものが使われた。一度、特別射撃章をもっている腕自慢の浜田伍長が演習のかえり途、沼地にいたすぐ目の前の鴨を九九式で撃ったら、三メートルもはなれたところに水シブキが上って鴨を逃がしたという話がつたわっていたぐらいである。……それで僕は手旗で標的係りから「満点、合格」

の信号が振られても、そばから浜田班長に、
「満点だとよ、はやく隊長どのに報告しねえか」とイラ立たしげな催促をうけるまでは、
だまってつっ立ったきりであった。

射撃の訓練はそれから何度も行われた。僕はそのたびに、ほとんど満点か、それにちかい成績を上げた。満点をとりそこなうのは、そばにつきそった浜田班長からきびしく射撃姿勢の矯正を受ける場合だけだった。僕がどんなに良い成績を収めても彼だけは決して励ましてもくれなければ賞(ほ)めてもくれず、演習のあとでは必ずれいの刺突の足踏みをこころみさせるのであった。そうして成績の落ちたときには、すかさず、
「何だ、中隊じゅうで一番照準のいい銃を持っていやがって……」と、銃のことだけを賞めた。そのくせ、けっして僕の銃には銃口検査のとき以外には手をふれようとしたこともなかったけれど。

しかし僕に自信らしいものを植えつけたものがあるとすれば、そういう浜田班長の態度だけだった。実際、僕には何で自分の撃つ弾が標的の中央に的中するのか、われながら一向に合点が行かなかった。中学生のときと大学予科のときに一回ずつ、教練の授業として兵営に射撃につれ出されて行ったことがあるが、そのときは二度ともひどくトンチンカン

な方へバラバラに中ったただけだったし、子供のころの空気銃でスズメをとったためしもない。で、僕はいつも云いようのない不安に脅えながら引き金をにぎるのだ。右の奥歯に掻ゆいような軽い歯痛の起るのを感じながら、照星の尖端にカスんでうつる目標をさがす、そいつは何か狭い露路かトンネルみたいなものの中を追われて走るような気持で、むしろ苦痛だ。おまけに、この銃の何というタヨリなさ。

けれども、いつの間にかこの粗悪な銃に僕は不思議な愛着をおぼえはじめた。といってそれは、この銃の「正確」な照準を愛したという意味ではない。果して、これが正確なものやら不正確なものやら、それは他の銃をつかった経験のない僕にはたしかめようのないことがらであり、今日までの成績は単なる偶然の重なりあいであるかもしれないのである。僕が愛しはじめたというのは、むしろその粗悪さ、タヨリなさ、の方なのだ。……三八式のとちがって、銃身の内部にうすいニッケル鍍金をほどこしてあるこの銃は、アライ矢でこすって光をますというわけのものでもなし、遊底覆いには鋳物でつくったようなブツツの傷がはじめから一面に吹き出していたりして、何度磨いても磨き甲斐のしないやつだったが、そのズングリした不器用な恰好や、ニスののっていない木部の雑駁ともいえる感触には、かえって容易になじまない獣や田舎の生娘の肌をおもわせるような魅力があった。僕はときどき不注意からではなく、何かそうせずにはいられない衝動のようなものにかられて、わざと演習のあとで手入れもせずに銃架へ掛けておいた。油で光った青黒い背を並べている他の銃の中に、その一挺だけがウス黄色い粗雑な姿で交っているのを眺めるのが、たまらなく愉快な気分を誘うことがあったからである。勿論、そんな愉しみを味わうためには浜田班長や古兵から、こっぴどくぶん殴られることを覚悟しなくてはならなかったが。だが、やがて僕はこの銃にもう一つ愉快なクセのあることを発見した。それはこいつにアルミニューム製の薬莢につまった弾を装塡すると、銃口から逆にサクジョウでつつき出さないかぎり、ひとりでには決して撃ちがらの薬莢が飛び出してこないことだ。しかも、これまでの真鍮製の薬莢は全部、同じ七・七ミリの口径の重機関銃の方へまわされて、小銃にはこのアルミニューム製のものしかこなくなったのだから、僕は一発一発、撃つたびに銃を引っくりかえしにして、別に用意したハリガネで銃身の中を掻きまわしてやる必要が生じたわけだ。

さすがに九九式でも、こんな厄介な操作を必要とするのはこの銃一挺だけだったから、はじめてこのクセにぶっつかったときは僕も、これは兵器損壊の罪に問われるものかと狼狽した。しかし二度目からは、一発ごとに寝撃ちの姿勢をごろんと仰向きに寝がえりを打って、銃をさかさにユックリ差上げながら銃身にチャラチャラと音をたててサクジョウを挿し込んでやった。

「こら！　兵器に向って何をする」と、浜田伍長が真先にドナリながら飛び出してきたが、兵器係の軍曹に事情を説明されて引き下って行った。

そんな奇妙なクセが出はじめてから、浜田伍長はときどき僕に銃を修理に出すか、交換するように婉曲にすすめた。しかし僕はそれを断乎としてことわった。……いままでは中隊で一番精度が良いとされている銃を修理中にうっかり狂わせてはならないという理由で、それ以上強くは伍長も云い出すことができなかったのである。

聯隊で中隊対抗の射撃大会がもよおされることになった。これに合格点をとれば、下士官は金色の特別射撃章、兵は銀色の射撃章、そして優勝の中隊には名誉の優勝盃が授与され、このごろではめったに配給のない甘味品や酒がまわされるのが毎年の例である。射手は各中隊、古兵新兵とりまぜて五人ずつ。そうして僕もその一人にえらばれた。

僕は別段、射撃徽章も優勝盃もほしくはなかった。しかし、それから毎朝、射手にえらばれた二年兵の上等兵と二人で、射撃場の場所をとりに行くのは楽しかった。各中隊とも大会をひかえて射撃場は奪い合いなのである。最初の日は午前四時に、次からは三時に起きて、天幕と標的だけ持って出掛ける。まだ、あたりは暗く空一面に星が出ている。簡単な準備をおわると木蔭に張った天幕の中でひと寝入りだ。やがて起床ラッパがとおくから眠むそうなひびきをたてると、北満洲の空は急に明るくなって、黄だの赤だの見たこともないような強い色彩の花が、あたりを玩具じみたものにしはじめる。僕ら二人は起き出して白樺の皮を剝ぎに出掛ける。それでもって使役の初年兵が運んでくる飯盒の味噌汁をあたためようというのである。朝食がおわると、またひと寝入り。点呼もなければ、刺突の間稽古もない。射撃のはじまる九時半ごろまでタップリ三時間はそうやっていられる。上等兵とは案外いいものだということにも気がついた。ふだん班内では初年兵を殴るのが専門だが、こうやって二人だけになれば、熟練者のそばにいるという気強さがあるうえに、余計なことでは文句もいわない。「おれなんか軍隊へきて、はじめてタバコも吸えるようになったし、こうやってテントをかついでピクニックもさせてもらって、食う心配はねえし、まるで極楽さ……」川西上等兵は云った。なるほど、こんなことで一年間すんでくれれば僕にとっても軍隊はちょっと長い修学旅行だ。……しかし、おそらく川西とのそんな会話のうちに僕はしらずしらず軍人精神を体得しつつあったのかもしれない。一週間ばかりたってある朝、川西がタキギをさがしに出掛けた天幕の留守をまもっていると、背の高い兵隊が一人、標的を片手にタバコをふかしながら、ゆっくりした足どりでこちらへ近づいてきた。僕は敬礼しそうになったが、ふと見ると対手も一つ星だ。胸に、「あ」あんどう、と刺繡がある。僕は嚙みつくように云った。

「何だ、一中隊か。一大隊なら射撃場は南射場だろう。何であっちへ行かねえ」

「おれは何も知らない。……暑いね」そう云ったかと思うと、あんどうはポケットから四角くたたんだ真白なハンカチを出して顔をぬぐった。青白い顔で鬚の濃いのが目立つ。きのう病院から出てきたという様子だ。

「じゃ、隊長にそう云ってくらア」

あんどうは、それだけ云うと背を向けて、すこしビッコをひくような足どりで行ってしまった。僕はアッケにとられていた。そして、知らぬ間に自分のまわりに垢のようにたまった兵隊臭さが、いっぺんににおい出したような気がした。


大会の当日、僕らは浜田班長の提言にしたがって、下着の袴下をはずして行くことになった。それは浜田伍長にしては初めて下士官としての命令ではなく、先輩らしい心やりのある言葉だったのだ。何でもないことのようだが、たしかにこいつは腰から下が解放されたようで気持がいい。それだけのキキメはありそうだった。

聯隊長の臨席する会場は紅白の幕が張られて、それらしい雰囲気をつくっていたが、北満の初夏の日光を反射して、連日睡眠不足の僕の眼には痛いようだった。射撃は番号の古い中隊からはじめられた。第六中隊の番がきた。僕は背嚢も雑嚢も水筒も、すべてのヒモをうんとゆるくして全部が体にくっつかないようにして歩く。そうすることは気分をラクにすることになるし、それ以上に僕の気取りにもかなうことだからだ。

「第三的。第六中隊初年兵射手、陸軍二等兵安木加介……」

僕は銃座に立って名乗った。ゆるい追い風が吹いている。距離は四百メートル、目標の肩から上を人間のかたちに切りぬいた標的が豆粒ほどの大きさに見える。僕はかまえた。「撃て！」いつものように銃座を押しつけた右頬の奥歯の中が、じわじわと掻ゆいように痛みはじめる。引き金の第一段を押した。つづいて第二段……。が、どうしたことか僕はこのとき突然、射撃徽章のことを想いうかべた。股下をはいていない股の間を風がとおりぬけて行くようだ。浜田伍長を憶い出したのだろうか。いいか気をラクにして行け。……その瞬間、僕は引き金を下ろした。標的の十メートルほども上で砂煙が上った。右肩にはげしい反動がやってきた。

これは一体どうしたことか？ 僕は自分の銃がすっかり狂ってしまったと思うより仕方がなかった。昨日までは北射撃場で同じ条件で撃って、どの弾もほとんどが命中していたのだ。それがどうして？ 僕は迷信家にならざるを得なかった、この銃はきっと持ち主の性格をえらんでいるにちがいない、いまやこいつはおれの手から放れようとしているんだ、などと。

砂煙のはれるのを待って僕は二発目からは、ほとんど遠くにかすんだ標的のオドケた姿しか見ずに据銃（きょじゅう）すると即座に撃った。それは全部当っていた。ゆうゆうと合格である。しかし、わざとダラシなくかついだ背嚢で背中をバタバタいわせながら引き上げようとすると、いままで経験したことのないような劇（はげ）しい疲労がやってくるのを感じて、膝が本当にガクガクしはじめた。

「よくやった。いままで初年兵で三発当ったのが一人いるきりだ。……うまく行くと優勝だぞ」

かえってくると川西上等兵が肩を叩きながら云ってくれた。しかし、その言葉がまだおわりきらないうちに、僕は思わず声をのんだ。銃座に向って歩いて行くのは安藤ではないか。……あの、ちょっと片足が地面を引きずるような歩き方で、しかし背嚢や水筒は身にぴったりとまるで軍装検査をうけるときのようにくっつけて。銃は僕と同じ九九式短小銃だ。

彼は銃座につくやいなや、ほとんど「撃て」の命令を聞きおわらないうちに撃ちはじめた。連続的に発射する弾がことごとく命中している。……僕はもはや彼に競争心も感じなかった。先日、北射撃場での別れぎわにのこった劣等感さえ忘れるほど、それは見事な腕前だった。が、最後の一発になって僕はもう一度、顔色をかえた。まるでワザとそうしたとしか思えないほど低い弾を、標的の五十メートルばかり手前に向けて発射していたからである。

小銃のあと、軽機関銃、擲弾筒（てきだんとう）、などの射撃が場所をかえて行われたので、優勝中隊、入賞者等の発表は、翌日の日夕点呼後に行われた。

中隊長は、ひどく不機嫌だった。小銃はそれでも第二位だったが、軽機関銃、及び擲弾筒の極度の不成績で全体の綜合点では第九位、つまり下から四番目だった。

「つづいて審判官の講評を発表する……」中隊長は命令回報を読み上げた。「個人では初年兵、第一中隊の……」

僕は息をのんだ。先ず安藤の名が呼ばれた。つづいて二中隊、三中隊、……やっぱり三発以上命中の者はみんな合格だ。が、どうしたことか僕の名は呼び忘れられた。浜田班長の顔が僕を見る。合格者の発表はおわった。しかし隊長の声は、なお無表情につづいた。

「ここに注意すべきことが一つある。某中隊の初年兵に一人、小銃を発射しおわるたびごとに、仰向けになって銃口からサクジョウをつっこんでおるものがある。かかる態度は初年兵として最も好ましくないのみでなく、戦闘に対する準備は零点とみなして、合格者から これを省く。おわり」

……僕が翌日、早速、「中隊一精度の高い」銃を修理工場へもって行かされたことは云うまでもない。

美しい瞳

私は、父が軍人だったので幼時から、一定の場所に住むことが出来ず、あちこちを転転とさせられた。転任のときは旅費が余分に支給されるので、一般に下級将校の間では歓迎すべきこととされたらしい。しかし京城から弘前へ行かされることになったときは、父も母もひどく不機嫌であった。私は子供心にそれがわかった。東京へ行けるものと思っていたアテがはずれたらしい。

弘前の町は、おそろしく貧弱で陰気なものに私の眼にもうつった。街中を乗合馬車が走っており、それが唯一の交通機関だった。表通りの商店は低い軒を長くのばして、道路を覆っていた。そうしないと、冬に雪が積って店は完全に雪の中に埋められてしまうからだが、その煤けた軒の奥にボロ裂れのような老婆が赤く爛れた眼をあけてジッとこちらを見ているところは、陰気をとおりこして怖ろしい感じさえした。

母は毎日、溜め息ばかりつきながら、私が新しくやってきた女中と遊んでいたりすると、ヒステリックな声を上げて、

「こっちへきて、一人で遊びなさい」と云った。女中の頭髪にはシラミが卵を生みつけているからというのである。

しかし、私は女中と遊ぶ必要があった。私は何よりも学校へ行って言葉がすこしもつうじないことに閉口していたのである。現在ではラジオや映画の影響でどうなっているかわからないが、当時の津軽ことばは、父親のことを「おど」というのはまだしも、母親のことは「あっぱ」、子供のことは「わらすこ」、赤ん坊のことは「みずこ」、たくさんのことは「むったと」、「それだから」というのは「んだはんで」といった具合で、それをたてつづけに話されると、到底日本語とは思えなかった。ことに相手は小学校三年の子供だから、標準語はほとんど知らない。自然、私は遊び相手兼通訳として女中がそばにいてくれなくてはならなかった。もっともその女中にしても片岡千恵蔵のことを「つえぞう」と呼んでいるのであるが。

そんな町で、小学校だけは当時としては全国的にも珍しく鉄筋コンクリートの立派なものだったが、中にいる生徒や先生たちはひどく鄙(ひな)びて立遅れているように思われた。私は生れてはじめて副級長の職につくことができたが、それまで行っていた京城の学校では中ぐらいの成績だったのだから、それだけこちらは程度が低かったのであろう。しかし私は多分に買いかぶられていたようである。私の服装や学用品がいくらか都会的だというだけで、苦手の習字や体操までが良い点をつけられていた。子供のうち、洋服をきてくるのは三分の一ぐらいで、あとはモンペに着物をきたり、手首をボタンでとめるシャツとも和服のジュバンともつかぬものをつけて、冬になるとその上に綿入れのチャンチャンコや、山犬の皮を背負ってくる。そんな服装を私は珍妙だとおもう以上に、どこかで軽蔑した気持でながめていた。

アルミニュームの弁当箱にご飯をいれてくるのも、やはり組の三分の一ほどで、あとの子は大抵、赤ん坊の頭ぐらいのオムスビの中に塩マスかシャケの入っているのを一個、風呂敷に包んで下げてきていた。しかし中には、そのオムスビも持ってこない子もいた。私のとなりに坐っていた柳岡という子がそうだった。皆が弁当を食べている間、柳岡君が何をしていたか、私はおぼえていない。たぶん窓の外を向いて、黙って立っていたかもしれない。けれども、たまに弁当をもってきたときの柳岡君がそれを食べるときの顔つきは、よくおぼえている。机に両肘をついて、二つに割ったオムスビの間から、焼いた塩マスの皮を引っぱり出しながら、ペロペロとそれを舐めたり、口からもう一度出して眺めたりしている。彼の喉は丸くて、すべっこくて、ご飯のカタマリがとおるたびに、ひくひくとうごくのが外から見てもハッキリとわかるのだ。

私は、そんな柳岡君のあらゆるところが全部きらいだった。私は弁当にもってきたパンの耳の食いのこしを、組じゅうの誰彼に与えて軽薄にも得意になっていたが、となりにいる柳岡君にだけは、どうしてもそれをやる気になれなかった。彼がとなりで私のパンを食

べるところを見ているときなど、

「おい、臭いぞ。あっちへ行け」

などと、いま思うと虫酸の走るようなことを云ったが、そんなとき彼が細面の顔にうかべる気弱な微笑を、私はなぜかたまらないほどイラ立たしくおもった。

そのほかにも私は、彼にはことごとに辛く当っていた。それによって私は威勢を示そうとしていたのかもしれない。しかし何よりも、こんなきたならしい子のそばにはいたくないと思ったのだ。それなのに柳岡君は、どんなにイジめられても決して私のとなりの席から動こうとしなかった。文句ひとつ云わず、途方にくれたようなウス笑いをうかべているばかりだった。それが私を、ますますイラ立たせた。

私をヒイキにしていてくれた先生は、たしかに私が何をやっているか知っているのに、いつも見ない振りをしていた。

ある日、私は授業のはじまるまえに、柳岡君の椅子に、自分の鼻クソをまるめてどっさり並べておいた。柳岡君は先生に訴えることも出来ず、坐ることも出来ず、立ったままだったが、ふと見ると両目が涙でウルんでいたのだ。これは私にとっては意外な出来事だった。――この、きたならしい子が、どうして鼻クソの上に坐るぐらいのことができないのだろう?

先生は、見兼ねて何か云おうとした。しかしチョビ髭を生やした鼻の下をすこし尖らせただけで結局、何も云わなかったから、柳岡君は椅子の一番はしに、腰を三分の一ほど掛けて坐るより仕方がなかった。

そのことがあってから、いつの間にか柳岡君の姿は教室から見えなくなっていた。私は結構、セイセイしたつもりになっていた。

冬になって、私ははじめておぼえたスキーで遊ぶことに熱中した。そのころには、もう言葉もほとんどわかるようになり、遊び仲間も何人か出来ていたが、私は仲間のいないときでも一人で毎日のように、笹森山という、練兵場の近くの丘へ滑りに行った。

その日も、私は暗くなるまでその丘で一人で滑ったり転んだりして、その帰りみちだ。リンゴ林のかげから山のように荷物をつんだソリがこちらに向かってやってきた。私はギョッとした。ソリを引っぱっているのは、れいの犬の毛皮を着た、このへんでよく見掛ける小父さんだが、ふと見ると、その後押しをやっているのは柳岡君にちがいなかったからだ。

私は、いまさら暗くなった笹森山へ引き返すわけには行かなかった。かといって道は一本だから、どうしたってソリに正面からぶっつからないわけには行かない。

――きっと、ぼくは云いつけられているにちがいない。ぼくはあの小父さんから、どんなにひどく怒られても、殴られても、文句は云えないはずだと観念した。

しかし、ソリが近づいてくるにつれて、私はふと自分の目をうたぐった。柳岡君がこっちを向いてニッコリ笑いかけているのだ。私は何かの間違いかと思った。しかし、そばまでくると柳岡君は、たしかに私に向かって手を上げて、

「ヤア」と元気に呼びかけるのだ。

私も、何かわからぬままに、

「ヤア」と、スキーの杖を上げてこたえた。

いまは手拭いで頬かむりした小さな顔がハッキリ柳岡君だとわかる。ふりかかる粉雪の中で柳岡君は鼻の先を真赤にしながら、せいいっぱいなつかしそうにニコニコ笑っている。

私は彼が、ソリを引っぱっている小父さんに向かって云うのを聞いた。

「お父、これは学校の友達だ。とても良く出来て、やさしい子だ」

柳岡君のお父さんもニコニコ笑って、

「ヤア」と云った。

私は、ほっとするといっしょに、気恥ずかしさと嬉しさとにいたたまれない気持で、

「元気でな、さよなら」

とだけ大声に云うと、ソリのそばを大急ぎにすりぬけて、一目散に駆け出した。


…………………

それから十年たって、私は北満の兵営にいた。二等兵のなかでも、もっとも出来の悪い二等兵として幹部候補生の試験にも落第し、聯隊長から、

「そんなことでは、お父さんのあとを、どうして嗣げるのだ」

と、妙に尻こそばゆいような叱られ方をし、班長や古年次兵からは、あまりの不器用さを呆れられながら、泥にまみれた豚のような毎日を送っていた。ひとりっ子で甘やかされ放題に甘やかされてきた私は、誰かの手助けなしには寝床一つ満足にはつくれなかったのである。そんな私にとっては、食いものだけが唯一の関心事だった。将校になる見込みのなくなった私は、何とかして炊事当番になれないものだろうか、そして思いっきり大きな、直径一尺ほどのマンジュウをつくって、一人でそれを食べたいものだと、真剣に考えていた。炊事には比較的のろまな兵隊がまわされることが多かったのである。

しかし、一期の教育がおわって検閲をすませるまでは、炊事にも馬小屋にもまわされない。そのうち動員令が下って、部隊は南下することになったので、私は巨大なマンジュウを夢みることもあきらめなくてはならなかった。

そのかわり中隊の湯沸し当番につくことができた。

湯沸し場は、厠につながる洗濯場のすみにあって、いつもジメジメした臭気と湿気にとりまかれており、中隊のなかでも最も陰気な場所だったが、なまけものの兵隊にとっては便所と同じく居心地は悪くはなかった。そのうえ下士官や古兵が、釜の焚き口に味噌汁を

あたためにやってくるので、その幾分かをかすめることが出来るわけだ。私は釜のまわりに六つも七つもの飯盒を並べて、その前につくねんと、飲み屋の燗番を気取っていたのである。

その日も、私は煤に汚れた真黒な顔で、湯沸し釜の前に坐っていた。古兵たちの持ってきた飯盒に、あふれた飯を温めおわって、それぞれ内務班へ運ばせた。あとは日夕点呼がくるまでの間、呆然と焚き口にもえている火をながめていればよいのである。一つだけ取りに来ない飯盒があった。となりの班の天沼という初年兵がもってきたものだ。開けてみると白い一装米の粥だった。

「ちえッ」と私はつぶやいた。「初年兵のくせに贅沢なマネをしやがる」

一装米というのは白米のことで、式の日、あるいは戦闘部隊にだけ供されるものだと聞かされていた。動員令が下って以来、分遣隊から帰ってくる者がいるかとおもうと、他の隊へ出される者がいたりでまたよそからやってきて一二日隊にいてすぐまた出掛けたり、中隊の人員は絶えずうごいていたから、どうかすると初年兵でもこうした「員数外」の食物を手に入れることができる。私は天沼の幸運を羨む気になると同時に、こんな場合は同年兵のよしみで、すこしは分け前をくれるのが当然だろうという気になった。

入隊以来、石炭臭い麦か高粱（コーリャン）の飯しかあたえられていなかった私には、純白の粥は見るだけでも、ある感慨がもよおされた。これこそは人間が食べるものだ、ふだん食べているのは食い物とも飼料とも名づけ難い妙なものだ。そんな気持から私は、この粥を一と掬いでも食べてみることで、それだけ自分を常態に復帰させることができるように思った。そして躊躇なく、その三分の一ほどを飯盒のフタにあけて食べた。……しかし、食べおわると、私は一向に何かを食べたという気がしなかった。塩気もない白いだけの粥は、単にそれだけのものであって、私が日ごろ憧れている人間らしい食物とはおもえなかったし、まして それを食べることによって「平和な日常生活」の中へ一瞬だけでも復帰するといった夢はすこしも満たされなかったのだ。

そう考えて、あきらめておけば、それでよかったのである。しかし私の、つまらないものを食べてしまったという後悔の念は、突如として狂わしいばかりの食欲に変ってしまったのだ。私は、ほとんど前後を考える余裕を失っていた。私は痒いところがあると血が出るまで掻きむしってしまわなくては気のすまない性分である。湯沸し場に一日中、坐ったきりでいるのだから、けっして空腹ではなかったのだけれど、反対にたくさんの飯盒からのツマミ食いでかなり満腹であったけれど、胃袋が苦しくなればなるほど、なお詰めこまなくては気がすまなかった。そして喉もとまでいっぱいになって、ほっと一と息つくと、天沼の飯盒はカラになっていたのだ。……私にしても、これが天沼を失望させるだろうとは思っていた。しかし、どうせ員数外の米だ。私に食われてしまったからといって、どこへも訴え出るわけには行かないにきまっているのである。私はカラになった飯盒を、となりの洗濯場で洗うと、それなり忘れるともなく、天沼のことは忘れてしまっていた。どれくらいたってからだろうか。天沼がやってきた。私はカラッポの飯盒を振ってみせた。天沼は口をまるくあけて、ボンヤリした顔つきになった。彼には、どういうことが起ったのか考えられなかったのだ。しかし、やがて私が食べてしまったのだということを知ると、彼は子供のような声をあげて泣きはじめた。

「おめえ、あの粥をどうして食ってしまっただ？　あれはおれのもんじゃねえ。おれが榎本曹長どのにたのまれてきたもんだ。曹長どのは腹が痛くて他のものは食えねえからって私物の白米を飯盒にいれて、おれにあずけたのだ。あの粥を曹長どのは腹をへらして待っているだ。……」

私は、どうしたらいいのか、まったくわからなかった。

「どうして食ったって、あれはお前がもう取りにくるのを忘れたと思ったんだ。それで厄介だから、つい食っちまったんだ」

「厄介？　厄介も何もあるもんか。あれは曹長どのの米だぞ、曹長どのの……」

その声は洗濯場全体に大きく反響した。洗濯をしていた兵隊たちは、いっせいに手を休めて、こちらを振り向いた。

「わかったよ。わかったから、もうすこし小さな声で云ってくれよ……」と私は手で制しながらたのんだ。しかし天沼は叫びをやめなかった。

「小さな声も、大きな声もあるもんか。あれは曹長どのの粥だ。それを、おめえは食っちまった……」

榎本曹長は兵器係りの下士官で、この間、曹長に進級したばかりだが、軍曹の時代には中隊一の恐ろしい下士官だった。頭が小さく、眉が眼のうえに迫って、引きしまった大きな唇の色がいつもナマナマしく赤い。私は二年兵の一人が、どういう理由でか、その曹長に背負い投げで連続して投げつけられながら二十間ばかりの中廊下を一往復したのを見たことがある。息も絶え絶えになった二年兵は、間もなくそのために入院した。曹長に進級してからは手荒なことはひかえているというが、それだけにいつまた爆発しないともかぎらない。

「おれは、いますぐ曹長どのに云いつけに行ってくるだぞ。曹長どのは腹をへらして待っておられる……」

「待ってくれ」

と、私は云った。しかし待ってもらったところでどうなるものでもない。これがもし東京の、自分の家に近い場所の部隊なら、なんとか連絡をとって米を持ってきてもらう手段が考えられないものでもない。——といっても、それがいますぐの間には合わないのだが

——。しかも、ここは満洲の北はずれである。兵営のまわりには満人の部落さえない。またもし自分が二年兵であり、炊事に顔見知りの兵隊でもいれば、おがみ倒してでも一合ほどの米を手に入れられるかもしれない。しかし初年兵の身では炊事場のまわりに用もないのに近づくことは許されないのだ。結局、私にはほどこすべきいかなる手段もない。天沼に曹長へ報告することを待ってもらったところで、いずれ私は下士官室に呼ばれ、思うさま殴られたうえ、へたをすれば営倉に入れられるだろう、営倉に入れられれば、そのことは家庭に報告される。私は困惑している母の顔を想いやった。すでに軍人の息子のくせに乙種幹部候補生の試験にさえ不合格だった私は、それ以上の汚名をここに浴びなくてはならないことになる。それも下士官の粥を便所のそばの湯沸し場で盗み食いしたという理由で……。

おそかれはやかれ来るものならば、私はここで思いきって、天沼に謝り、いっしょに榎本曹長の前に出て、ありのままを自分の口から報告する方がよかったかもしれない。そうすれば営倉に入れられることだけは免れるかもしれない。しかし私には、それが出来なかった。私は、ただ一刻も恐ろしいことのやってくる時をのばしたかった。その時の来るまでを、しずかな、安らかな気持で落ちつきたかった。私は何度日かの、

「まあ待ってくれ」を、天沼に向かって言っていた。

そのときだった。うしろから肩を叩かれて振り向くと、見知らぬ一等兵が立っていた。

「おい、……おい……」

彼は低い声で、ためらうように云った。私はドキリとした。こんなとき、下士官が手を下すまえに古兵がさきに殴りつける。それはお節介なことではなくて、むしろ上級者に対する礼儀とされているのだ。

「おい、これ……。これをやるから急いで粥をたいて曹長どののところへ持って行け」

そう云って、一等兵が差し出しているのはたしかに米の袋だ。私はあまりのことに夢を見ているような気がした。飯盒の中に、さらさらとあけられたのは、眼に痛いほどアザヤカに白い米だったからだ。

私は口に出して礼を云う言葉さえ、おもいつかなかった。一等兵の顔さえも、よくよく見ることが出来なかった。私は、ありがたさと羞らいとに、ただ頭を下げるばかりであった。

…………

この物語を書きつけながら私は、自分に米をくれたこの一等兵が、顔を上げてみると柳岡君だったことにするつもりだった。私のいたその部隊は、主として東京とその周辺の地区からあつめられた壮丁によって占められていたが、あの弘前の町はずれのリンゴ畑のそばで別れた柳岡君がここに登場することは、それほど不自然なことではない。なにせ東京は日本の中の植民地であり、柳岡君が何らかの職をもとめて上京していなかったとはいえない。そして部隊は動員が下って混乱している時期である。旧友とはじめて顔を合せる可能性は充分にある。しかし私は、いまになってどうしたことか、こう二人を結びつけて同一人物だったとすることができなくなった。つくりすぎていると云われるよりも、ただある面映ゆさがあって、それが出来ないのである。

正直に云って私は、あれから柳岡君がどうなったか知らない。けれども私に米をくれた一等兵のことなら、ほぼたしかなことを知っている。動員で南下した部隊は、そのとしの秋、レイテ島に向かう途中で輸送船が沈没し、それでも大半の兵隊は島に上陸したが、武器弾薬の大部分が沈んでしまったために、ほとんど丸腰のまま、優勢な米軍の前に全滅させられたことがわかっているからである。たまたま私は、部隊が出発する三日前に発病して病院に入れられていた。

それから数年たって、私は公園のベンチで弁当の包みをひらいていた。

初冬のひどく冷えこんだ日で、ベンチには私のほかに人かげがなかった。ベンチの前には枯れた花壇があり、その向うには煤けた色の樹木があった。そして、その樹木のこずえごしに、灰色の石造のビルディングが角張った肩先をあらわしており、中央の旗竿に星条旗がひるがえっていた。

私は失職していた。というより三十歳にもなるのに、まだ定職についていなかった。父は無論、職業軍人の椅子からほうり出されており、母は突然の境遇の変化に錯乱していた。……私は、はじめて自分の手で食うということがどういうことか身にしみて知らされていた。軍隊でわずらった結核性の病気がなおりきっていないうえに、学校を卒業して何年にもなる私をやとい入れてくれる職場は、どこにもなかったのである。しかし家の中にじっとしているわけにも行かず、こうやって毎日、街中まで弁当をもって出掛けてきているのだった。

私は自分が一体、何のために生きながらえているのか、わからなくなることが多かった。こうして街に出てくることが何の意味もないように、私はただ生きているために生きているというより仕方がなかった。

公園には、しかし私以外にも、私に似た境遇にいるとおもわれそうな人たちが何人かいた。彼等の様子を見ていると、大半はベンチに深く腰を下ろしながら、空をおそらくは何時間も眺めているのだった。また、そそくさとやってくると外套の襟を立てたまま、大急ぎで弁当を食べおわり、水呑み場で水をひとくち飲むと、そそくさとどこかへ姿を消してしまう人もいる。だが彼の忙しそうな身のこなしにもかかわらず、彼を待っている用事らしいものはなさそうだった。実際、彼等は見るからに役立ちそうな、有用そうな人物にはおもえなかったのである。しかし彼等のそういった様子をながめていると、私は勇気とはいえないほどの勇気を感じた。——ぼくの他にもまだ、ぼくのような人たちがいる。ぼくのこうしている姿もまた彼等を最小限度に勇気づけることがあるにちがいない、といった……。私は、そんなことを考えながら、自分の弁当包みをひらくのだった。しかし包みをひらいたまま食べる気持を失ってしまうことも、またしばしばだった。

その日も、私は、紹介されたある小さな商事会社の人事課長と会うために街へ出ていた。そして面接の結果、れいによって「もうすこし、体の方をよくされては？」というようなことだった。まったくのところ、私のような者をやとい入れることは、ほとんど慈善行為であるかもしれず、そんな会社がないとしても、これは当り前すぎるほど当り前におもわれた。私はまた家族の者にとっても荷厄介な存在だった。こうして毎日、弁当をもって電車賃をつかって外出することだけでも、すくなくない失費をあたえている。

そんなことを思いながら、ふと見ると、少年が一人、肩ごしに私の方を見つめている。顔も痩せ細った手足も、皮膚という皮膚は鉄サビのように黒ずんで、衣服も腐り落ちそうにボロボロになったものを、かろうじてまといつけているだけだが、不思議に眼の色だけは明るい。私の方を見ながら、何か話しかけたくもありそうな柔和な光をはなっている。

「君……」

私は声をかけた。少年は二三歩近づいた。私は思わず云っていた。

「この弁当、君が食べてくれないか。ぼくは手をつけてないんだ。ぼくはちっとも食べたくない……」

云いおわらないうちに、少年は顔色をかえた。眼の色が急に、にくにくしげに光り出したかと思うと、侮蔑と憤懣を無言で投げつけるように、私をにらみつけ、くるりと背を向けると、すたすたとはだしの足で遠ざかった。

私は失望と、それ以上に明らかな慙愧のために、冷たくこわばっている弁当の中身を、衝動的に投げ棄てた。

餓

「ええか国本、きさまのような奴は、何べん云うてきかせても、わからんのだな。口で云うてわからん者には、こうでもするより仕方がないぞ」

日夕点呼のおわった病棟は、けだるい空気にひたされていた。よどんだ熱っぽい臭いが肌一面にまつわりつき、防空暗幕の隙き間から戸外の水色の空が、ときどき、針のように細い光りを覗かせる。

「その上靴（じょうか）を脱げ。靴下もとれ」

と、また藤井上等兵が云った。ぬけ上った額の皮がいつも油でなめしたように光っている。手ににぎりしめた青竹で、一と言いうたびにイラ立たしげに床板を叩きつけながら、

「靴下をとったら、室長どのの云われるように、この上に乗れ」

と、床のまんなかに出させておいたアルミニューム製の煙管（キセル）を指した。

云われたとおり二等兵国本股敦は、はだしの片足を煙管のへりにかけると、重心をとりながら、もう一方の足も器用に乗せた。

――変ったことをやらせるな。と僕は思った。

煙管（吸いがら入れ）は直径十糎（センチメートル）ばかりの碁石入れのような形だが、口のへりは

切り立っており、その上に乗れば体の重味だけ足のうらが痛むというわけだ。

「ふらふら体を動かすな。〝不動の姿勢は軍人基本の姿勢〟やぞ」

藤井はまた青竹で床板を叩きながら云った。しかし実際は国本はすこしも体を動かしていなかった。彼が、ふらふらしているように見えるのは、体全体があまりに痩せおとろえているためだ。のびかかった頭髪は枕の当る部分の毛が逆立って地肌が透いて見え、肉の落ちた頰や顎の骨は尖って飛び出しているので、まるで毛をむしられたニワトリが頸をのばして突っ立っているみたいだ。……しかし、それでも彼の体は動かないのである。体ばかりか、みひらいた眼も、尖った唇も、両側に垂れた手の指先も、うごかさない。

するると、そのことがまた藤井をイラ立たせるらしく、青竹を一層はげしく鳴らして云う。

「こら、不動の姿勢やぞ、不動の……」

体がすこしでも動くと、厚さ二粍ほどのアルミニュームは足のうらに食いこむ。すると体重はもう一方の足にかかって、そっちの足が一層痛む。そうなると体は重心を失って、煙管もろとも床の上に倒れることになるはずである。しかし国本は、いつまでたっても動かず、倒れもしなかった。

「もう一ぺん訊く」と藤井は云った。「国本、おまえは何のために入院しとるんや?」

「はい、イーカイヨーの病気のタメであります」

「胃潰瘍の患者が残飯ひろうて食うてええのか。それもや、なあ……」

そのとき、

「おい、藤井さん」と室長の小野が呼んだ。

藤井は、いったん口をつぐんだが、「国本、おまえのやっとることは、大きな声で云えも出来んわい」と、また青竹を鳴らした。

兵隊たちは笑った。室長の方を振り向いたときの藤井のアングリと口をひらいて見せた顔が上方漫才めいて面白かったからだろう。それに藤井上等兵自身の大食らいは病棟内で、むしろ一種の名物になっていることが、おかしかったのであろう。

僕はしかし、この「ガッカ」と呼ばれる刑罰によせていた興味や関心が、ますますシラけたものになって行くのを感じた。

室長の小野は人気があった。「小野はんが、退院するか、よその病院へ転出してみい。藤井の大飯食いにエラいこと、しぼられなあかんで」と兵隊たちは、ふだんからうわさしあっていた。この国本に対するガッカでも、小野の指図がなければ、藤井は当然、青竹で国本を殴りつけただろう、というのである。

小野が藤井にくらべて、いろいろの点で寛大な態度をとっていることに、僕も否定しない。しかし、この学生上りの色白の軍曹を四十近い召集の上等兵である藤井より、ずっと好ましいとは思えなかった。——こんなことを云うと、僕は小野の「坐金つき」ながら軍曹の階級章に嫉妬しているように思われるかもしれない。しかしそれは、後でその理由を話すとおり、まったくの邪推だ。僕はむしろ小野とは同年兵の二年兵でありながら、まだ一ッ星の二等兵であることに、奇妙な誇りのようなものさえ持っていた。――では、どういう点で小野が好きになれないか、たとえばいまのガッカのやり口がそうなのか、ときかれれば、そうかもしれないと思う。小野は決して、自分で手を下してガッカすることはなかったし、それも殴ることは絶対に人にさせなかった。そのかわり、じつにさまざまな刑罰のやり方を心得ていて、それを藤井に代行させるのである。けれども、それもあながち小野が陰険なせいだとばかりも云えないことだ。病院ではともかく、中隊へかえれば幹候の軍曹では古年次の上等兵には、まるきり頭が上るものではないからだ。……そんなことではなく、僕はただ何となく小野のすることなすことが気にさわる。いってみれば、彼の気の弱さやズルさは、みんな僕自身のものとそっくりに思えるところがあり、ただ僕よりはすべてのことを要領よく片付けているように思われる。それが僕にとって羨ましくないわけはないのだが、それ以上自分の弱点をムキ出しに見せつけられる気がしてやり切れない。

ところで、国本へのガッカは、まだ続いていた。

「ほんまに世話ばっかりやかしよって、初年兵でも、おまえだけやないか……」

藤井は、煙管の上に突っ立ったままの国本のまわりを、グルグルと廻りながらイラ立たしげに云った。「残飯食うのはまだしも、タバコまで食らいやがって」

国本へのきょうの刑罰は、彼がこっそりタバコを飲みこんだということに対するものだった。

国本は今朝、食事のはじまるまえに突然、嘔吐した。吐瀉物に血の色が交っていると、自分で報告してきたので、しらべるとそれは血ではなくてタバコのヤニの色だったという。——このことから国本は、タバコを嚥下して仮病をつかって入院しているという疑いをかけられているのだ。

本当だろうか？ と、僕はこの病室に以前からいる一等兵に訊いた。

「そうやなア、チョウセンは無茶しよるからそれぐらいのこと、やるやろうなア。そやけど、残飯の中にタバコの吸いがら入っとったんかも、わからんなア」と、その男はこたえた。

その言葉は僕をおどろかせた。国本殷敦が半島出身者であることは言葉をきけば、すぐわかる。彼等にも兵役を志願することが「許可」されたということは、僕が入営するすこしまえに報道されていた。しかし、おそらくは強制的に入営させられた国本の、反抗する姿勢の強さに僕は驚嘆するのだ。同時に、それは僕にある共感をおぼえさせた。

僕がこの病室に転入させられてきた最初の夜も、国本は寝台の上に正坐し、眼を一点にこらしながら、水をいっぱいに張ったボウルの食器を目八分にささげていた。（云い忘れていたが、僕はこの大阪郊外の病院へ来てから一週間にしかならない。それまでは満洲の結核療養所にいた）。室長の小野に案内されて、消燈後の病室に入ってきたとき僕は、てっきりこの男は精神異常者だと思った。精神病棟が混み合っているとか何とかの都合で、一時この病室にあずけられているのだろう。……国本の眼つきの異様な鋭さといい、その姿勢の容易に人をよせつけそうもない固さといい、そうとしか見えなかった。おまけにギッシリ詰ったこの病室で、彼の隣に一つだけ空いた藁ぶとんが、ねずみ色のキャンバスの覆いを掛けられてヒッソリと冷く置かれてあり、それはいかにもこの男を病室の他の患者から隔離するためのものに思えた。……小野は、きわめてさり気なく僕を空ベッドのまえまでつれてくると、はじめて気がついたように、「おう国本、まだそんなことやっとったのか、もう寝ろよ。これから人の見とらんところで、がぶがぶ水をのんだりするんじゃないぞ」と声をかけた。そして僕に、笑いかけながら、

「何なら、この藁ぶとんは床へ下ろして寝てもいいですよ」と云った。

僕は、なんとはなしに「その必要はありません」とことわった。――この時、僕はまだ国本が小野の命令でガッカさせられていたのだとは知らなかったが、何故ともなく小野の云うとおりにしたくなかったのだ。しかし一方、あえていえば、そのとき僕が国本を隣同志のいわゆる「戦友」にえらんだのは、やはり最初の異様な印象が僕にとって若干の魅力（というのが大袈裟なら好奇心）があったからにちがいない。そのときから国本の態度に

は、懲罰をうけている兵隊に見られる悪びれたさまや、弱よわしさが微塵もなかったから……。

ついに国本は、消燈時間まで煙管の上でがんばりとおした。

寝床に入るまえ、僕は、足は痛まなかったかと、訊いてやった。

すると国本は、黙ってこちらに笑顔を見せて、こたえた。

「タイシテ痛クナイテス」

——水をのんだら、食器いっぱいの水を目八分、タバコをのんだら、煙管の上に立ちん坊とは、小野のやつも考えたものだ。

僕は、そんなことを心の中でツブやきかえしながら、小野がいま反対側の窓ぎわの寝台から、こちらをどんな眼でながめているかを想像した。

小野のとなりには藤井が、そのとなりには熊谷が陣取っており、暗やみから彼等の声がぼそぼそと聞えてくる。おおかた初年兵の処罰はもっときつくしなければならない、とでも云っているのだろう。しかし、それに小野がどんな返答をしているのかは、僕には見当がつかなかった。たぶん、たぬき寝入りでもしているかもしれない。そういうことも、あの男はうまそうだ。

ところが僕は、そんなことを思いながら不意に、あの事を憶い出した。……こいつを憶い出すと僕はいつも気持が落ちつかなくなる。

——「あの事」とは幹候の試験のことだ。一年まえ、僕は小野と同じ時期に幹部候補生の試験をうけて落第した。落ちることは半ば計画的だったとはいえ、ほとんど不合格者のないと聞かされていた試験に落ちたとき、失望もしていたことはたしかだ。すべての答案を白紙で提出するほどの勇気は僕にはなく、それどころかすくなくとも試験場で答案用紙に向っている間だけは、やはり真剣に正しい答を書きつづろうとつとめていた。

くりかえして云えば、僕は自分の階級章に対しては平気でいられる。しかし「オチ幹」になってしばらくの間の記憶は、心の中のシミになって拭い去ることができない。——「おれは、わざと落ちたのだぞ」ということを絶えず誰かに向って云っていなければ気がすまない。無論それを実際に口に出しては誰にも云うことは出来ないけれど……。それが、どんなにケチ臭い悩みであるかは僕だって知っている。しかしケチ臭いだけに、いったんそのことを頭にうかべると、チクリ、チクリ、と体じゅうのあちこちをノミかシラミに這いまわられるように、抑えようもなく、際限もなく、自分自身を食い荒されてしまうのだ。

だが、僕はその夜にかぎって、「あの事」はチクリ、と僕のどこかを刺しただけで活躍をやめてしまった。

——僕のとなりに寝ている朝鮮兵は、煙管の上に一時間以上も立ちつくしたではないか。

軍務を拒否するためにタバコを口の中に嚙みくだき嚥み下したではないか。あるいは猛然と起ってくる食欲のためには、誰が見ていようとおかまいなしに、吸いがらの混っているような残飯も平然とたいらげたではないか。

僕は、となりにかすかな寝息をたてている国本殷敦の、ほのかに伝ってくる体温から、ヒリヒリする足のうらの痛みや、鼻のさきにむっと迫ってくる腐りかかった残飯の臭気やら、口いっぱいにひろがるエガラっぽい苦味やらを、想うともなくおもい出し、その圧倒的な苦痛のまえに自分のケチな屈辱感などは、たちまち消し飛んでしまったのだ。

翌日から僕は、食事のたびに自分の飯を国本の食器に別けてやることにした。胃潰瘍の患者に、僕の普通食を食べさせるのは良くないことだが、残飯まで食いあさっている男に、それは当然してやっていいことだと思った。

食器の底に、うすいノリのような粥を、ひしゃくに、ほんの一とたらしずつの配給しか受けないのでは、いくら胃病でも空腹でたまるまい。

小野たちは無論、好い顔はしなかった。けれども彼等も軍医の指示どおりのことをしているわけではないので、僕のすることに文句はつけられなかった。結核患者の小野もタバコを吸い、腎臓の悪い藤井もコッソリ飯に塩をかけて食っているのである。だから僕には彼が不愉快な顔をすればするほど、国本に公然と飯を別けてやることにした。

三日ほどたってのことだ。朝食がおわったあとで、小野が、

「雨宮さん、ちょっと」と、僕を呼んだ。「このごろは、国本の面倒を見てもろて、国本の態度も良うなるし、ぼくらも喜んでたところですがなア、……」

「いいえ、べつに」

「それが、やっぱり、いかんことになってますぜ……。こういうものが廻ってきよったんですわ」

僕は不意に緊張した。小野の差し出した罫紙には、次のようにしたためられてあった。

陸軍二等兵国本殷敦
右者昨夜十一時ゴロ、本院守則ニヨリ他病棟患者ノ出入ヲ禁ジタル当伝染病棟内ヲ徘徊シアリ。当直看護婦ノ取調ベタルトコロ、当人所持ノ飯盒中ニ残飯充満セルヲ認ム。当人ノ挙動ヨリ残飯ハ当病棟内廊下ノ残飯桶中ノモノト察セラル。以後カカルコトナキ様、厳重ニ注意警戒被下度、云云。
伝染病棟病室長　陸軍兵長　吉岡忠吉
第十三病棟第二病室長　陸軍軍曹　小野利夫殿

「こんなに云ってきてるんですがなア。どうしますかなア」

小野の言葉に、僕はしばらく当惑のあまり口をひらくこともできなかった。すると小野はまた云った。

「これは、ぼくあて直接に云うてきたもので、まだ好かったですが、これが軍医どのにでも知れるとことですわ」

僕は小野のひどく事務的な口調が腹立たしかった。国本が伝染病棟の残飯を盗みに行ったというなら、それを軍医が察知した方がいいにきまっている。しかし、そのくせ僕がまた、そのことをすぐに軍医に報告すべきだ、という気にもなれなかった。効果的な消毒が行われるかどうかは疑わしかったが、そのために何人かの処罰者が出ることや、病棟全員の私物検査や内務検査や、それにともなうさまざまの型式的な行事のために、僕ら患者が連日、使役に引き出されることは確実だからである。……それにしても国本の果敢さは驚くべきものだ。

ここは、大陸や南方の野戦からの後送患者の受入れ病院であるから、ここの伝染病棟には、これまで内地では見られなかった種類のおそろしい病菌をもった患者たちで、いっぱいになっている、という意味のことを話したあとで、小野は「国本のやつ、そういうことを云うてきかせても、まったくわからんのやからなア、食い意地ばかり張りやがって」と云った。

しかし僕には、そうは思われない。伝染病菌の種類やその伝播力について知っていようが、いまいが、強い消毒薬の臭いがただよい、黒褐色の油を塗られて、人影もないその廊下に近よっただけで、すでに伝染病棟は不気味である。……そういえば、くろぐろとしたその廊下に、赤いペンキで印をつけた残飯入れの樽が、白く濁った米のとぎ汁のようなものをたたえて、ひっそりと並んでいる。国本は、飯盒をその樽に浸して、中の汚物をすくって帰ろうとするところを、病棟づきの看護婦に発見されたというのだ。

「ああ汚いなア。あんな汚らしいもん、よう食えるこっちゃなア」

小野は、部屋のすみの寝台に青ざめた顔で坐っている国本の方を、ふと眺めると突然子供っぽい口調になって、そんなことを吐き棄てるように云った。

だが僕は、もはや国本のやったことが汚らしいとは思わなかった。あの冷く、すえた臭いのする樽の中へ、だぶりと飯盒をつっこみ、つづいてそれを啜り上げる国本を想像すると、云いあらわしようのない戦慄が背筋をなでて行くのを感じた。その怖ろしさに僕は一瞬、自分が軍隊の中にいるということをさえ忘れてしまったほどだ。……

それにしても国本は何のために、そんなことをやらかしたのか、空腹だったとしても、ここ数日に僕がいくらかずつの食餌を別けていたのだから、以前にまして狂暴な食欲が突如としてやってくるとは思えないし、自殺のためならもっと他にいくらも手段がありそうだ。

そんなことを僕が話しかけていると、小野はいきなり笑い出した。

「雨宮さん、国本はずっと前から残飯ひろいに行っとったですよ。どこから拾うてくるか、ぼくらは見て見んふりをしとっただけで、いまどき残飯といえば伝染病棟あたりでないと、ふんだんには落ちとりやせんですよ。……国本は飯盒や空缶をもっては、その中にゾブゾブの汁気だらけの残飯を汲んできて、夜中に起き出しては食うてました」

僕が自分の寝台にかえって、国本との間の整頓棚の下をのぞくと、たいして必要ではなさそうな大小の空缶が並んでいた。


結局、小野は僕を呼んで何を話すつもりだったのだろう。はじめ彼の語調は、国本のことで僕に遠まわしに責任を問うているようだった。しかし、おわりごろになると僕はただ彼に愚弄されるために呼ばれたようなものだ。僕は割り切れぬ思いで、小野のうす笑いをうかべた白い顔といっしょに彼の云ったことを憶い出そうとしたが、ついにハッキリしたものは何一つつかめそうもなかった。……ところで食事時間になって、僕はまた困惑におち入った。いつものとおり僕は自分の食器に盛られた飯を箸で、国本の食器にとりわけてやらなければならないと思うと、おそろしく気分が重苦しくなってきた。国本のネズミ色に錆びて斑点をつけたアルミニュームの食器は、僕のものとほとんど何の変りもない。ただ彼の食器は底のない半透明のカユが溜っており、その上に僕の薄黄色い飯の固りを落してやる。と、そのとき水っぽいカユが音をたてながらはね上る。それを想うと僕は、小野の云った「汚い」という言葉がふいにナマナマしく憶い出されるのだ。これは一体どうしたことだ？　僕は、はじめて他人に自分の飯をあたえることにウシロメタさをおぼえはじめた。しかも、食卓をはさんで向う側に並んだ、小野や、藤井や、熊谷たちは、眼をじっとこらして、僕が国本に飯をあたえることを催促でもするように、見つめているのだ。

僕はこのときになって小野の計略にひっかかったような気がした。

その夜、僕は毛布の中に頭をつっこんで眠ることにした。憶い出すと、これまで途中で眼をさますたびに、となりで、ぴしゃぴしゃと口の中で舌をからませる音を、夢うつつともなく聞いたような気がしはじめたからだ。……状袋のように折り畳まれた毛布の中で、冷い敷布が軀にねばりついてくる。それがすっかり体温になじむまでの間、僕は国本の舌がヒヤリと冷い缶の底にどろどろと溜ったものを舐めている様を、子供がお化けの話をくりかえして考えるように、かんがえた。……はやく眠りたいとあせりながら、眠ってしまうといまにもピシャピシャと舌の鳴る音が闇の中から聞えてきそうで、眠ることが怖しくなる。僕は毛布の中で耳を抑えながら朝のくるのを待った。

しかし朝になって目を覚したとき、僕は毛布の外に首を出していた。憶い出そうとしても隣から舌の鳴る音が聞えたかどうかハッキリしない。念のため整理棚の下をのぞくと、ほの暗い日ざしの中で大小の缶は、それぞれみんなピカピカと光っていた。

案外、小野の云ったことは何から何まで、みんな嘘だったのではあるまいか？

三日たった。

僕はようやく、もとどおりの生活をとりもどしたようだった。夢の間にきいた舌の鳴る音など錯覚だったにちがいない。

午前の安静時間のおわったあと、昼食の「飯上ゲ」準備でざわめく病室をぬけ出して、僕は厠へ行った。

この病棟の厠は、病舎の東側に独立してたっており、明るいさわやかな光りに満ちて気持がよい。僕は何気なく戸をあけた。と一人の兵隊がころがるように飛び出してきた。国本だった。

「おう」僕は、びっくりして声を上げた。

すると国本は姿勢をかがめて、いまにも走り出しそうな身構えをした。見ると片手に空缶をかかえているではないか。

僕は明るい日の光の中で一瞬、夢を見てるようだった。手洗い所から、しまりの悪い蛇口の点滴の音が間遠に聞える。

国本は口もとに手を当てた。嚔（くしゃみ）がもれた。「お前……」と、僕はたじろぎながら云った。みるみる顔を青ざめさせた国本は、見ひらいた眼に恐怖の色をうかべながら、前かがみの姿勢のままじりじりと後ずさりした。その瞬間、僕はこれまで国本の中に見ていた細いけれども鋼のように強い一本の支柱にささえられていたものが、他愛なく崩れ去るのを感じた。

「どうして逃げる」

僕は自分自身、立ちすくんで悲鳴を上げるようにそう叫ぶと、目の前の蛙のように青ざめた顔の国本を、はじめて殴りつけたいと思った。

鶏と豪蔵

昭和二十年七月某日、私はＫ市の陸軍病院で退院自宅療養の命をうけ、現役免除となった。つまり敗戦の日より一月あまり早く復員したことになるのだ。だから、その日における私は、あの大規模な動員をうけた日本軍の兵士の中でもっとも幸福な一人であった。一歩、兵営の外に出たときのことをいまだに私は忘れることができない。たそがれ時の淡いすみれ色の空気、畑の青さ、そういったものが風のように私の体内をとおりぬけ、一瞬のうちに自分がふたたび生れかわったような気持がしたものだ。

ところで、この幸運は一面からいえば、いきなり路頭に迷わされるようなものでもあった。東京の私の家は焼失しており、荷物は疎開していなかったから、私は住むところも、着るものもなかった。それで私は、母から着る物を送ってくるまでの間、Ｋ市の旅館に逗留した。そのはじめの四五日間ほどの愉しさは、ちょっと類がない。ついに空襲をうけることのなかったこの北陸の中都市は毎日雨ばかりふったが、私は退屈らしいものを少しも感じなかった。はじめての日、町へ出ると喫茶店でサッカリンのシロップをのみ、紅茶の缶と漢籍二冊を買った。（この漢籍を買った気持は自分にも合点が行かない。多分学生生活を取り戻したい想いと何かスノビッシュな気分の混り合ったものだ）。しかし、宿にかえると私は、その余白を切って紅茶を巻き、シガレットをつくって一ぷく呑んだ。煙が眼にシミるばかりで、なかなか喉をとおらなかったが、やがて気分がもうろうとし、いくぶん吐き気をもよおしながら、夢み心地になって畳に伏せった。口笛を吹きながら、三島の野戦重砲に入隊しているIの許に手紙を書いたが、それは投函せずに破って棄てた。検閲のこともあり、Iの気持もあり、はじめからただのタワムレだったのである。

宿の食事は陸軍病院の一日四合にくらべて、きわめて少く、朝夕、小さな茶碗に一杯ずつだったが、私は空腹にすこしも苦痛をおぼえなかった。退院以来、食欲に対する関心をまったく失っていたのである。宿の向いに雑炊を売る食堂があり、時間になると大勢の人があつまってきたが、二階の窓から私は、雨の中に立っている長い行列を何か風物詩のように思って眺めていた。何日かたって、朝飯をはこんできた女中に、あずけた米がもうあといくらも残っていないことをいわれ、はじめて私は、いいようのない困惑を感じた。

「いいですよ、じぶんは外で知り合いの家で食べさせてもらいますから」

にわかに脅えた私は、なぜともなしに恥辱を受けたように思い、その肥った女中に嘘をついてそういった。おかげで私はそれから一定の時刻には用もないのに外出しなくてはならなくなった。しかし、あてもなしに知らない町を歩くことは、いろいろの困難をともなった。せめて床屋にでも行けたらと思うが、あいにく退院の日に戦友が私の幸運を祝福してキレイに丸坊主に刈ってくれたばかりだから、それも出来ないし、また栄養不良のせいかヒゲもろくにのびないのであった。おまけに官物の病衣のままで歩いていると、私はほうぼうで子供や老人から最敬礼をされるのである。それを避けるために、なるべく目立たぬ裏通りを選んで歩いたが、ふとうしろから、

「おい、おい」と、乙型国民服の男に呼びとめられた。私服の憲兵であった。退院証明書を見せると、脱走兵でないことは了解したが、

「しかし」と首を振って、「無闇にそんな恰好でブラついていては国民の士気を弱めて困るな」という。……ここに私はまったく進退に窮した。金は持っていたから雑炊食堂で餓をしのぐことも出来るだろうが、行列して立っていれば必ず大勢の人からお辞儀されるだろうし、憲兵からは叱りつけられるだろう。

そんなときになって、やっと母からの小包がとどいた。草色職工服の上下、戦闘帽、絹のレインコート、白いズックの夏靴等である。

私は息を吐いた。どうやら、これで完全に「地方人」にもどれるわけだ。しかし同時に、何か落胆に似た気持もあった。

職工服とシャツは新品であるが、ひどく粗悪な布地だった。またレインコートと靴は高級品だが、もうすぐ使用に耐えなくなるほど古びていた。とりわけ私を悲観させたのは戦闘帽で、これはもう布とも紙ともつかぬ見たこともない繊維製品で、これまであんなにイヤな思いをした官物の純毛ラシャ製の略帽が、手放しにくく思われたくらいであった。

私は軍隊の中で想いえがいた「自由」の夢に、トドメを刺されたように思った。何とかしなければならぬ、冬が来たらどうするのだ。私は破れかかったズックの靴を見ながら、それをはいて雪どけの道を歩くつらさを想像した。で、私はそれまで考えていた、母の疎開先のMで療養することや、学校へ行って残りの学業をつづけることはあきらめ、東京へ行って叔母のつれあいの杉本豪蔵にたのんで何かの職につくことを決心した。

だが、実際のところ私は甘い夢を、まだ見のこしていた。はたらく決心をつけるに際して私が杉本の叔父を想いうかべたのは、子供のころの体験で彼が親戚中でもっとも多額のお年玉をくれる小父さんだったからである。相撲や花火の桟敷へつれて行ってくれるのも彼だったし、また何に彼につけて、よく小遣い銭をくれた。その小遣いをくれるのに、決してただではくれず、いつもムッツリした顔で何かちょっとした用事をいいつけては、その後でニヤリと笑いながら、いくらか過分のものをくれる。そのトリックのうまさに私は子供心に感心させられていた。

訪ねて行くと、杉本の家は二年前、私が入営の挨拶に行ったときとすっかり同じで何の変りもないことが先ずめずらしかった。実際には、強制疎開で塀をこわされて、庭の一部を道路の敷地にとられていたり、叔母や子供たちが私の母と同じMに行っていたりで、かなり様子がちがっていたはずだが、東京の街中いたるところ変りはてた姿からみればその程度の変化は変っていないのも同じことだ。

叔父は夕食の席で、英国製のウィスキーを出すと、

「どうだ、少しは強くなったか」と訊いた。私はなつかしさがこみ上げてきた。それは会うたびに必ず発する叔父のキマリ文句なので、そのたびに私はこの飲料を男らしくのみほせないのを残念に思ったものだ。いまもまた私は叔父の期待にそえないのを恥じて答えた。

「いいえ、まえより弱くなりました」

するど叔父は意外にアッサリ、

「そうか」と、私のグラスを引き取って一気にのみほし、そのウィスキーの瓶を戸棚にしまって、別の日本製のものを取り出すと、自分のグラスに一人で注ぎながら、つまらなそうに三四杯、立てつづけに飲んだ。これは私の答え方が機嫌をそこなったのかと思い、瓶をとって酌をすると、半分注がせて、

「もう、いい」と、その瓶も大切そうに収いこんだ。私は途方にくれた。しかし、これだけはと思って、どこか事務員にでも使ってくれるところはないものだろうか、とたのんでみた。すると叔父は、いきなり、

「いまは食糧が一番大切なときだ。食糧のためには狂奔せねばならん。狂奔だぞ」と吐き棄てるようにいって、黙りこんだ。しかたなく私も、「はア」とこたえて黙っていると、

叔父はニヤリと片頰に笑いをうかべた。

（しめた！）私は心の中でいった。例の小遣いをくれる前にうかべるあの笑いだ。

「はたらくといって、お前、体の方はいいのか。よさそうなら、おれの手伝いでもさせる」

「はア大抵のことなら大丈夫です」いきおい込んで私はいった。しかし叔父はそれに対して何ともいわず、丸いなで肩の背中を見せながら、丈の低い体を小刻みな足どりで寝室へ引き上げた。別に女中が私のための寝床をとってくれてあるところを見れば、当分ここにいて何か用のあるときは手伝えということだろうと思った。

私はズウズウしすぎたかもしれない。しかしこれまでの習慣からいえば、半月や一月、厄介になるのは何でもないことだった。それに、これは翌朝になってわかったことだが、この家には女中のほかに、「カツ」という爺さんと、もう一人「マッちゃん」という見知らない女性がいる。カツは以前から叔父が猟に行くとき鉄砲をかつがされて歩く男でよく知っていたが、マッちゃんの方はS町の方で焼け出されて来たというだけで、あとのことはわからない。毎朝、叔父が会社に出勤したあと、白い半袖シャツにフラノのズボンをはいてどこかへ出掛けて行き、夕方に帰ってくると、女中の作った御飯を食べて寝るばかりでこの家に何のためにきているのかわからない。で、私はこういう人物もいる以上、この家に私がブラブラしていることは差しつかえないと思ったのだ。

予想に反して叔父は用事らしいものを私にいいつけようともしなかった。かといって他へ職業をさがしに行けともいわない。私は転属したばかりで、まだどこの隊の指揮系統にも入っていない兵隊のような気分でいた。叔父は班長で、彼の出掛けたあとには初年兵であるカツと女中としかいない。座敷にねころんでノウノウと昼寝をしたり、台所へ行って砂糖をなめたり、古い流行歌をうたって情緒にひたったりしていた。午後になると銭湯の一番風呂にかけつけたが、それ以外にはあまり外出しなかった。通りを歩いていて、将校がやってくるのに出会すと私はウッカリ手を上げて敬礼しそうになるからだ。かといって、敬礼しないで彼等の姿を見送ると、ある漠然とした怖ろしい不安に襲われた。——その不安が何であるか私はいまもってわからない。ただ、そのころ私は敬礼の他にも、かずかずの軍隊の風習を身につけていた。たとえば、風呂に入るとき、軍隊では中の湯を汚さぬために手拭いを頭にのせるよう命令されており、そんなイマイマしい習慣から早く脱け出そうと思っているのだが、ふと気がつくと銭湯でも私の頭の上に手拭いがちゃんと乗っているのだ。また私は誰かの背中を流さないと落着いた気分で風呂に入れなくなっていた。それで、カツを誘って、彼の背中を洗ってやることにした。おかげで、カツは私のことを敬老の精神にとんだ青年だと思うらしかった。日ごとに彼は私になつき、そのためこんどは私が自ら気だてのいい「若旦那」になったような錯覚を起すのであった。
ある日、叔父の留守に私はカツと二人で彼の生家へ遊びに行った。その日の愉しさは、あのノンキな毎日を送った期間の絶頂ともいうべきものだった。私鉄で二時間あまりのI沼というみずうみのほとりのその村は、とり立てていうほど風光明媚の土地ではなかったけれど、あたり一帯の木や水や空の色に、私は眼を洗われたように思った。カツはその辺では、まるでウォルト・ホイットマンのような無頼漢であるらしく、六十歳にあまるその年まで一度も結婚したことがないにもかかわらず、あちらこちらに彼の血をうけた息子や孫などがいて、たいへん顔がきくのであった。この頼もしい男のはたらきで私は、鮒の甘露煮だの、ボタ餅だのを方々の家でご馳走になり、かえりには米を三升ほど、おみやげにもらってきた。

昼間のノドカさにひきかえ、夜は緊張の連続だった。叔父が帰宅すると私は何ということなくオドオドした。ことに二人差し向いの夕食の膳では全身が凍りついたように固くなり、ろくに食物が喉をとおらないほどだった。最初の夜以来、叔父は一杯の英国製と、三四杯の日本製のウィスキーを手早くイラ立ったようにかたむけると、自分一人だけで土鍋で特別に炊かせた白米の御飯を掻きこんで、ほとんど口もきかずに、寝室へ引っ込んでしまう。寝室は、はじめのうち二人別々になっていたが、四五日したころからどういうわけか、一緒の部屋に寝ることになってしまった。その結果私は叔父が毎晩ひどい夢にウナされていることを知った。はじめての晩、くら闇から、

「ああ、焼けるぞ、焼けるぞ。……F町の方からこちらへ向って火が廻ったといって来たぞ」と、ドナリ声がするのをききつけて私は跳び起きたが、そんな大声の寝言を叔父は明け方まで、ほとんど連続的に発しているのである。それで私の方は眠ることもできず、しかたなく、

「大丈夫ですよ叔父さん、火はもう消えました」とか、「火はF町から反対のS町の方へ廻ったそうですよ」とかいってやらなければならない。そういってやるとしばらくはおとなしく寝入るのである。……ある晩も、私は夢うつつでそんな返答をしているうちに、

「馬鹿野郎、おれはお前のいうことなんか、ちっとも信用しちゃいねえんだぞ」と、叔父のどなる声で、思わずギクリと眼をさますと、それがまた寝言なのであった。

あくる朝になると平然と何ごともなかったように、むっつりと黙って出掛ける叔父を見ると、私は、もしかしたら自分はこのネゴトの聞き役にやとわれているのではないかと思ったりもした。一度だけ叔父は「近いうちにMへ連絡に行ってくれぬか。キップの手配をしているから、それが出来次第行ってくれ」といったことがあったが、それもまだキップが入らないのか、いつ行けとはいわない。しかし、いまは私の方でも毎日出掛ける会社員

のようなものになる気力を失いはじめていた。むしろ一生をカツのように妻もめとらず、他人の家を転々として寄食しながら送る方法をまなびたいとさえ思った。

　そんな生活が三週間ばかりつづいたある日のこと、ふだんより早く帰ってきたマッちゃんと私は縁側に寝ころんで話していた。日頃、私は彼女に対して好意をもっていない。はじめ見たときから得体のしれない人物で、叔父とは一体どういう関係にあたるのか、単なる避難民にしては女中の手助けもせず、かといって家では叔父に格別のサーヴィスをしている様子もなく、ただ毎日ものうそうにゴロンと横になって新聞をひろげたり、ぼんやり空をながめていたりする。誰に遠慮も気兼ねもせず、私のことは最初から自分より目下の居候ときめこんでいる風である。だから私としては対抗上、彼女が寝ころんでいれば、そこからやや離れた場所で彼女よりもっと大きく両手両足をひらいて寝ころんでやらなければならなくなるのだ。……そのときも私は、その対抗心をもちだしていたのだ。ところが例によって肱（ひじ）まくらで、重そうな眼ブタの目を空に放っていた彼女が、どうしたことか、むっくり起き上ると、

「もしかすると、もう戦争がおわるかもしれないって、会社の人がいっていたわ」と、別段、話しかけるといった調子でもなくいった。すると私も、どうしたことか、そんな彼女の態度にふと気を引かれて、

「そうか？　そうかも知れないな」と、こたえた。

「戦争がおわればパーマネントがかけられるんだって」

「うん、お汁粉も食べられるようになるさ」

会話はそれだけだった。突然、木戸があいて叔父の杉本の姿が覗いたからだ。僕らはビックリして、とび起きた。

「マツ子！」叔父が呼んだ。つづいて、靴のヒモがどうとかという言葉が鈍い声できこえてきた。


その晩、向い合った食卓で、叔父は例のウィスキーものまず、いつもより早く食事を切り上げると、出しぬけに、

「お前、自分で食うものは自分で買っているのか？」と訊いた。私は即座に返答できなかった。おまけに口の中には咀嚼しかけたままの飯粒が、まだ半分以上のこっている。で、それを呑み込みながら、やっとで、

「……配給通帳の方は女中さんに」といいかけると、

「あんなものが何になるか。お前の通帳はもうMへ送った。あの辺じゃ米はとれんから、あんなものでも少しは役に立つんだ。だが、お前はもう配給の何層倍も米を食ったんだぞ。一俵でも半俵でも、どこへでも行って買ってこい。ただし、お前がこの前に行ったI沼は

だめだ。あそこの米はもともと全部、おれが買いしめてあるんだからな」

それは、いずれは聞かされるだろうと思っていた言葉だ。けれども、いわれてみると、やっぱり不意をつかれる思いがした。おれにだって食べる権利がある、食糧や衣料のギッシリ詰まった防空壕をながめながら、私は何となくそう思ってこの家の御飯を食べていた。けれども、たったいま叔父から「出て行け」といわれたとすれば、やっぱり私はこの家から出て行かなければならないし、しかも私には、住みついたところから外へ一歩も出て行く能力がない。そう思うと私はイラ立たしさと心細さに、急に喉のおくからイガラッポくなってくるのを感じた。

そのことがあって以来、叔父はそのときどきの気分次第に、私にいいたいことの洗いざらいをいうようになった。その晩の夜半、空襲警報のサイレンに、寝入っている叔父をゆり起すと、「うるさい、寝ておれ」といわれ、そのつもりになって寝ていると、こんどは枕を蹴っとばされて起されるという具合だ。

翌朝になると、叔父の機嫌は前夜とはまたいくらか変っていた。

夜半来の空襲がひとときおり収った夏の青空を、小首かしげて仰ぎ見ていた叔父は、ふと私の方を向くと、

「ちかごろ、おれは焼きトリというものを食ったことがないな。……どうだ、お前、ひとつ食いたいと思わんか」という。

「いいですね」私は何でもかまわず、そう答える。

「そうか、織田のところのニワトリを、おさえようじゃないか。お前、カツをつれて行ってこい」

織田というのは叔父の姉で、長年女学校の教員をつとめ上げたあげく、いまは声楽家の娘と母子二人で東京の西郊に住んでいる。近々、疎開するのにニワトリまでは連れて行けないから売ってもいいといっていたという。

「くれぐれも、ニワトリは食うといっては駄目だぞ。前から姉は、おれがあのトリを狙っているのを知って、うたぐっているのだ。……いいか、あくまでも飼うことにしておくんだぞ。いったんこちらの手に渡れば、もうあとは途中で全部殺そうと、こっちの勝手だからな」

織田の家には、これまで行ったことがなかったが、どっちにしても一人で米の買い出しに行かされるよりは気が楽だったから、私はよろこんで出掛けた。嘘をついたり、芝居したりすることが仕事の中に入っているのも、ちょっと愉快なことだと思った。……だが行ってみて私は驚いた。その家ではニワトリが家族並みの待遇をうけているのである。鶏小舎らしいものがどこにもなく、庭ぐるみ家全体が鶏舎なのだ。

私たちが入って行くと、織田夫人は、

「さア、みんないらっしゃい」と手を叩くので、孫でも来ているのかと思うと、それがニワトリなのであった。

「まさか弟は、これを食べたりはいたしませんでしょうね」

「いえ、大丈夫、そんなことはありません」私は答えた。実際をいって、私自身はニワトリを可愛いとも何とも思いはしないが、こんな鶏を食べるくらいなら、猫か犬でも殺して食べた方がマシだと思った。しかし織田夫人は断言するようにいった。

「いえ、あなたは食べなくとも、弟はきっと食べます。一度いい出したらきかない性質ですから。一週間は我慢しても、八日目には食べるといい出します」

ところが夫人の断言はマト外れだった。カツと私とは両手に生きたニワトリの包みをさげた上に、鶏のための蚊屋やビタミン剤やパン屑やを、まるで嫁入道具のように持たされて、満員電車に二時間もゆられたのだ。私はもうニワトリどころか自分の苦しさを我慢するのにせい一杯だ。しかもニワトリどもはぎゅう詰めの電車の中でケタタマシイ鳴き声を上げながら、羽撃(はばた)いたり、脚をふんばったり、さかんにやって、そのうち糞でもするのか、シメっぽく生温いものが私の手や腕に流れてくる。……ようやく家に着いたときはカツも私も、頭も顔も真赤になり、疲れ切って、その場でバッタリ倒れたまま、私はしばらく起き上ることも出来なかった。さすがにカツは台所で早速ニワトリに水をやろうとしていたが、

「へぇ、こりゃ、お別れだ」と、大きな声がするので行ってみると、一羽の鶏はカツが口

うつしにやる水ものまずに死んでいる。と思う間に、次のも、次のも、見ている前でバタバタたおれ、かくて全部のニワトリが「お別れ」してしまったのだ。

間もなく叔父が会社からかえってきた。私はニワトリについての報告をした。多少なりとも彼のために働いたことを早く知らせたかったからである。ところが、全部のニワトリが死んでしまったことをいうと、にわかに叔父の顔色が変った。

「何、死んだ？　どうして殺したんだ」

私は何のことかわからず、しばらく叔父の顔を見た。丸い肉のたるんだ顔のうらがビリビリ痙攣を起したようにふるえている。

「さっき、会社へ織田から電話でいってきたんだ。一週間たったら鶏を見にくるって、な。……お前たちは一体これをどうするのだ」

その夜、叔父は五羽のニワトリを料理させると、配給所の男だの、巡査だの、在郷軍人だの、地方有力者をあつめてまるで自暴自棄のように酒をのんで荒れた。……私にはサッパリわからなかった。まさか叔父がニワトリに同情するわけはないから、それで怒っているのではない。彼が行きしなに「どうせこっちの手に渡りゃ、こっちのものだ」といったのは一羽か二羽だけ殺して、徐々に愉しむつもりだったのだろうか。ケチな男だから、そうかもしれない。しかし死んだ鶏は有力者に振舞って一応有効につかったのだから、あんなにヤケになる必要はない。とすれば、あの痩せて小柄な、何の権力もなさそうな未亡人に咎められるのが杉本豪蔵には怖ろしいのだろうか。


あくる日の朝になると、またしても叔父は機嫌が変って、ニコニコしている。

「ゆうべ、おれは思いついたんだ。お前、Mへ行け。キップはとってやるから。織田には、ニワトリは全部お前をつけてMへ疎開してしまったといってやる」というのだ。

それでは、キップがくるまでは米の買い出しに行かされる心配もなしに、のんびりしていられるのかと思ったが、そういうわけには行かない。二三日、キップがなかなか手に入らないことがわかると、またイライラするらしく、まるで私が邪魔してキップを彼に買わせないとでも思っているような風だったが、ある朝、ふと、

「お前、たしか鉄道に友達がつとめているといってたな」

「いえ、そんなことはいいません」

「そうかな。……いや、たしかにそういったはずだが」

そんなことをいったかと思うと、つぎからは、自分でヤミのキップを手に入れてこいと、顔さえ見ればいうようになった。かと思うとまた、急にやさしい顔になって、

「このごろは、改札口で二十円にぎらせれば、そっと脇から通してくれるそうだ」ともいう。

「しかし駅員も気が荒くなっているから、不正乗車で袋叩きにされることもあるそうですよ」

「そんなときは大急ぎで逃げてくればいいさ」と、さも愉快そうに笑う。

しかし、六日目になって、とうとう私も観念して、叔父の家を出て行くことになった。理由は別段、何もなかった。風呂から上って夕飯前、めずらしく叔父のかえってくる時刻がたいして気にもならず、ぼんやり寝ころんでいるうちに、どこか遠くへ出掛けてみたいような気になっただけである。そして、そう心を決めると急に叔父の帰宅が待遠しくさえなってきた。

あの男が、どんなに喜んでニコニコすることだろう。私は早くその顔が見たかった。

やっと叔父はかえってきた。

「明日、Mへ行ってきます」

すると、意外にも叔父は、

「そう」といったきり一瞬、顔をくもらせた。そして、その瞬間、私も何故か自分がいくらか感傷的になるような気がした。しかし、それはただの一瞬だった。叔父は現金にも、ひさびさで例の英国製ウィスキーを出してきて、「のまんか」といった。私はことわった。すると、こんどは大きなリュックサックを引っ張り出してきて、叔母や従妹たちのために持って行くように命令して、その中に米や砂糖やアジノモトや金平糖などを、いっぱいにつめこみ、なお漬け物の石まで入れそうにした。私としては、この際、もう楽をしようとは思わなかった。出来ることなら、そのタクアン石だけ担いで行ってやりたいくらいのものだ。

　翌朝、

「キップはどうした？　誰かから買ったのか」

「いや別に、だけど何とかなるでしょう」

　叔父は、そわそわと服のポケットを探り出した。驚いたことに彼が探しているのは財布だった。

「これ持って行け」

　彼は十円紙幣を二枚とり出すと差し出した。私はいったん断った。すると彼は私の体に組みつくようにして、ポケットの中にねじ込んだ。私は敗けて、そのまま歩き出した。

　K市の病院を出て、ちょうど一と月、敗戦二日前の日である。

革の臭（にお）い

まちは眠っていた。日が照りつけており、建物の影が道路の両側を黒く縁取っていたが、そこを歩いている人間は僕一人だった。背中にすくなくとも七貫目以上はかかる荷物をしょっていることだし、暑い日にはちがいないのだが、そんなことは別にどうとも感じなかった。僕の頭には、この荷物をもってY県のMまで行かなければならないということしかなかった。僕は云いつけをまもり、命令どおりに動かされる習慣をもっていた。……汗が腹の皮をつたって流れおちるのがわかった。と同時に、うしろから誰か駈けてくる気配がした。憲兵かもしれない。僕はすでに一度、路上で憲兵の訊問をうけていた。ひと月ほどまえ北陸のK市にいたときのことだ。乙型の国民服にオカマ帽をかぶり、ゴム底のキャンバスの靴をはいた男が、うしろから小声で僕を呼びとめた。詰め襟の国民服の襟もとからミドリ色のシャツのボタンがのぞいて見える。僕はその男が黒い手帖を取り出すまえに、彼のやろうとしていることがわかった。思ったとおり彼は、僕の軍服を見とがめて、部隊番号や固有部隊名を訊いた。僕は、この間まで属していた部隊の名をこたえた。そして、目下病気のため自宅療養を命じられているが、付近の旅館で寝泊りしているものだということもつけくわえた。脱走兵にしてはノンキすぎると思ったのだろう、憲兵は「そんな恰好であんまり外をぶらぶらしないでくれ」と云っただけで何処かへ行った。

　僕は立ちどまった。駈けてきた男は僕を追いぬくと、くるりと振り向いた。草色のだぶだぶの作業衣に、黒い大学生の帽子をかぶっている。知ってますか、と彼は云った。戦争はおわったんですよ。

　変な男だ、と僕は思った。知っていますとこたえると、彼はそんならいいです、とまた通りをバッタのように跳ねながらいってしまった。

「とにかくだな、汽車に乗っちまうんだ。車掌に見つかったら、罰金にキップの金は三倍はらう、それでいいんだ。しかし、なるべく見つからんようにするんだな」

と、叔父は僕に十円紙幣を二枚くれた。僕はことわった。紙幣には何の価値もないようにおもわれたからだ。叔父は最初びっくりしたように僕の顔をながめたが、僕の手首をにぎりしめるとポケットに無理矢理、金をつっこんだ。僕が椅子から立ち上ると、叔父は笑った。何のためか、この日、彼はひどく上機嫌にみえた。そのビルのある階では全員が直立したまま頭をたれており、ある階ではまちまちの姿勢ですすり泣く女子職員の姿がみとめられた。そんななかで叔父は、自分だけはその日常生活の感情をシッカリ手のうちにおさめているということで、気分を好くしていたのかもしれない。

「じゃ、汽車に乗ります、何とかなると思います……」と、僕はそんなことを云って、怖しいところから逃げ出すように叔父と別れた。

なんとかなる、実際にはそんな感じはすこしもしなかった。駅はどこも人でいっぱいだ。切符は厳重に制限されており、よほどシッカリした手づるがあるか、公用の者でなければ手に入れることができない。叔父の云うとおり無賃乗車の手はあるが、これはイザとなったら走っている汽車から跳び下りる覚悟が必要だ。鉄道員にとりまかれてフクロ叩きに会っているのは、たいていこれをやって掴まった連中だ。それに厄介なのは背中の荷物だ。これさえなければ汽車のタダ乗りも、それこそ何とかなる。米、砂糖、アジノモト、それに一升瓶につめた醬油だの、菓子だの、漬物だの、そんなものが粗悪な布でできたリュックサックにつめこめるだけ詰めこんである。これはMに疎開させてある叔父の家族のための食糧である。

大丈夫か、みんな大切なものばかりだからな、と叔父は云った。大丈夫です、と僕はこたえた。……兵隊なら毎日、これぐらいのものを担いで演習に出ている。僕は完全武装で踏みしめた足がまったいらになるほど重いものを体じゅうにブラ下げて、でこぼこの原野を走りまわらされていたことを憶い出すことにした。あれにくらべたら、これぐらいの荷物は何でもない。おまけにここでは駈け足も匍匐もいらず、好きなように歩いて、疲れれば勝手に休むことだってできる。いっそ汽車に乗ることなどかんがえず、このまま歩いてMまで行けと云われたのなら、どんなに気ラクだろう。三日や四日は野宿したってかまわない。

しかし僕は汽車に乗らなくてはいけないのだ。なぜかわからないが、「汽車に乗って行け」と云われたら、そのとおりにしなければならない義務があり、それに外れたことをすると自分がなにかしら危っかしい目に会いそうな気がする。考えてみれば、さっき叔父がくれようとした金を、いったん拒んだことは、唯一の例外的な行為だ。ほかには一度も叔父の云いつけをきかなかったことがない。

半月ほどまえ、この叔父の家に止宿するようになって以来、彼はさまざまの命令を僕に下した。近所の百姓家へ行き、米やその他の食糧を買いつけてくることから、都内のある地点からある地点へ、生きたニワトリだの釘だの何か正体のわからぬ書類だのを運ばされたり、かと思うと急に、時日をかぎってその間、どこでもかまわぬからよその家へ泊ってくるようにといったトリトメのないことまで、僕は彼の命令にしたがって動いた。もっとも、それがすべて叔父の意にかなっていたかどうかということは別問題だ。僕はただ叔父に云いつけられたことを、そのとおりに実行したまでで、その結果に叔父が満足であるかどうかには無関心だった。——ことによると叔父は最初、僕が身分としてはまだ軍人であるということに何等かの利用価値を見出そうとしていたのかもしれない。たとい最下級の兵隊でも、僕の名義をもちだすことで、役所や警察などで何かの利便がとりはからわれることもあるだろうという……。しかし、これは叔父のまったくの誤算だった。僕の療養期間は一箇月しかなく、しかも僕はどうしたことかそれを証明する書類を叔父の家にきたときから何処かへ紛失してしまったのだ。つまり僕は迂闊に自分の名が役所や警察で語られると敵前逃亡の罪に問われかねないわけだし、ひいては叔父もその僕を隠匿したことによって罰せられないものでもない。

「馬鹿もの」と、叔父は僕の話をきくと頭ごなしにドナリつけた。しかし、僕がそのことを原隊に申し出ようと思うと云うと、叔父はしばらく沈黙してから、その必要はないだろうと云うのだ。

　僕は叔父の言葉にしたがった。原隊復帰を欲しなかったというよりは、そのためにさまざまな手続きをとらなければならないことを考えると、いかにもウンザリさせられるからだ。その日から僕は着てきた軍服を防空壕の奥ふかくへしまいこんだ。


　新宿駅まで来た。あたりの焼けのこったビルの何階かに、この駅の旅行者査察官の事務所が移転しており、そこでしかるべき申請をすれば切符がとれるかもしれないということだったが、赤茶けたコンクリートのビルを外側から眺めただけで、僕は中へ入って行く気がしなかった。……駅の構内は床一面、ネズミ色の人波にうずまっており、人のいない場所には、どうしたわけか溢れ出した大小便の汚物が塞きとめられた川のようにたまっていた。

僕はにわかにMの町が自分から無限に遠くへ距てられて行くのを感じた。外へ出た。ここにも人影がなかった。いつもなら、このへんに露店がつらなって、安全カミソリだの、櫛だの、といくらかは実用的な品物を並べているはずだが、と僕はポケットの中の十円紙幣をにぎりしめながら思った。

何気なく横町をまがった。と電信柱のうしろに男が一人、ネズミ色の手拭いを頭に巻いて立っていた。背の低い老人が足ばやに近づいて金をわたすと、小さな紙包みを受けとって、そのまま去った。即座に僕はポケットの金をぬきとって、男のそばへよった。

一瞬、男は眉根をひそめたが、金を受けとるがはやいか僕の手にぴたりと吸いつかせるように品物をわたすと、

「早く」

と、尖った頰骨を正面に向けたまま云った。せきたてられて僕はガードの下まで真直ぐに、駈け出すように歩いた。ものかげで手をひらいた。ひかりが十本、白い糸でたばねてあった。ありがたい、と思った。昨日の夕方から、まだ一服もタバコにありついていない。

僕は幸福な気がした。金をつかってしまったせいだろうか、急にある自由が心のなかにやって来た。一本のタバコを吸いおわると同時に、背中の荷物が全部、食べものだということに、いまさらのように気がついた。――これだけあれば、吉川のところで一週間や十日は籠城できるぞ。

っい三日ほど前、僕はその男のアパートで彼のたいた飯をご馳走になりながら、話し合った。吉川というのは、その男の日本名だ。——このごろ日本人はどうかしている、自動車の警笛を鳴らしても誰もよけようとしない、長年運転手をやっているがこんなことは初めてだ、と艶のいい角ばった額に縦ジワをよせながら彼は云った。——あんたの感慨はもっともだ、と僕はこたえた。……また吉川は、何よりも残念なのは、ここに自分の蒐集したジャズのレコードが置いてないことだ、と云った。「セント・ルイス・ブルース」だけでも百枚以上のコレクションをもっているというのが彼の自慢だった。そんなことから僕らは、二人で喫茶店をひらくことを相談したのだ。吉川はますます機嫌がよくなり、押入れの中から、しいたけだの、乾魚だの、ナンキン豆だのと、ありったけの食糧品を取り出して僕のまえに並べてくれた。

……こんなに好いことを、どうしてもっと早く気がつかなかったのだろう。僕は、かつぎこんだリュックサックの中身に狂喜するだろう吉川の顔を想像すると、それだけでもひどく愉快になってきた。無論、あとで叔父は怒るにちがいない。しかし仮に僕が車掌につかまったりすれば、リュックサックの中身を没収されることだって考えられるのだから、僕らがそれを食べてしまったところで結局、たいしたことになる気づかいはないわけだ。

そう思うと、背中の荷物が重いほどかえって元気が出た。しかし、そのアパートの扉の前で僕は、まったく予想もしないことにぶっつかった。

扉には鍵がかかっており、白墨で大きく書いてあった――。

Yさん、さよなら。とうとうぼくも御奉公できることになりました。レコードはみんなあげますから、なんとか〝喫茶店〟の計画はあなただけでも実現してください。入営は八月十五日の正午です。

八月十三日、午後四時　　吉川生

扉の前で、僕はしばらく茫然としていた。おどろいたり、残念がったりするよりも暗緑色に塗られた鉄の扉をながめたまま、ただこの場を動く気になれなかった。

八月十三日といえば、おとといのことだ。僕と別れて二十四時間たたないうちに、吉川は召集令状をうけとったことになる。僕は、さっきうしろから追いかけてきた学生帽の男のことを憶い出した。――知ってますか、戦争はおわりました……。あの男は、どうしてわざわざ僕に、そんなことを教える必要があったのだろう。戦争がおわる、それは一体どういうことか？　現に吉川は、きょうの正午に入営するといっているのではないか。

「あの、――」と、となりの部屋のドアが細目にひらいて中年の婦人が顔をのぞかせた。

「吉川さんのお友だちでいらっしゃいますか」

僕はほっとした。さっきのタバコ売りの男は一と言、早く、と言っただけで僕の前から姿を消した。この際、僕は何よりも話し相手がほしかった。僕は半分消えかかった白墨の字を指しながら訊いた。

「これはどういうことなんですか、吉川君は本当に兵隊に行ったんですか」

「ええ、何でもC県の本土決戦部隊へ入るのだとかで、おとといの夜、あわてて仕度をなさってお出掛けになりましたわ……。こんなことになるとも知らず、本当にお気の毒で」

「まったくです」と僕は云った。しかし、じつのところ彼女の言葉は途中からよくのみこめなかった。僕はむしろ、この小づくりの、顔に油気のない婦人が、吉川に対して母性愛のようなものを持っているらしいことの方に気をとられていた。彼女の言葉の切れ目に、おくれ毛をかき上げたり、じっと眼を正面に向けたりする表情のなかに、何となくそんなものが感じられた。

僕がシャツの袖で顔の汗をふくと、彼女はよかったら上って休んで行くように、と云った。いつかドアは大きく開かれており、上り框の障子のかげに、小学生ぐらいの少女が一人、立っていた。僕は思いついてリュックサックを下ろすと、紙袋から氷砂糖を一とかけ彼女にとらせた。母親と娘は、眼をみはった。僕は母親にも袋の口を向けて、すすめた。

彼女はおびえたような眼つきになり、首を振ったが結局、手を出した。

云われるままに僕は靴を脱いで上った。じつは最初からそれが目的だったような気がしてタメらったが、重い荷物をかついでまた日中の街を歩きつづけることは、いかにも億劫だった。中へ入ると、壁ぎわに小さな仏壇が眼についた。

「主人ですの」と婦人は云った。

僕はさっき彼女の云った「こんなことになるとも知らず」という言葉をおもいだし、形式的にだが、手を合せた。防寒帽をかぶり、大尉の肩章をつけた写真が飾ってあった。僕はなぜか不意に奇妙な優越感のわき上るのをおぼえると、リュックサックの中から手あたり次第に、かりん糖だのコンペイトウだのを取り出して少女の前に並べた。

少女がはしゃいだ声を上げると、茶の用意をしかけていた母親は、あきらかに不興げな声で、たしなめた。

「てい子、お行儀よくなさい」

それは半分以上、僕に向って云われているような気がした。

「いいんですよ、どうせこれはみんな吉川にわたすつもりで持ってきたんですが、かわりにどうぞ上ってください」

デマカセにそんなことを云いながら、なお米の袋や醤油の瓶を出そうとすると、婦人はほとんど哀願するように、それをとめた。そして、こんなにいろいろの物を貰っても、おかえしするものもないから、ぜひ夕飯をいっしょに食べてくれと云った。またしても僕は、自分が腹の中でおもっていることを云い当てられたようなウシロメタさを感じたが、いったん畳の上に落ちつけた尻を上げる気には、どうしてもなれなかった。

日が暮れた。コンクリート造りのアパートの内部で、薪や木片を割る音があちこちに反響しはじめた。——昔は、ここは模範的な近代生活をいとなむように設計されたじつにモダンな建物だったのだが、空襲で焼け出された連中が独身者の居住区域に入りこんできたので、このとおりすっかり薄ぎたなくなってしまった、と吉川が嘆いていたことを憶い出した。そのとき僕には吉川の言葉は単純な利己心のあらわれとしか思えなかった。けれども、いま薪の割れる音をきいていると、それなりに一つの情緒が感じられた。

「手つだいましょうか」と僕は、廊下のすみにうつ向いて七輪の火をあおいでいる婦人に声をかけた。

「じゃ、下から水を汲んできてくださらない？」と、婦人は意外にアッサリ云いつけた。給水塔のモーターが故障して、二階から上は水がこないということだった。

水汲みの仕事は快適だった。僕はついでに裸になって汗をながした。頭から水をあびると、軀じゅうから或るかたくななものが脱け出て行くような気がした。

部屋にはすでに食事の用意がととのえられていた。卵を野菜で小綺麗に料理してあった。箸をとりながら、僕はずっと以前からこの家族たちとくらしているような錯覚を起した。

そのことを話すと、婦人は愛想よく、気に入ったら何日でも逗留してもかまわないようなことを云った。しかし、つづけて彼女の云った言葉に僕は、ギクリとした。

「明日は、どうなさるおつもり?」

「ひるすぎの新宿発の汽車で、Mへ行きます。切符が買ってあるのです」

僕はなぜか、そう云わざるを得なかった。すると少女が横から云った。

「そう。じゃ、今晩はうちでおやすみになるといいわ」

僕は眼をそらせた。たしかに自分は、いまは野宿する気力をうしないかけている、と思った。――なぜだろう? 僕は部屋の中をながめまわして、いつの間にか自分がインズウをつけようとしていたことに気がついた。兵隊たちは、いつも何かを探している。インズウは落してから探しても間に合わない。物干場や、家の窓や、棚や、鴨居や、あるいは道ばたや草むらの中でさえ、人眼のないところに何か役に立つものがありはしないかと、絶えず気をくばっているのだ。兵器の部品や官物の靴下、襟布などは勿論、シャモジだの靴なおしの台だのと、ちょっとでも兵営生活に入用のありそうなものなら、見つけたそばから何でも余計に取りこんでおくにかぎる。その習慣を僕は叔父の家でも持ちつづけていた。昼間、叔父の留守の間に、家政婦の眼のとどかぬとこで、台所や押入れのすみずみまで、どこに何があるかをすっかり見とどけてしまってある。僕が困惑したのは、インズウをつけるべき品物があまりに多く、どれから手をつけてよいか迷ったことと、それを匿しておく場所がさしあたって見当をつけにくいことだけだった。……だが、まったくどうしたことか、いま突如として、自分のそのような習慣が誰からも承認されていないことに想いいたったのだ。僕はこの一と月の間に出会い、そこでインズウをつけてきた〝地方人〟たちを憶い出すと、なかに何人か僕を警戒する眼つきでながめる連中がいた。彼等は僕の習癖を見破ったにちがいない。まぬけにも僕は、たずねた家で主人がちょっと座を立ったスキに、茶箪笥の上のタバコを一と箱、ポケットに入れてくるようなことを何度となくやりながら、盗みが彼等の日常生活のルールに反するものだということを完全に忘れていたのだ。

——怖しいことだ、おれは即刻、この家を出て行かなくてはならない……。

このあたりにも、まだ人のいない防空壕や、ちょっとゴロ寝をする場所には、こと欠かないはずだった。

「あら、おかあさん」と、少女は云った。「おとなりじゃ、あんなに明るく電気をつけてるわ。どうして、うちだけ暗いの……。幕をどけましょうよ」

「いけません、そんなことは」

母親は鋭い声で云った。さっき僕が女の子に菓子をあたえているときに聞いた声だ。僕は、この母親はリュックサックの中身がすべて盗品だということを知っているのではないかと、おもった。すると僕は、いまさらそのリュックサックをかついで外へ出て行くことがためらわれた。

「あいにく――」

と、すでにやわらいだ表情で彼女は云った。

「いま、うちにはこんな大きな蚊帳が一つしかございませんの……。わたくしは、となりの三畳でやすみますから、この子をすみの所へ寝かせてやっていただけません？」

僕は、自分こそ蚊帳の外で寝ようと云ったが、どうしても聞き入れられなかった。で、三人が一つの蚊帳で寝ることになった。蚊帳はたしかに充分に広かったし、それにそんなことにこだわりすぎることは、この際かえって不自然におもわれた。

その夜、夜半すぎ、僕は重苦しい夢で目をさました。――おれは何をしている？

僕は朦朧たる頭の中で自分を叱りつけるように云って、のばしかけていた手をひっこめた。――だめじゃないか、はやくその癖をやめなければ……。けれども、そう思うはしから銃器や帯革の甘酸っぱい、汗の臭いが強くただよい、すると僕はたちまちまた手をのばしかけるのだ。……同じことを何度くりかえしたろう。青黒い背をならべて銃は、ひっそりと銃架にかかっている。僕は薄暗い廊下に身をかがめて、銃の尖端にかぶさっている黄色い真鍮の銃口蓋（じゅうこうがい）を狙う。

「盗めと云っているんじゃないぞ。とにかく何処かでおまえの銃口蓋をさがしてくるんだ。

自分でなくしたものは自分でさがす、それが軍人の責任だ……」

規則正しく両側にならんだ鉄砲のおとす影にかこまれて、まるで僕は檻の中にいるようだった。下から銃口蓋をとるのはむずかしい、爪先き立って背のびしたって指は銃口まではとどきっこない、どうせなら一挺まるごとかっさらってはどうだ？　まる味をおびた銃把がにぶく、やさしく光っている。——そのかわり見つかったら重営倉か、へたをすれば監獄行きだぞ。……胸の動悸が自分の耳もとでハッキリきこえる。やると決めたら、手早くすませてしまわなければならない。僕は周囲の寝息に自分の呼吸を合せながら、おもいきり手をのばした。指さきに思いがけない重味がかかる。

——まちがって銃を倒したら、中隊じゅうがいっぺんに目を覚す。

僕は落ちかかる重味を、あわててつかんだ。汗をかいた掌のなかで何かが滑った。

「いや」

と、小さくさけぶ声がした。僕はおどろいて手をひこうとしたが、うごかなかった。小さな指がしっかりこちらの指にからんでいる。

僕はすでにハッキリ目醒めた頭でかんがえる。何てことをするんだ、こんな子供に……。しかし、そう思いながら彼女の体を手ばなす気になれない。甘酸っぱい、ミルクのような温いにおいが、成熟した女の体臭よりも、もっとはげしく訴えてくる。

「いや、そんなことをしちゃ」

汗で濡れた髪が頬にふれるのを感じながら僕は、怖しさで胸がいっぱいになる。——しようのないやつだな、おまえは……。ゴム底の靴で、すぐうしろに誰かが立っている。憲兵だろうか。僕は自分の部隊番号をこたえようとするのだが、あせればあせるほど、それはとらえどころがなく憶い出すことができない。すると男が云う。——知ってますか、戦争はおわりました。

僕は急にしらじらしい気持にかえって、少女の体をはなす。

ふたたび眼をさましたとき、あたりはまぶしいほど明るくなっていた。もう蚊帳はとりはらわれて、寝床も僕のふとんだけしかのこっていない。——夜半のことが、すぐ頭にきた。

少女の姿は見えなかった。おもいきって僕は訊ねた。

「てい子ちゃんは……？」

「出掛けましたよ、学校へ。まだ勤労動員がのこっているとか云って」

眉ひとつうごかさず、婦人はこたえた。その表情からは、僕がいったい何をしたのか、それを婦人は気がついているのかいないのか、まったくうかがい知ることはできなかった。

「どうも、突然あがって、いろいろご厄介になりました」

「おや、もう？……朝御飯を上ってらして。おイモのふかしたのですけれど」

僕は、その言葉を半分きいただけで、部屋をとび出した。追いかけてきた婦人が、「これこれ、大事なものを」と、背中にリュックサックをかけてくれる。

ふたたび僕は新宿の街を日に照りつけられながら、アテもなしに歩いていた。昨日と同じく、駅の構内には人があふれており、一歩も足を踏み入れる余地もないほどだった。なかに、見るからにやつれ果てた白衣の病兵がシャモのように痩せた脚に軍靴をはいて、二人ほどいた。僕はなつかしさよりも、安堵のおもいが先にきた。このぶんだと自分はもう憲兵を怖れることも、部隊へかえることもいらないかもしれない。

そういえば、きょうは露店が立ちならび、そのまわりにだけ盛り場らしい活気が、いくらかは感じられた。僕はタバコを売っていた男がどこかにいはしまいかと、きのうとおった道を探したが、やっぱり見当らなかった。……電車どおりを渡るとデパートが店をあけていた。別に買いものをする気はなかったが、足まかせに日照りの焼野原を歩いたせいだろう、おそろしく暑く、全身汗だらけになったので中に入った。

天井の高い店の中はガランとして、たしかに外にいるよりは涼しい。しかし、ほっとしたのは、ほんの僅かの間だけだった。売り場には紙のコヨリで織ったようなカッポウ着だとか、そんな役にも立たぬものばかりが並べられているせいか、建物の大形さがかえって悲惨な空虚さと貧困さを目立たせていた。

肩の荷物が背中にくいこみはじめた。実際なんて厄介なものをしょわせられたものだろう。僕は、笑っていた叔父の顔を腹立たしくおもいうかべた。だが、いまはこの荷物を自分一人で食いつくしてやろうという気にもなれなかった。こんなことなら、もうすこしあのアパートの部屋においてもらうんだった——。けさがたの婦人の顔つきから、案外母も娘も何も知らずに寝ていたのではないかという気もした。いや、自分がただねぼけてあんな妄想をえがいただけのことだったかもしれない……。

そのときだった、どうしたハズミか僕は売り子の一人と正面から顔を合せていた。丸顔の、いかにも典型的なショップ・ガールの顔だちだった。彼女はショウ・ケースに両肱をついたまま、すこし顔をかしげるようにすると、ニッコリした笑いをゆっくり、まるで自動人形が微笑をととのえるように顔じゅうに浮かべはじめた。

僕は、あたりを振りかえった。そして彼女の微笑がまちがいなく自分にむけられていることがわかると、突如としてやってきた怖しい胸の悪さに僕はデパートを飛び出した。夜半の少女がハッキリと頭にうかび、汗と髪の甘酸っぱい臭いが、まるで宿酔のあとで酒の香をかいだように、胸もとにこみ上げてくるのだ。

赤茶色くやけただれた日盛りの街を、背中に一面に、一升瓶やら、袋いっぱいに詰った米やら、缶やらが、ゴツンゴツンぶっつかるのもかまわず、僕は小走りに駈け出すように歩きつづけた。頭の中にしつっこく追いかけてくる女の笑顔から逃げ出すために、ツバを

はきながら、

「知ってますか、戦争はおわりましたよ」

とつぶやいてみるのだが、すこしでも歩きやめると、やっぱり胸はムカムカして、脂と汗の臭いをしみこませた帯革がとぐろを巻いたまま、いつまでも眼の前に据わりこんでいるようだった。

巻末付録

安岡章太郎『遁走』の場合

開高　健

　このところちょっと御無沙汰してしまったけれど、安岡章太郎氏とは以前よくいっしょにスキーにいったり、夏の軽井沢で寝そべりながらおしゃべりにふけったり、酒場でシャンソンの鳴きあわせをやったりしたものだった。私の目撃したところではスキーは佐伯彰一氏がいちばん上手で、日頃の博識で温厚な紳士ぶりにも似ず弾丸のようにとぶ。堀田善衛氏のは見るからに古式の滑法で、すべるというよりは漕いでいるように見え、フワフワと妙だけれど、ぜったいにころばない。安岡章太郎氏のはヨチヨチと歩き、ちょっとすべってはとまり、またヨチヨチと歩き、ちょっとすべってはとまり、といったぐあいであったと思う。魚でいえばハゼとかカジカとかの泳ぎかたである。夜になってヒュッテのルンペン・ストーブのまわりに集まって酒を飲んだら堀田氏がイタリア・ファシストの党歌をうたい、安岡氏が孫呉ブルースという旧陸軍の軍歌をうたい、私がナチスの「旗を高く」をうたった。みんな軍歌だったのにおどろいて顔を見あわせたことをおぼえている。

　パリでダミア婆さんのまえでフランス語で「人の気も知らないで」をうたったというか

らおどろかされるのだが、安岡氏は野太くしゃがれたサッチモの孫弟子のような声をだし、おもむろに「セ・シ・ボン」あたりからおさらいをはじめて酒場のピックルスを腐らせにかかり、だんだんと下降していき、さいごには満洲で二等兵だったときに残飯桶かつぎをやって泣く泣く自分で作ったという兵隊ソングをうたう。いつもそれがプログラムになっている。兵隊ソングあたりになると酒場のヒネたくあんまでが腐ってしまうのだが、おびただしく猥雑で、非凡に品がわるく、手のつけようのない歌詞であり、歌である。節の終り終りにきまって〝太郎ォさんよォ〟というのがついていたと思う。それを作者は陰々滅々、呪うがごとく、罵るがごとく、自嘲するかのごとき調子でやるのである。どんな角のたった氷でもとけて泣きだしそうになる。兵隊猥歌にはふしぎな気魄と一種枯れた澄みがずうずうしさのなかにひそんでいて、つい聞かされてしまう。

大岡昇平氏の作品の一節を借りると、〝兵士はもっとも自然に接することの多い職業〟だそうであるが、いったい殺人という現象がない場合には戦争とか軍隊とかはどうなるだろうか。この疑問に答えてくれるのが『遁走』である。この作品のなかでは誰も死なず、一滴も血が流れない。しかし、いたるところにいいリアリティーが配られていて、深沢七郎氏の作品の魅力になっている〝実体〟の感覚や作品をいきいきとさせる偶然性が豊富にあり、作者の手腕を感じさせられる。これ以前の作品には繊細なシュールレアリスム風の短篇があったのだが、この作品ではとつぜん作者は転進し、多量の猥雑を含むものではあるけれどつよくて大胆な口語の散文の文体で書きはじめた。その転進があまり鮮明だったので、発表当時私は、作者が何事か決意するところがあったのだろうかと思ったことをおぼえている。ためしに年表を見るとこの作品を書いた年に〝長女治子出生〟とある。子供を持つと文体の変る作家があるが、そういうことと関係はないだろうか。

舞台は満洲であるが、長谷川四郎や高杉一郎のように大陸の自然との澄明な照応はなく、ほとんどが兵営や病室での人間群の観察に意力が集中されている。それもかなりおびただしくトイレ、ベッド、炊事室での彷徨であるから、食べることと排泄することについて、残飯と雲古についての描写と考察には徹底したものがある。ときたま演習や野外演芸会や脱走兵さがしで戸外へでるが、そのとき広大な沼沢地や、ノロや、空をわたる鳥の大群や、大陸の永くて透明な、いつまでも暮れようとしない黄昏などは、階級制度とビンタと下痢で歪みに歪んだ主人公にとってはチラと決定的にあらわれては消える無垢の救済である。鮮明な異物である。

よくもまあこう奇妙な、だらしない、へんな人間ばかり集められたものだと感心したくなるくらいおかしな人間群がいったり、きたり、なぐったり、なぐられたりする。解説を書く佐伯彰一氏が分類に困って手を焼いたあげく、ゴーゴリを連想したりしているが、たしかにそのあたりまで走ってみたくなるところがある。たとえば石川という時計修理工上りの兵隊は満洲へきてからもほとんど寝てばかりいるのだったが、たいくつしのぎにみんなの銃の部分品をぬいてまわり、そのため上を下への大騒ぎが発生するが知らん顔でパーツをみんな便所のタメへ捨ててしまう。この人物の描写が奇抜である。

それにしても石川は不思議な男だった。ほとんど誰にも理解されないように出来上っているとしか思えない。東京で彼が銃床のウルシにかぶれたとき、――そんなことになったのは、いくら九九式が粗悪なつくりでも入営した初年兵の中で彼一人だったが――目ぶたも頰も脹れ上った彼は一人だけはなれた寝台にねころんで、たまに誰かから、「どんな具合だ？」と声をかけられると、かならず最初に、ズボンのボタンをひらいて、「こんなになってしまって……」と、その脹れ上った陰部をとり出して示すのだ。そのため、まったくといっていいぐらい彼のそばへ近よったり、話しかけたりする者はいなくなってしまった。彼は、別段ひとをイヤガラせる趣味があってそんなことをするのではないらしかった。おそらくは、そんなことになってしまったのが、あまりに怖ろしく、あまりに悲しく、あまりに恨みがましい気持になったために、そうしたのにちがいないのだが、その表明のしかたがズバぬけて端的すぎるので、誰もが不可解な、閉ざされたものにぶっつかったような気にさせられてしまう。

こういう妙な、寝たきりの兵隊が、ある日、脱走する。広大な満洲の沼沢地を食糧もなく、行方も知れず、あてもなく、ただやみくもに走っていく姿が描かれている。日頃の気味わるいだらしなさについての描写がしっかりしているので、それと疾走するカモシカのようなイメージとの衝突は作者がよく計算して配合したはずなのに読者はそれに気づかず現実そのものがしばしば人をおどろかし、打撃するあの偶然というものに出会ったような印象におそわれる。

兵隊たちは歯を見せたといってなぐられ、笑ったといってなぐられ、こわばっているといってなぐられ、ぐんにゃりしているといってなぐられ、帝国陸軍の学習要領はこの作品にも綿々と精緻に語られつづけて倦むことを知らず、作者の執念はよくつたわってくる。しかし、人間には不思議な動物電気のようなものがあって、それにあてられると梯子状の秩序にも狂いが生ずる。そういう狂いや歪みの微細なデータをつみあげていくことに作者の眼と意図があり、この作品の一つの主題ともなっているわけである。渡部という兵隊はどういうものか不動の姿勢をとりつつニヤニヤ笑っているのに鬼班長からなぐられるということがなく、あろうことかその鬼班長に上衣をぬいでさしだし、

「班長どの、襟布がよごれて気持わるくてしょゥねえだ。またつけかえてくだせい」

という。鬼班長は失神するぐらいおどろくかと思うと、そうではなく、あまりのことに〝気をのまれて〟、処置ねえなどといいつつ針と糸で縫いつけてやるといったぐあいである。こういう調子で原因不明のまま、いつもうまいぐあいにいくのだが、ある日渡部は、ふと

したことから鬼班長に張りたおされるハメにおちる。すると彼は、「おら、きれえだ。あんなやつ、ほんとうに、きれえなんだよ……」といって、〃泣きじゃくる〃とある。

どんな兵隊が、いつ、なぜ、どのようになぐられ、どう反応するかを作者は綿密に分析して必然づけるのであるけれど、なかにはこういうけったいな異物もまじっていて法則にはきっと例外があるという法則を証明している。しかし、この兵隊だけがどうしてずうずうしく梯子状の階級秩序をとびこえることができるのかは、〃気をのまれて〃というよりほか説明のつけようがなく、人間というものについての謎を暗示しておく。こうしたこと、軍隊内部の権力衝動の構造と、権力も人間によって体現されるかぎりどこかにきっと脆い点、弱い点があるのだとする作者の指摘、批評、描写は、しばしば道で出会った二匹の虫が咬みあうか、よけあうか、それともヒゲでふれあうだけですますかを観察している、といいたくなるようなタッチを持っている。前線から後方へ、兵営から軍病院へと、戦争のなかで主人公の位置が内地めざしてデスカレートしていくにしたがっていたるところに分解と崩壊が目撃されることになる。虫、虫、虫の生活である。

だが、加介たちの一行を何よりも驚かせたのは患者たちの風体だった。彼等は病人でもなく、兵隊でもなく、孤島に漂着した人のようであった。彼等のある者はシャツだけの上に帯をしめ、裾からフンドシをのぞかせながら、軍帽だけはちゃんとかぶっており、胸にグリコの箱から作ったひどく大きな階級章を下げていたりするのだ。先刻、彼等は縛りつけられた荷物のように寝ていたが、いまはほとんど意味の聞きとれない叫びを上げながら、部屋中を狂ったように踊ったり追い駈けたりしている。（中略）

「こら、待てえ。……待てえちや」

一人の色の白い一等兵のあとを、背の低い四角な体の伍長が真赤な顔をして将棋盤を片手に、追い駈けながら、坐っている望月曹長の肩をドタンと蹴とばして行った。そうかと思うと枕もとからリンゴを取り出しては、ぶッつけ合っている者もある。……

孤島、サナトリウム、精神病院、刑務所といった出口なしのなかの回収不能者たちの反応を描くことが目的の作品であるから、帝国陸軍でなければ想像しようもない組織の生理がくまなく描かれているが、しばしばこれは、とくに軍隊でなくてもいいのではないかという感想を抱かせられる箇所がある。そういう箇所では人間の原質そのものが問われ、提出されている。戦争をしない軍隊の生活は精神病院のそれであると短い定言のなかへこの作品の主題を集約することができるかもしれない。主人公は怠惰な大学生としてごろごろしていたところを赤紙一枚で狩りだされてきたので、もちろん大東亜共栄圏思想もなく聖戦意識もない。〝ノン・ポリ〟である。だから裸の眼で自己と他者を眺め、自身も狂気の波にのって流れていく。登場するのは通常社会のいっさいの外皮を剝ぎとられた、奇怪、猥雑、でたらめ、陽気、陰惨、めちゃな直立二足歩行動物のとめどない騒宴である。ウマの国を知らない、ヤフーの国をめぐり歩く、ヤフーと化した一人のガリバーの旅行記といってもいい。

食べて寝てなぐられるよりほか何もない生活なので食欲が全身を占め、主人公は銃に接触するより食器と便器に憑かれてしまう。この軍隊は殺すべき敵を持っていず、ほとんど一年にわたる〝敵地〟のなかでの生活でありながら満洲人は脇役としてたった一回、ちょっと登場するだけである。銃のパーツが失われると全員が動員されて血まなこになってさがしまわりはするが、この銃は射たれない銃、殺さない銃である。聖器である。だからそれが不具になったときはさしもめちゃなわが孫呉守備隊もマジメに恐怖に陥ちこんで教祖の病床のまわりの信者の反応を起こす。このときの狼狽、忘我、鬼班長の衰弱ぶりを見れば軍隊が一種の宗教団体であることがよくわかる。しかし、イデオロギーという〝聖なる狂気〟を持たない主人公にとっては食器と便器だけが聖器である。彼は大脳を放棄するしかないよう強制されたので消化器と泌尿器だけで生きる。軍隊を主題にしたわが国の文学から食器と便器についての描写と考察を差引いたら何がのこることだろうかと危ぶまれる。この作品もまた胃と肛門については痛切、哀痛、かつあくまでも具体的に語りつづけて倦むことを知らない。

けれども、二六時中完全に束縛されたところで、自由に自分の意志だけで行動できるところといったら、自分自身の皮膚の内側の内臓の諸器官だけではないか。物を食い、消化し、糞にかえること、これだけが監視なしに行いうることのすべてではないか。

——おれは、いままで胃袋や腸で軍隊に復讐しようとしていた。だが、その武器がいま返り打ちをくわせようとしている。

内還の希望がうすれて行くにつれて加介は、あの色の黒い小柄な看護婦の顔を何かにつけて憶い出すようになっていた。眼をつぶると、小さなダンゴ鼻や、黒い眼や、白い看護服の胸をふくらませている乳房の隆起やが浮ぶ……。それが、このごろではもう、そんなものさえ想い浮ばなくなった。白い服の下にみえる胸の隆起の幻影は、ただちにふかふかしたマンジュウのそれに変った。皮の白さといい、濡れたように光るアズキの餡の色合いといい、その幻影は胸苦しいまでに真に迫って強く訴えてくるのだ。

ついに食欲が情欲まで昇華（?）する。ふつう兵隊は食欲と性欲の餓鬼とされているが、この作品では性はほとんど問題にもされず、登場もしない。ひたすら食う、あるのみである。

この作品を書くまでに発表されたいくつかの短篇は寡黙で、つつましやかであり、繊毛のようにふるえ、透明な詩をめざしている。服部達が〝ビーダーマイヤー〟として集約してみせたいくつかの特徴のままである。しかし『遁走』には〝復讐〟、〝権力〟、〝権力者〟、〝階級制度〟、〝世界〟といったような大きな単語が出没し、それまでのある種のためらいをかなぐり捨てたような、言葉の系列が一変したような印象をうける。人間にも感覚にも端的に接する態度がある。猥雑、野卑、下劣、混濁を怖れず、むしろ、はなはだ嗜虐的にではあるけれど、それらのなかへこちらからとびこんで何かをつかみだそうとする態度である。素材がそうだからだけではない。文体の背後にあるものがそう変ったのである。そのように見える。たとえばこうである。

主人公の安木加介（……何とも冴えない名前だが一篇のアトモスフェールにはぴったりである）二等兵はどこへとも知れず、某日、最前線へ移動させられることとなった。絶望しているゆとりもないいくらい茫然となり、衰弱する。両親宛の遺書を書き、ほかにどう書きようもないので《天皇陛下　皇后陛下　万歳》とウソを書き、完全武装して営庭で点呼をうける。それが終ると隊はトラックにのせられて出発する。ところが安木二等兵は査閲をうけているうちに、ふいに雲古がしたくなり（またまたである）、ちょっとのすきまをねらってトイレめがけて走る。トイレからでてみると、すでに隊は出発していて、営庭はからっぽで、影一つない。途方に暮れて営庭をさまよい歩くうちに肋膜炎の熱がでてきて失神するように眠りこんでしまい、衛兵に見つけられる。

その間、聯隊本部には「特別報告」として、次のような書類が呈出されていた。

陸軍二等兵　安木加介

重営倉七日

本人ハ昭和十九年八月十九日午前二時　本人ノ所属スル中隊ノ南方動員ニ出陣ノ際　将ニ出発セントスル時ニ当ッテ　平素中隊長ノ訓戒ニ反シ暴飲暴食シアルタメ　遽カニ便意ヲ催シタル儘　厠ニ赴キタル処　用便ニ長時間ヲ費シテ遂ニ中隊ノ出発ヲ知ラズ　是ヲ恥ジタル本人ハ狼狽周章　中隊追跡ノ任務ヲ忘レ　中隊兵舎ノ内部ヲ無為ニ徘徊シィタルヲ　衛兵ニ発見セラレタルモノナリ　云々

この部分は作者得意の怠け抵抗による批判の最高に達した種類のものと思われる。『善き兵士シュヴェイク』にはあることを完全以上にうけ入れ遂行することであることを破壊してしまう、とめどもない饒舌による痛烈さがあるが、どこかその一箇所を思わせるような閃きがこの部分である。注意したいのはこの部分まではあくまでも主人公の眼の高さから、それに沿って事物を観察するようにしてきた作者が、ここでふいに跳躍してみせたことである。そういう発想は作者はこれまでのどの作品でもとらなかったし、この作品でも一回きりしかとっていない。おそらくこれは作者の〝遊び〟ではあるまいかと思われる。しかし、そうだとしても、いや、それならばいよいよ、長い小説にはどこかに〝遊び〟が必要なのだと教えられる。また、そういう自由と大胆と気まぐれを作者は保持していたほうがよいと教えられる。

小説書きの立場から見ての感想であるが、一つ小さいことが気になることがある。この作品でも、これから以後の作品でもそうなのだが、文中しばしばカタカナが使われる。それがピタリと意図がわかる使いかたと、わからない使いかたとがある。たとえば残飯桶はこびをしていて雨に降られた主人公がたまらなくなって、ついに相棒に、おれは〝アンチミリタリスト〟なんだと口走り、それは何だねとたずねかえされて「ハングンシュギシャってことよ」といいなおす。

こういう用法はじつによくわかって、やっぱりこれはカタカナで書いたほうがいいと知らされる。しかし、〝筆箱〟を〝フデバコ〟となぜカタカナにしなければならないのかはわからないし、〝煙〟または〝けむり〟をなぜ〝ケムリ〟としなければいけないのか、そして、〝ケムリ〟とあったのがときに〝煙〟となったり〝けむり〟となったりしているのを読むと、わからなくなってくる。そういう箇所がほかにもよくある。小説は何をどう書いてもいいのだし、言葉への偏愛を持つほうが作家はいいのだと私は考えるから、まったく反対はしないのだけれど、ただ、意図が汲みとれないので不満をおぼえる。(恣意的に、アナーキーに、無秩序に言葉を使って、それで軍隊のめちゃさかげんを表現しようという意図からであろうか?)

わが非凡なる孫呉の帝国陸軍が事実としてどうであったかはもう知りようがないが、ここにあるのもまたまぎれもなく戦争の一様態であると知らされる。主人公は食べてなぐられて排泄するしかなく、一本の管と化してしまっているわけだが、いたるところにある雲古またはそのピラミッドのたしかな描写は、そのたしかさのゆえに、ある狂気と虚無をまさぐらせてくれる。兵隊の雲古ほど無駄なものはないだろうという哲学である。これは徹底している。主人公を東京から満洲へおしやった、ある厖大で精緻、けれど穴だらけでデタラメでもある国家の行動、無数の人間と資材と言葉の大群を総動員しての行動にたいして作者は雲古のかたまりを唯一の返答として提出する。その一塊のふてぶてしい顔つきの軟体はいっさいを吸収し、消化し、形を失わせ、バタッと音をたてて落ち、生産された瞬間に死に、汗をにじむほど求められていながら瞬後には忘れられる。二等兵の唯一の〝自由〟であり、どれほど細緻、苛烈をきわめた権力もその発生と発達をさまたげることのできない、何かしら〝絶対〟なるものでもあるらしい。上厠(じょうし)してけんめいになって力んでいる二等兵とは何であろうか。執行猶予中の死刑囚であるか。逃亡中の奴隷であるか。夢を見るだけの反抗家であるか。国家と権力のいっさいを否む絶対自由主義者であるか。

『遁走』の作者はそれらさまざまなイメージを編みこみながら、綿々と語りつぎ、書きつぎしたが、たった一つ、これほど畑に近いのについに二等兵は種まく人ではないのだと無言のうちに暗示している。陰惨、苛烈、下劣をきわめているが戦争をしないときの兵隊は遊ぶ人である。手はこんでいるけれど軍隊は一種の幼稚園であり、兵隊は変形した子供である。そういうこともこの作品のある部分は鮮明に見せている。

夕食は、まだ日の高いうちに川原に、それらの御馳走やら牛肉の缶詰やらを並べて、演芸大会をやりながら行った。そういうときになると浜田班長はかならず「白頭山節」を歌った。本当にそれだけしか知らないのであった。古兵たちは飯盒を叩いて八木節を歌ったり、食器を投げて曲芸や手品をやったりした。そういうものを、中隊長は真中に坐って、川風に吹かれながら、眼をマブしそうに細めて、いかにもつまらなそうに眺めていた。

しかしともかく、その日一日は、中隊じゅうに不思議なやさしさが、生温かな空気のようになって流れていた。兵隊たちは一人も殴られなかったし、三年兵が初年兵といっしょになって笑う声もきこえた。兵隊というものは元来、こんな風に朗らかで、陽気なのが当りまえで、ふだんあんなに陰気で、怒りっぽいのは、兵舎の暗い建物がいけないのではないかと思われたほどだ。しかし、そんな突然のやさしさが何か病気の人の弱気のように感じもした。

たまにこうして陽は射すがたちまち乱雲が空を閉じて狂気と陋劣が再開されていく。それを書きつづっていく作者の文体のうしろにあるのは狼狽している常識の人であるが、狂気を描きながらも文脈からつたわってくる作者の気魄に衰退がないのは、おそらく、経験を描くという確信のせいではあるまいか。

（『文學界』一九六九年二月号）

対談　戦争文学と暴力をめぐって

安岡章太郎
開高　健

開高　大兄は、やはり、豪邸の暖炉で薪もやしてモーツァルトなど聴いてるの？
安岡　ハイ。ヴィヴァルディとか、テレマンとかね。（笑）
開高　どうも、まずいな、きょうは。（笑）
安岡　これ、優雅なる生活というものです。
開高　平野謙さんとこの間話し合ってて、大兄のことが話題になり、「日本の小説家と絵描きは、昔から家を建てたら作品がだめになるというけれど、いいのかね、そんなことして」とおっしゃるから、どうしようもないんでしょうねって、申上げました。心配しているんですゾ。
安岡　それはよくないですよね、明らかに。
　ただ、平野先生のように下宿屋的ホテルの一カ所にとどまることで、それは避けられるかというと、そうでもないいんだよ。（笑）

安岡　戦争というものは、ドンパチやる場面は非常に少ないもんなんです。支那事変が始まったばかりのときは知名人がよく死んだね。友田恭助、山中貞雄、『新映画』という雑誌の常連寄稿家に類十兵衛（るいじゅうべえ）という人がいて、岡俊雄がシリー・シンフォニーという、ウォルト・ディズニーの漫画に出てきた名前で相並んでいた。その類十兵衛さんも死んだし、『太田伍長の陣中手記』〔太田慶一、一九四〇年〕というのが岩波から出たでしょう。あれの戦死も初期ですね。やはり、支那事変の初期は戦争慣れしてないせいもあったんでしょうけど。

開高　そうでしょうね。

安岡　また事実、戦闘が行なわれたのね。われわれが兵隊に行ったころは昭和十九年でしょう。もちろんぼくは満洲だから、戦闘が行なわれるはずはないけど、中支とか北支へ行った人でも、あるいは南方へ行った人でも輸送船が爆沈されたり、飢え死にしたり、というのはあるけど、弾に当たって死ぬという例は案外少ないんだ。

開高　つまり、戦争というのは政治的現象だろうけど、その政治的現象の中でも、戦争が爛熟してくると、純粋に政治的な段階に入ってくる時期があるのよね。だから、戦闘に頼るよりも政治で事態を回転していくようなふうに出てくるので、安岡氏が孫呉の兵営の中で残飯桶かついで雨にうたれて冷たい思いをしている間に、中国共産党はその外でひそかに着々と農民の説得工作をやっていたわけよね。弾よりも言葉に頼る時期もあるわけでしょう。それに、支那事変はヒット・エンド・ランの戦争だったし、追えば逃げて行く、帰ってくればあとを追いかけてくるし、というようなシーソー・ゲームみたいなことばかりやっていたから、くたびれはてていたんじゃないですか。どこまで続くぬかるみぞ、というわけで。

安岡　大陸はそうだったね。それから、飛行機乗りはよく死んだけど、アメリカ相手の場合でも、そうは死なない。たとえば新劇俳優が何人召集されたか知らないけれども、初期に召集された中で友田恭助みたいな人がクリークで敵弾に当たってパッと死ぬという、そういうことはのちにはないんだ。

たしかに開高がいったように、また、あのころからいわれていたように、思想戦というものがあった。日露戦争とか、ああいうのと違って。

開高　そうそう。違う。

安岡　第二次大戦は思想戦・総力戦でありましてね、これは。

開高　戦争文学とも関係はしてくるけれども、戦争そのものを見ていると、戦う人間が政治的目的をどれだけ盲信しているか。情熱と言い、妄執と言い、何といおうが勝手だけれども、とにかく政治的目的というものを戦闘員がどれだけ感じているかということで左右されるよね、この人間という動物は。日露戦争のときなんかそうでしょう。

安岡　たとえば太平洋戦争のアメリカと向かい合った場合の日本軍ね。これはもう違うんだな。圧倒的な物量というか、兵器とかね。だから日本は、いろいろ性格の違う戦争をデパートみたいに全部やってしまった。

開高　そのとおりだ。全部やったな。

安岡　その結果は、思想的にも敗北し、軍事的にも敗北し、経済的にも敗北した。

開高　最後には物心ともに敗北したな。たしかに、あらゆる種類の戦争を、しかも徹底的に外国でだけやっている。これは諸外国にあまり例がない。あれだけたくさんの数の戦争を長年月にわたってやってながら……。

安岡　ドイツの場合は、砂漠で戦い、北国で戦い、いろいろやっただろうけれども。

開高　大体ヨーロッパだから、陸続きで。

安岡　戦争の性格そのものは一貫しているだろう。

開高　そうそう。敵の目を自分の故郷（ふるさと）の上で見ての殺し合いだから、国民的経験の総和から見れば日本とぜんぜん違う。日本の場合は事変と言い、事件と言い、戦争と言い、相手がロシア人だったり、中国人だったり、アメリカ人だったり、フィリピン人だったり、千差万別ね。ゲリラ戦もやっているし、正規戦もやっている。空中戦もやっていれば、機動戦もやっている。毒ガスもやった。特攻隊もやった。あらゆる種類のパターンは、とにかく一応全部やっている。

安岡　そうなんだよ……そうなんだよって威張ったってしようがないけど（笑）。とにかくやっているんだよ。

開高　たいへんなことだったと思うよ。（笑）

安岡　日本という国は、それだけデパート様式を国の中に持っているわけだ。

編集部　それは、戦争文学にもその多様性というのは反映していますか。

開高　しているともいえるし、していないともいえるんですね。たとえば多様性の中で敵がみな違うでしょう。日露のときは相手はロシア人で、中国人は苦力（クーリー）に使っていたわけです。ロシア的なるものの性格とは何ぞやという研究は『肉弾』の中に描かれているわね。それは、わりあい正確なところをつかんできている。とにかく文明批判として見てね。

安岡　文学の場で論じていいかどうかわからないけれども、そういうことからいえば『明石大佐の報告』〔明石元二郎〕、これは、歴史文学としても読めると思うんだけれど。正確かどうかわからないけれども、綿密かつ要領がよくて、第一革命前後のロシアというものを大変よくつかんでいる。

開高　一般にロシア的性格というのも、桜井忠温（ただよし）の『肉弾』〔一九〇六年〕の中で描かれているけど、ダイジェスト的だとしても、当時の知識の中ではなかなかよく本質をつかんでいると、ぼくは思ったけどな。

安岡　それは、たとえば明石大佐その他から報告を受けるでしょう、そういうものを通じて入ってくるんだろうな。

開高　そうそう。そういうことなんだ。問題は中国なんですね。ロシア人の場合は、日本人とロシア人との接触はごくわずかの経験しかなくて、情報が不足だということはあるんだけれども、中国の場合は接触が長かったでしょう、漢字の輸入、仏教の輸入、いろんなことから始まって。だけど、中国的なものというものをつかみそこねたよね。日本の全哲学者、国文学者、漢文学者、みな敗北のような気がするけどね。

安岡　まあ、漢文と中国人というものを結びつけるのはむずかしいよ、アナタ。

開高　ただ、ある時期の魯迅がこういうことをいっているんです。日本人の中国観というものはことごとく誤っている。なぜ誤るかというと、それはいろんな理由があるけれども、最大の原因は結論を求むるに急なる心のせいである、というのね。要するに、日本人は結論を急ぎすぎるために中国人を見誤っている、と魯迅はいうわけよ。これは現在でもそうなのじゃないか。

安岡　国の大きさと歴史が違ったわけだな。中国と一口にいったって言い切れないものがたくさんあるしね。向こうからこっちは、一口に日本と言い切れるだけの狭さとまとまりと、そういうものがあるわけだよ。

開高　中国共産党や中国国民党自身も中国国民をつかまえそこねていて、そのたびにひどい目にあったからね。中国共産党が農民を把握するまでに実にたくさんの流血の誤ちを、後世になって誤ちとされたものを都市でおかしているよね。だから、彼ら自身も中国をつかまえそこねていたわけで、これはたいへんにむずかしいことである。……結論出ちゃった。（笑）

しかし、ぼくの個人的印象で非常に濃厚だったのを見ていくと、『紙の中の戦争』〔一九七二年〕というエッセーを書き出してから、よくデプレッショシ（抑圧）がやってきて字が書けなくなって、朝から晩まで酒飲んでいる。そういうことを続けていたですよ。どうしようもなくなって、アラスカへ飛んで行って、雨の日はサケ釣りできないから、木賃宿の二階に寝ころがって本を読んでいたわけよ。原民喜さんの作品集を持っていって全巻とおして読んだ。

そのときアラスカは六月の末に近いころで、白夜なんです。いつまでたっても日は赤々と照っている。日本のような温帯から行った人間の目には、白夜というのは明晰をきわめているけど、と同時にモーローともしている、という印象だった。それが、たまたま一致したんだけれども、ぼくの印象では原さんの作品はことごとく白夜なんだ。言葉は磨きぬかれていて彫琢されている。そして慎しやかな狂気の世界を描いている。それも時代の流行に乗って狂気を書いているんじゃなくて、それしかほかに書きようがなくて書いている狂気なんです。ところが『夏の花』のときだけ、彼はリアリストになるのね。白昼の光がさし込むんです。剛健だし、正確だし、ユーモラスで、ひょうひょうとしているゆとりさえ出てくる。それを一編だけ書いて、また狂気の、明晰な、モーローの世界へもどっていって、とどのつまり自殺してしまうんですけれども、『夏の花』だけ読んでいるとその関係がわからなかった。だけど全編をとおして読んでみると、彼の生涯を貫いていた明晰な影の部分と、そこへ白昼の光がさし込んだ原爆というもの、実にコントラストが浮かび上がっていて一種異様な感動を受けたな。それは実に濃厚ですよ。

もう一つは、『黒い雨』〔一九六六年〕を書いている井伏鱒二さん、これが原民喜の『夏の花』の中へ出てくるのと同じ質のユーモアで、ああいうユーモアは県人気質なのかしら、そっくりの性質のユーモアが出てくる。同じ現実を描いているからそういうふうになるという説明はあるけれども、それぞれ違うよね。

安岡　どういうところが似ている……？

開高　データがないので、いまちょっと言いにくいね。本当にユーモアがそっくりなの。

安岡　原さんという作家をここで論じ合うと、非常に長いからやめておこうよ。

軍隊小説の延長

安岡　ぼくは『紙の中の戦争』というものを読んで、開高という作家は、つまり、子供のときから戦争をやるべく仕向けられて、仕立て上げられていて、途中で戦争がパッタリ止まったろう。あれは非常に大きい問題だなあ。

つまり、オレたちは子供のとき、中学生あたりで眼鏡をかけるようになる。眼鏡をかけた奴は、あ、これで兵隊行かない、というんだ。冗談にいっているのか、本当なのかわからない。オレは目が最後までよかったけど、いわれた瞬間にギクッとするね。自分の親父がいかに兵隊であろうとも。ぼくの中学時代は、満洲事変と支那事変のちょうど中間でして、歴史の教科書ではひっくるめられているけど、一応平和の時代だったわけです。そのころでも、男の子というのはだれでも鉄砲弾の楯になるというふうな気持ちがどこかにあったし、その逆の、もっとヒロイックなものもあるしね。開高くんたちは、それが突然切れてしまった。『紙の中の戦争』の帯に「いまや戦争は紙の中にしかなくなった」というふうなことを書いてあるわけね。あれは「たいへん残念であります」としか読めないわけだよ。

開高　………。（笑）

安岡　あのキャッチフレーズはだれが書いたか知らないけど、しかしさ……。
開高　いや、『紙の中の戦争』というのは、幾つかの皮肉をこめた題にしたつもりで、戦争、戦争といっているけれども、だれも知覚してないので、伝わりにくいし、きわめて伝わらないものだ。伝わりにくい、伝わりにくいということを小説家は叫びつづけているという意味があって、その意味合いもこめている……。
安岡　しかし、戦争というものはいっぱいあるでしょう。
開高　あるよ。無限にある！
安岡　無限になくてもいい。
開高　あるある。
安岡　二つあるとするんだな。つまり、格闘みたいな戦争、戦争ごっこに近い戦争。たとえばわれわれにとってベトナムの戦争は、戦争ごっこかもわからない。リアリティがなくてね。
開高　そうです。観念の将棋さしみたいなところがありますよね。対岸の火事だ。
安岡　それから、映画の場面であってみたりサ。そういうものがなくなっちゃうと、たしかに紙の中にしかないっていうふうな言い方できるわけです。
開高　ただ、安岡さんね、ぼくは大岡昇平さんと対談したときも〔「戦争・文学・人間」『中央公論』一九七二年一月号〕このことを言い出したんだけど、一ぺん戦争に行ってひどい目にあって帰ってくる。ひどい目にはいろいろあるけれども、とにかくその本人がひどいと思っている事態を味わって帰ってくる。生涯通じて、そのツメが刺さったまま離れないのね。それはなぜか。生死にかかわる問題だったかというと、じゃ、日常生活でもガンの病気で患っても生死にかかずらう。山登りしたって生死にかかわる。しかし、戦争で生死にかかわった場合、その突き刺さったトゲというのはどういうものか生涯抜けない。少なくとも小説家を見ていると生涯抜けない。大岡さんもそうだし、おそらく安岡さんもそうですよね。これはなぜか。戦争のどういう生理でこうなっちゃうのか。

安岡　まあ、戦争といわなくても正式の軍隊ね、あらゆるものを見たという、あれだけ広くものを見る機会はないからな、自分自身を含めて、それに尽きるね。疲労の極点に達するというようなこともあるけどね。だから、軍隊組織でもってぼくに小説を書かせれば、優に梶山季之さんをしのぐだけの量は書けるでしょう。内務班でコワい上官に監督されていれば（笑）、ずいぶん書けると思うよ。

これは冗談じゃなくて、オレたちの同級生みんないっていたよ。長篇小説なんて一カ月一本軽く書けるって。この、なんだろうな、能率的な生活様式っていうの、外国人には案外あるのかもしれない。お茶の時間にはお茶飲むし、日本人の暮しとまったく違うんだな。勤勉さという点では日本的なものだけどね。

開高　本人の前でいうのは失礼に当たるわけで、それは重々承知の上でしゃべるんだけど、大兄の『遁走』〔一九五七年〕を読みますと、原民喜さんとは違う意味で、それ以前とそれ以後の作品とは違って独立した作品を、大兄は書いているんですよ。文体も、発想法も違うし、そこだけ一つ飛び出しちゃっているわけです。だから、それ以前の作品と比べると、文体が変ったという印象を受ける。

安岡　いや、だけど『遁走』は長い間かかって書いたからね。それに、原さんと違ってぼくは、あれを書き出すまでの文壇歴みたいなものはごく短いわけです。ともかくも兵隊というものを、軍隊体験というものを、書いてみるまでは自分のことはわからない、という気持ちは持っていたね。書きたくないという気持ちもあった、だけど、これは書かないと……。

開高　前へ出られない、という気持ちはあるでしょう。

安岡　そういう気持ちは、小説を書き始めた最初からあるね。だから、たとえば『ガラスの靴』と『遁走』とは違うでしょう。

開高　ぜんぜん違う。

安岡　当然違うけど、ぜんぜんではないね。文章は、作品によって違うわけだ。

開高　文体はテーマが要求する歌でもあるし、体臭でもある。

安岡　体質でもあるしね。だけど『ガラスの靴』と軍隊小説と、やはり、自分では関連づけられるな。見る人のアレは別だけどね。

開高　だから、素朴な感情からいくと、『遁走』をお書きになるあなたが、その前に『ガラスの靴』をお書きになったというふうなのが、ちょっと受け取りにくいような感じになってくるときがあるのね。なぜ『ガラスの靴』をお書きになったんだろうかというようなことを、『遁走』を読んでから感じたことがあるわけです。……お互いの話はテレくさいから、もうよしましょう……。（笑）

安岡　まあ、いいよ。

開高　どうもテレくさくてね。

安岡　しかし、オレは島尾〔敏雄〕と対談〔『文藝』一九七二年四月号〕やったときにはもっとテレたよ。

開高　『遁走』のあと書かないの？　私は『海辺の光景』よりも『遁走』のほうが、ずっと好きな部分が多い。あれは生き生きしているよ。

安岡　でも『遁走』は軍隊小説ですけど、あれは軍隊が舞台になっているから軍隊小説なんだな。

開高　随所にいいリアリティがあるよ。

安岡　『海辺の光景』だって、まあ、いってみれば軍隊小説の延長なんだ。軍隊そのものを書いた場合には、何だろうな……たとえば肉体的な虚無感みたいなものな、これが表面に出せるんだよ、下痢とか、そういうものでも。ぼくは、わたくしの中にある虚無主義を、だな、なんとかして片づけるというか、整理するというのかな、あるいは乗り越えるというのかな、大げさにいうと……。

開高　混沌に秩序を与える、ということですよ、西洋式には。（笑）

安岡　そういうことをやるのがぼくの仕事でしょう。

開高　期待してますよ。

安岡　だからおっしゃるように『遁走』はおもしろかったかもしれない。

開高　おもしろい。読んでいて気持ちのよい手ごたえがあるの。奇々怪々ね、まことに摩訶不思議な軍隊ですよ（笑）。だけど手ごたえがあってね。つまり、読んでいて異質物との衝突という快感が味わえるの。それが現代文学になさすぎるということもあるけど、そこまでいまは言いません。とにかく『遁走』読んで、異質物とぶつかるということは、そこで立ち止まるということなんで、つまり、発見があるわけで、われわれ読んでいてそれが楽しいわけよ。

安岡　だけど、『遁走』で発見したものね。ぼくは、『遁走』で発見したわけじゃないわけだ。軍隊で発見したのを整理したのが『遁走』なわけで、『遁走』だけで終っちゃっているか、あとを書けるかどうか、また別の問題だな。まあ『遁走』にはかぎらないけど、友だちと話し合うでしょう。こういう機会はなくなっちゃったけど、軍隊から帰ってきて十年間くらい、少なくとも五年間くらい、毎晩軍隊のことしか話さなかった。

開高　そうらしいな。

安岡　それは何回話してもね。いやでしょうがないわけだよ。だけど、戻っていくのはそれしかないいんだ。

開高　大岡さんも同じことをいってましたよ。『レイテ戦記』〔『中央公論』一九六七～六九年連載〕書くのにあちこちの在郷軍人を訪ねて歩くと、もう一晩でも二晩でも「オッ」と会ったはずみから、戦争の話を始めて、タロイモの味がどうだこうだというようなことから始めて、無限に楽しいらしい。苦いけれども、楽しい。

安岡　うーん、楽しいというか、非常に苦汁に満ちた故郷だよ、これは。

開高　しかし故郷というのはいつもにがい蜜に満ちているよ。

安岡　それでワイセツで、母なる大地に戻ったかの観ありだよ。

開高　そうらしいね。だから亭主は家の中で孤独になり、父ちゃんまた戦争の話って、家族に顔しかめられちゃう。

安岡　共通体験のない人と話すことはたいへん苦痛。これは、別世界なんですよ、覗いてきた世界が。村上兵衛が結城昌治の『軍旗はためく下に』〔一九七〇年〕というのを、軍旗は、はためかないといって怒っていたけれども、これはぼくにはよくわかるんだよ。『軍旗はためく下に』という題名つけられると、――結城さんが軍隊体験があるかどうか知らないけれども――、村上にしてみれば、まあ、サンクチュアリーに手を触れられた、という感じだろうな。それはもう、生理的なものだ。

開高　それはしかし、村上兵衛が生きているかぎり、あるいは安岡章太郎、あるいは大岡昇平が生きているかぎり永遠に予定調和されることはないでしょう、その違和感というやつは。

安岡　いまはサ、つまり、われわれが住んでいるのは別世界なんだな。軍隊のなくなる前の日本ね、これは予定調和があり得たかもわからない。

開高　そうね。

安岡　いまいる世界は、たしかに違う世界なんだ。

開高　人間の経験全部がそうなんだろうけれども、それにしても戦争は激しすぎるよね。

安岡　ぼくは、それに似た体験でもないけど、高見さんに左翼の話をされると、一人で陶酔する。オレたちが途中で何かいうとまっさおになって震えて怒るね。それに近いものが、オレたちの軍隊にあるんじゃないかな。

開高　そうらしいね。

安岡　転向なら転向という問題をぼくらが何の気なしに訊くでしょう。ちょっと話が始まると、もういかんからな。それと同じように軍隊社会には、ほかのものをもって類推することができないものがある。

開高　大ざっぱな言い方だけど、戦争に行かなかったら小説家にならなかったという人が多い。外から見ていてもそう感じられる人物が非常に多いですね。

安岡　ぼくらは第一次戦後派と比べてみて、昭和十年代作家に直結するというふうによくいわれるし、ときには、自分でもそうかもしれないと思うけど――第一次戦後派というものも、ちょっと異質だからね――、だけど昭和十年代作家とわれわれとは、非常に違うな。三浦朱門なんかは十年代作家に近いかもしれないけど。島尾とか小島とかね。小島信夫と中村真一郎をくらべた場合、非常な違いがある。別に中村真一郎は自分で選んで軍隊を忌避したわけでもなく、小島信夫が選んで兵隊に行ったわけでもないけれども、だけど、若干、人間の選んでいるところはあるしさ、軍隊というところは……。

最大の戦争文学

開高　ヨーロッパの作家でも、戦争に行って戦争をテーマにした小説を書いている作家がたくさんいるけれども、一兵卒になって行ったのもいるし、士官になって行ったのもいるし、ヨーロッパの場合は、特にナチスの場合は、捕虜収容所という巨大な問題が別にあるけど、安岡さん、ヨーロッパの作家のものを読んでいて、親近感おぼえたのありますか？

安岡　ハインリヒ・ベルとかね、あれはノーマン・メーラーよりもありますね。J・H・バーンズの『ギャラリー』なんかには隔靴掻痒の感を持ったな。フォークナーの『寓話』

はつまらなかったですね。あれはもっとも、翻訳で読んでいて、訳が悪かったせいもあるんだ。

開高　ノーマン・メーラーの『裸者と死者』は第二次大戦後非常に世評が高いんだけど、ぼくにいわせると、ドス・パソスが出たあとのアメリカの大学の文学科の教室で、小説はいかに書くべきかということを教えた場合に、それをそのまま優等生の感受性でやってのけたのが『裸者と死者』じゃなかろうか、という感じがする。ノーマン・メーラーだったら、ほとんど議論されることのない短篇のほうが親密な感じを出しているんじゃない。〝兵士の休暇〟みたいな短篇を書いているけどね。

安岡　ハインリヒ・ベルはいいですよ。『どこにいるのだ、アダム』は、戦争世代をよく出しているな。どこでどういう戦闘があったか、そういうことは関係がない。たとえば『裸者と死者』の場合だったら一つの島にいる日本兵を退治に行って、山を越えてみたら日本人が一人もいなかったというところがカタストロフになっているわけですね。ああいうものじゃないね、第二次大戦は。

開高　『裸者と死者』の場合は、読んでいて、この男は死ぬだろうとか、この男は最後まで生きのびるだろうとかいうのがわかっちゃうんだね。わかっちゃうとおりになるから楽しいという読み方もできるけど。

安岡　いろいろとみごとですよ。

開高　諸要素が全部入っているからね。

安岡　それで書き割りはきれいに割れているしね……書き割りが割れているといっちゃいけないな。（笑）

開高　秀才の卒論みたいな文学だな。

安岡　それはしかし、なみなみならぬものですよ。秀才なるものは実に偉いんだ、やっぱり。あの戦争を秀才で乗り切ることは。だけど、やっぱりな、味けないね。それにくらべれば、ハインリヒ・ベルのほうが、秀才ではないかもしれないけど。また日本とドイツというものは近いんだな。

開高　レマルクの『西部戦線異状なし』なんかどーお？

安岡　あれは、日本の戦後文学そのものみたいなところがあるよ。

開高　でも、あれを読んでいるとさ……。

安岡　『その後に来るもの』だと完全に風俗小説だけどね。

開高　そうね、『三人の戦友』もね。よくお読みですな、大兄は。

安岡　わたしはよく読まないけれども、あなた程度には読んでいます（笑）。まあ、それはどうでもいいです……。

開高　だって、レマルクの名前を出して『その後に来るもの』とか『三人の戦友』なんてことをいう奴、いまいないよ。

安岡　『その後に来るもの』は戦後に読んだのですが、あれは、敗色濃厚のころに読んでそのとおりに実践すれば、ぼくは光クラブの社長よりは儲かっただろうと思うな。
開高　ただ『その後に来るもの』の大敵には『ファビアン』〔エーリヒ・ケストナー〕というのがいるのよ。『ファビアン』を読んだら、レマルクのはだめなんだ。
安岡　だめというのは、『ファビアン』のほうは文学ね。『その後に来るもの』はまあ、新聞小説だな。
開高　そうね。『西部戦線異状なし』だけだね、レマルクは。処女作をついに抜けなかった作家だ。
ただ、大兄のように日本の百姓的な感受性というものね、百姓的なものの考え方、感じ方というもの。構成員そのものが百姓出身が圧倒的に多い。こういう軍隊で残飯桶をかつがされた体験を持っている人が『西部戦線異状なし』を読んでいて、日本の軍隊とドイツの軍隊の違いということを痛切に感じたことがあったでしょう。
安岡　それは思わないんだよ。
開高　そォお？
安岡　違うでしょう、おそらく。当然違うんだ。だけどそれを痛切には感じないよ。まあ、痛切に感じるとすればこうあってもらいたいというものがオレたちにあれば、痛切になるだろう。……たとえば残飯桶というのはいまの自衛隊でもおそらくかついでいるだろう。

残飯は必ず出るんだし、トラックで運ぶにしてもトラックに載せるときにはかつぐだろうし、おろすときにはかつぐだろうし、苦力でも雇ったり、中隊の中まで労務者を入れないかぎりは、兵隊は自分の食い残したものはかついで持っていかなければならないわけだ。どんなに文化が進んだって残飯は必ず出るんだな。オレたちの個人的なものは、たとえば排泄とか、咀嚼とかいうものは文化が進んだって進みようがないけど、残飯というのは集団の排泄だからね。これを処理する方法は、幾ら進歩したって文化的にはなりようはずがないな。

開高　だけど、どうなんだろうなあ。少し図式的な言い方で恥ずかしくなるけど、つまり、日本の軍隊、兵隊、兵舎、戦争というものを舞台にした作品を読んでいると、将軍が出てくることはめったになくて兵隊が多いんだけど、そこにインテリ兵もまじっていれば、農民兵もまじっているし、サラリーマン兵もまじっているし、商売人兵もまじっている。いろいろな者がまじっているけど、圧倒的に農民、百姓、そういったものの感受性が強烈によみがえってくるのね、いろんなものの下から。それで無階級社会という印象を一つは受ける、すべてみんな農民だ、という印象を受ける。しかし、階級によって権力を与えられるわけだから殴る奴は殴れるし、殴られる奴はいつまでも殴られっぱなし、と、そこから出てくる相違は濃厚にあるんで、依然として階級社会ですけれども、殴る奴も殴られる奴も同じ百姓出身なんだ、というような意味では無階級社会のような印象を受けがちなんですね。受けがちといっているんですよ、それがすべてだとはいってませんけれどもね。

ヨーロッパの場合は、階級が違うと、士官の感受性、下士官の感受性、一兵卒の感受性それぞれがくっきりと分かれているような感じがあるような気がする。

安岡 いや、感じじゃなくて、ヨーロッパの軍隊は徐々に発達して、あそこに至るわけだ。ナポレオンが徴兵制度をしいたのは一気にやったかもしれないけれども……。だから、士官なら士官で、日本の場合とは違うでしょう。

開高 ぜんぜん違う。

安岡 日本の場合、東大出身者と同じような地位が士官に与えられる。私立大学出身者とやや似た地位が幹候の下士官に与えられる。専門学校出身者に当たるものは本チャンの下士官、まあ、いってみればそういうふうになるわけだ。東大へ行くか、私立大学へ行くか、専門学校へ行くか、というのは、その家の階級や貧富の差によるものではなくて本人の学力とか、ちょっとした好みね、そういうものによる。その点ではヨーロッパと非常に違うでしょう。

開高 あきらかに違うね。

安岡 ヨーロッパの場合、ユンカーというのはどういうものか知らないけど、つまり、ユンカーというクラスがあるわけだ。戦争中の東条〔英機〕の不人気は、無階級社会の成り上がり者に対する怒りでもあって、同じ成り上がり者の連中がひどくならしたものだ。つまり、ゴミ箱のふたをあけるとは何事だとか、品性下劣だ、育ちが悪い、というふうにね。東条のお父さん陸軍少将かなんかだけど、そういうものは家柄にはなり得ないのよ、わが国では。貧乏中尉にやっとこ大尉というのは、羨望のための言葉じゃなくて実感なんだな。

開高　その感じは、私、軍隊生活はしてないけど幾らか伝わってくるようです。あちらのものとこちらのものを読みくらべると。

安岡　そこら辺、軍隊は、正直に日本の社会を反映している。やはり、日本の軍隊で一番優秀だったのは下士官でしょう。職人が優秀だったんだろう。一番だめなのは参謀本部で、ともかく全体に対する指揮能力、支配力は劣っているようですね、わが国民は。これは均一な民族の場合、しようがないんだろうね。

開高　しかし、広いアジアを眺めてみると、コミュニスト軍を別とすれば、日本軍の右に出るほど強い軍隊はいないね。「教育勅語」と単一民族、単一政府に統治された国民のものすごいところが軍隊に出ている。ほかの国の非コミュニスト軍を見ていると、とてもじゃないけど旧日本軍のような、ああいうものすごいものは発揮できないね。

安岡　中国を含めてアジアのいたるところは植民地だからな。植民地の兵隊が物質的なもの以外に強みを発揮するということはあり得ない。

開高　ナショナリズムだよね。

安岡　ナショナリズムがない軍隊というものは、まあ、外人部隊は強いそうだけど、それでも……。

開高　あれはしかし階級社会があるから外人部隊というものが存在できるし、強さも発揮できるし、オレたちはオレたちなんだ、殺し屋だというので徹しられる面があるけれども。

安岡　だから、わが自衛隊は、たぶん弱いだろうと思うな。

開高　だって、戦う理由も目的もわからない。

安岡　ナショナリズムがぜんぜんないからな。

開高　そうよ。つまり、健康なんだ。いいことなんだ（笑）。しかしアレだなあ、ぼくは諸外国、アフリカやら、中近東やら、東南アジアまわって、ナショナリズムの現象に出っくわすんだけれども、これは、オレには性欲以上にわからないな。何からこういうものが出てくるんだろうかというのが、見れば見るだけ、考えれば考えるだけ、モーローとしてきてわからなくなる。しかもそれが極端な条件の中で出てくると、これ以上強烈になり得るものはないいんでね。

だから、人文科学だとか、イデオロギー学とかいうふうなものからこれを解明して攻めてゆくのもけっこうだけれども、もう一つ集団生物としての人間の防衛本能というふうな生物心理学的な面から解明したって、できっこないんだけれども、そうやっていったほうが幾らかアプローチできるんじゃないか、という感じがするときがある。つまりアリの集団とか、ハチの集団とかね、そういう集団の人間的表現なんだ、というふうに受け取って観察していく冷酷な心が一方にあったら、いままでのヒューマニズムとか、イデオロギーとか宗教とかいう接近のしかたよりも、別の側面が出てきて、もうちょっと幾らかまさぐれるものになるんじゃないか、という気がする。本当にナショナリズムというのはわからない。

安岡　たとえばアメリカでインド人の学生と知り合うでしょう。インドといっても広いけども、彼はヒマラヤの近くのほうだよ。背の小さい人だった。オレたちのアパートへやってきて、好奇心満々だよ。新聞を見て、これは何だというから、テレビの欄だというと、テレビの欄がいっぱい書いてあるので、日本は実にひまな国だ、というわけだ（笑）。これは何だ、小説だというと、オレたちの国はニュースがいっぱいあるから、小説なんかとても載せられない、というわけだ（笑）。一事が万事そういうようなものですよ。

開高　そうだね。

安岡　いつも競い合っているのね。自分たちのところは立派にやっている、というふうにいっている。郵便局へ一緒に行って荷物を出すでしょう、むこうのは保険かけられない。着くか、着かないかということはインドは絶対わからない。日本は着くことになるわけだ。それはもう、強烈な感じだったな。正直にいえば、それは痛ましい気持ちもしたし、だけどその差が出たとき、一種の快感があったな。インド人のほうがオレなんかより立派な顔していているし、英語はうまいし、すべてこちらが抑えられているときだったから、そのせいもあるけど、ナショナリズムというのはそういうものだよ。自分たちにどれだけ財産があるとかいうような自慢は絶対できないでしょう、つまり、日本人にかぎらず羞恥心があればできないわけだ。ところが国という単位になればどんどんできる。だから、自分の家の自慢をするかわりに代行作用もあるんだろうな、国というもので。

開高　ぼくは、ビアフラの戦争を見に行ったでしょう。あれはアフリカの部族闘争だということになっているけど、ナショナリズムの一種でそのバリエーションだと思うんだ。見ていると、部族と部族との違和、対立というものが底流になっているわけで、第二、第三、第四のビアフラ戦争はいつでも発生できる状態にある。ある種の条件と引き金を与えさえすれば。ぼくは、ナイジェリアだけを見ていてそう思った。島国ということも大いに手伝っているけれども、単一民族、単一政府というものが日本の特徴ですね。ここで考えて、「教育勅語」の怖しさを、アフリカとかああいうところへ行くと、つくづく悟らされるね。それを、いま『毛語録』とか、いろんなものがやっているわけだけれども。あれを持つと持たないとでは、えらい相違が、現実に発生してくるの。

だから、ある意味では最大の戦争文学は「教育勅語」だと言いたくなるときがあるの。ちょっとアブストラクトな、皮肉な意味ですけれども。それは、日本から外へ出てみなければなかなかわからない。外へ出てふり返ってみると、「教育勅語」というのは怖るべきものであった、たいへんなものであったということがおぼろげながらわかってくる。『紙の中の戦争』で「教育勅語」を書かなかったのは失敗だった。
安岡　「軍人勅諭」も書いてないだろう、たしか。「戦陣訓」も残っているよ。（笑）
開高　えらいものを発明したぜ、日本は。
安岡　発明というよりも、必然的に生まれてくるもの……。
開高　そうね。
安岡　生み出してくるものだろうな。だから島国であったとかなんとかいっても、まあ、島国であったということが単一民族になったんだろうけど、とにかく明治維新の維新戦争というの？　あれの収束のしかたなんて、あの知恵ね、妥協点ね。
開高　ベンダサン式にいえば、政治的天才よ。
安岡　としかいえないね。理由がわからないもの。
開高　そうとしかいえないね。諸外国の例をつぶさに見ていくと、たしかに日本は政治的天才だよ。
安岡　外交の駆け引きがうまいとか下手とかいうけど、そんなこと当たり前なんだ、これは。外交問題になったときには、日本人は自分の肌が黄色いとか、そういうことは全部忘れている。当然、条件は悪いわけね、顔から何から全部違っているから、よその国で相手の中にはいりこむことは難しいし、情報がつかみにくい。しかも外交のアレは、たしかに下手かもしれないけど、国内の政治になると天才的だな。

開高　結果から見ていくとね。本当にそうだ。もう一人、アジアに天才がいるな。タイ人だ。これは寝わざの天才だよ（笑）。日本はたしかに、ヨーロッパやら、中近東やら、いろんな国にくらべてみると、政治的天才だった。それでも、自分の国の国民を何百何千万と殺し、よその国の国民を何百何千万と殺した。ところが、タイ国というのは、あなた、内にも外にも一人も殺さず、しかもヌラヌラ、ヌラヌラと寝わざだけで大国にくっついていって、しかも独立を守り抜いている。この外交の天才、と言いたいな。あれがどこから出てくるのか。大国と大国の間に、はさまれて暮している……大国といって悪ければ、相反する強烈な力の間に、はさまれて暮していく国の知恵というものを考えるならば、マルクスやホー・チ・ミンを研究するよりも、名もなきタイの政治家のとった態度とか、そういうものを研究していくほうが、日本の政治学者にとっては、はるかに有益だと思う。

安岡　だけど、あまりかけ離れた天才のまねをしてしまうと危険じゃないか。

開高　そうかな。ぼくは、タイ国へ行ってから、そのことを痛切に考えさせられちゃってね。

安岡　秀才のまねはしてもいいけど、天才のまねはしないほうがいいんじゃないか。

開高　あれが今後いつまでつづくか、それが問題だけど、過去のタイの外交技術を見ていると、アッパレな、イギリス人でもああはやれない、という感じになる。それでいて、みんなタイ国のことを知らないし、せいぜいピブンの名前を幾らかのある世代が知っているくらいでしょう。英雄を必要とする国民は概していえば不幸なんだが、タイは英雄を必要としなかった天才らしい。稀有の例だ。

安岡　「ワンワイ・タイヤクン・ワラワン」というのを知っているよ（笑）。おかしかったからなあ、ワラワン殿下というのは。

さっきのヨーロッパの軍隊と日本の軍隊の差に戻るけど、イギリスで官吏の登用試験、科挙ね、あれが行なわれたのは日本と同じくらいで、阿片戦争のあとだった。やはり、シナのものを輸入したらしい。中国のほうは、イギリスに打撃を与えられて、ヨーロッパの近代化のある力に押されて滅びちゃうわけでしょう。イギリスのほうは採り入れるのね。

ぼくは、試験に落ちてばかりいて、恨みがあるから関心があるんだけれども、日本は、徳川時代にはこの制度は入ってない。科挙の始まるちょっと前の、つまり、武技の試験と文官の試験と両方並行にやった時代のものが、徳川時代に入っているわけです。それは、中国の二千三百年から千三百年前までの間くらいのところを、やっていた。明治になって、中国の千三百年前のやつが入ってきたわけです。そうすると、日本の民主化というか、無階級化というか、そういうものは、やりやすかったということもあるけど、とにかく若くて力がある。イギリスは採り入れたにしても、敗戦国のものを取り入れたから、利用するだけだった。日本の場合はそうじゃないからね。

制服の行進の美しさ

開高　戦争というものの描き方を、外国に例を求めてみると、ジョージ・オーウェルは新聞記者としてスペイン戦争を報道するつもりでマドリッドに行ったけれども、たちまち感動しちゃって人民軍に飛び込むわけね。人民軍というのも、イデオロギーによってあのころは四分五裂、七花八裂という状態で、彼はアナキスト系のほうに入った。カタロニアの山の下の塹壕で、飢えと寒さと、ネズミとシラミと、インキンとタムシに悩まされながらも戦い抜いていく。結局は、のどに一発、弾をくらって瀕死の重傷を負って後退するわけです。ところで、彼の文章を読んでいると、こういうことが書いてあるの。ある日、自分らのいる塹壕のずっと山の下のほうで、人民軍とフランコ軍が戦闘を始めた、どういうものか、そのとき人民軍が負けた、パタパタと倒れていくのが見えた、わたしは自分の生命を賭けてまでここへきて、いまでも生命を失うつもりで戦っているのだが、そういう立場にいても、ちょっと遠いところから見れば、人間がパタパタ倒れているのを見るのは面白いことである、と一行書いてあるのよ。わたし、この一行を書くのは容易ならぬことと思いたいのね。見たまま感じたままに書きました、というふれこみのルポルタージュがいま日本にも、世界にもいっぱいあふれている。だけど、ようく読んでいると、どこか計算し、計算せずにはいられずに書いているものが多いでしょう。オーウェルは何気なしに一行書いているんだけれども、この一行の率直さ、この一行のために、ぼくは、彼を全面的に買う気になったといってもいいくらいね。これ、なかなか書けないよ。たとえ人民軍に身を投じていなくて、純粋なオブザーバーとして見てても、パタパタ人間が倒れていくのを見るのはおもしろいという……事実、おもしろいと思うんだよ、遠くから見れば将棋の駒が倒れるのと同じことだから。だけど、いざとなると、なかなか書けないよ。

安岡　それは人民軍であり、しかも自分の国ではなくて、純粋な自分の、むしろ恣意的な気持ちで入ったから、できるんだよ。自分の命を賭けているし、個人で責任が持てるからな。そうじゃなくてオブザーバーだったら、そんなことは礼儀があるから書けないよ。

開高　そこだ。日ごろ、あまり考えてもいないヒューマニズムというふうなものが前面に立ちはだかってきて、深夜ペンを抑えてしまう、ということがよくあると思う。

安岡　深夜じゃなくても、大体それは、口がきけないだろう。つまり、スタインベックの『ベトナム報告』ね、あれは、北に立とうと、南に立とうと同じようにつまらないだろうと思う。別に南に立っているからつまらないんじゃなくてね。

開高　ぼくは、スタインベックのあれは、ちょっと買ったけどね。

安岡　彼の若いころの短篇小説とか……。

開高　まあ、そういうものにくらべればだめですよ。だけど、あれだけ率直に、なかなかよく書けていると思ったね。あの平和ムードの中で。そうじゃないんだ、と叫んでいるわけだ、現場へ行った人間として。

まあ、それはちょっと置くとしても、オーウェルの態度には感心したな。

安岡　スタインベックが同じことを言うにしても、年のこともあるし、いろいろある。だけど、彼は北でも南でもどちらでもいいけれども参戦しているとすれば、それはまた違うだろう。もっと率直さが違ってくるよ。

開高　彼の場合、息子と戦場で会っているから、それがだいぶ手伝っていると思うんです。いずれにしても、あのオーウェルには感心した。

安岡　だけど、自分が参加していればそのくらいのことは書けるんじゃないかな。

開高　本当の革命家なら書くことを許すんですよ。これが戦争の実態だ、という意味でね。イデオロギーも愛しているが、人間も同時に愛している、人間の不可解さを愛しているという意味での革命家なら、これは許すだろうと思う。だけど、毛沢東もこれは許さないね、発表を。

安岡　話は違うけど、ロバート・キャパの写真で有名なのがあるだろう。まあ、キャパの場合、ハンガリー人だし、カメラマンという職人根性だけでやっていることだから、オーウェルと比較はできないけれど、オレたちは死人の写真を戦前はぜんぜん見てないから、その驚きもまたあって、まあ、死者に対する冒瀆というふうなものが写真の中にあり得るとすれば、あれはかなり勇敢なものですね。

開高　いや、ところがね、安岡さん、ベトナム戦争だけについていえば、あれと同じ瞬間を撮った作品を私は幾つか見ている。けれど、全然、評判にはならない。

安岡　だから、ベトナムの時代と歴史が違うから。

開高　そうなんだ。違うからなんです。すぐにあれを連想されちゃうから、同じように撮っているものがぜんぜん評価されない。

安岡　それは、最初にやった奴が絶対に人を驚かすわけだ。

開高　しかしキャパは、あれ以後あの作品を抜けなかったね。

安岡　写真というものは作品であるかどうかだよ、そういうことをいえばな。

開高　そうね。

安岡　人を動かすにしても、それは作品ではないかもしれない。

開高　あるいは言葉の言い方を変えれば、あの偶成があまりよかったので、彼はその偶成のために以後おしつぶされてだめになっちゃった、という言い方もできるかもしれないね。

安岡　もっと極端なのは、硫黄島の、星条旗を立てている写真が有名でしょう。あの中にいる四人か五人の海兵隊員は、英雄になったために悲惨な目に陥るという映画がありましたね「一九六一年公開の『硫黄島の英雄』」。これは実録なんだろう。だから、写真というのはそういう魔力がある。つまり、なんでもない普通の兵隊を写して、だけど写ったことで有名になるでしょう。そういうものがキャパにもあるかもしれない、写した本人にもね。

開高　まあ、写真がその後強烈に発達したので、率直にいうと、いまはもうあの作品には感動しないけどね。当時、たいへんなものだったということはおぼろげながら察せられるけれども。それ以後、もっといいのがあります。

安岡　もっといいとか悪いとか、比較にならないんだな、それは。

開高　何の話をしているかわからなくなっちゃった。

安岡　もとはジョージ・オーウェルの率直ささ。だけど、自分がかかっている以上、それはできないものでもないように思う。

開高　そうはいうが、それに似た例をなかなか発見しませんぞ、わたしは。いろいろ読んでみるけど。（笑）

安岡　それに似た例というけど、日本人の中に、つまり、自分の主義主張を重んじてスペイン戦争に参加するということは不可能なんだ。ぼくらからスペインはあまりに遠いしね。自分の国の事情というものがあるでしょう。イギリスはもう出来上がっている国だから、あの場合、人民戦線に参加するということは、いってみれば十字軍的なものですね。だけど日本から、キミ、出て行くことはできませんよ。だから、日本人の中にジョージ・オーウェルを発見しようとしたって、それは無理なんだ。

開高　まあ、そんなむずかしい国際戦争を別にしても、日本の現実を見る目の中に、そういう本当の率直さみたいなものがもたらす稀有な迫力って、あんまりないんじゃない。

安岡　ないから稀有なんだ、それは。だけど、ぜんぜんないというものでもないね。

開高　むずかしいなあ。ずいぶん考えたよ、あの一行のために、オレは。あの『カタロニア讃歌』というのは、オーウェルが自分でもいっているけれども、途中で政治情勢の説明があるのでつまらんから、読みたくなければここはどんどん飛ばして読んでくれ、というようなことを書いているんだよね。あまりすぐれたルポルタージュだとは思わないけど、あの一行だけは頭が下がったなあ。

安岡　それとはまた違うけれど、アランの『裁かれた戦争』というのがあるだろう。彼は終始一貫個人的な立場から戦争に反対している。だけど軍隊の行進の美しさは、これは美学の中心だといっていますね。原点だという……。

開高　制服の集団ね。

安岡　パレードというものには人間は抗しかねるのである。まあ、次元は違うかもしれない。だけど、彼はあれだけ組織を憎んでいた男だよ。それが、それを言うのとやや似ているんじゃないか。

開高　そうね、そういうことはいえるな。いつか、あなた、アランの指摘した制服の美学のことについて、そのことを書いていたな。

安岡　ベルリン・オリンピックの映画があったけど、入場式が、行進また行進だよ。これはどうしたって……。

開高　抵抗できないよ。

安岡　感涙にむせぶところがある。

開高　大脳生理学的にそうなっちゃうんだ、人間は。それに抵抗するのは、相当な蓄積と覚悟がないとできない。

安岡　抵抗というよりは、そういうものだというふうに思わなきゃだめだな。

軍隊とか、戦争とかいうものは紙の中にしかなくなったという一つのノスタルジー、それはそれとして、やはり、認め、かつ許すだけのものがないと戦争反対はできないと思いますね。言ってみれば、何でも反対だろう。戦争はみにくい、軍隊はみにくい、というそればかり……。まあ、オレは軍隊の中を見てきたから、みにくいと思うのはやむを得ないんだ。だけど、外側にいる人は、軍隊のある部分、行進の美しさなら美しさとか、率直に認められるものは認めなければだめだよ。そうしなければ本当の反対はできないと思うな。

敗戦が生んだ名作

開高　わたしについていえば、子供のときのことなので議論できないということもあるけれども、本当につらかったのは戦後だよね。戦争中はまだ暮しよかった。それは、焼夷弾は落ちてくるわ、死体ははみ出しているわ、いやな思いをずいぶんしましたけど、戦争中というのは暮しよかったし、意気軒昂だったし、ぼくは、大阪育ちで空襲ばかりで、機銃掃射を毎日のように浴びているんだけれども、こちらからパンパン、パンパンと射ちかえせない。たまに二発か三発射つでしょう。そうすると、空襲のあとで、兵隊が弾薬を一個ずつ数えて日報に書き込んでいる。向こうのグラマンがきたときには、バラバラッと射ちまくられて、とてもじゃないが戦えない。家へ帰ったら、母親が火消し棒なぞ出してきて「これで焼夷弾消すねンでェ」てなことをいっているのよね。もう、わたしのロゴスは、バカバカしき限りのナンセンスとしか言いようがない判定を下しているの。にもかかわらず、もし命令が下ったならば、勇躍、ナチス少年親衛隊みたいに、地雷を抱いてパットン戦車のキャタピラーの下に飛び込んで玉砕しようと思っていたね。日夜味わっている、こんな戦争はムダだということと、にもかかわらず、やろうというのと矛盾しないんですね。これが政治のマジックというものだろうと思うんですけどね。

安岡　ちょっと待って下さい。つまり、外側から見ている場合と、内側から見ている場合とは違うんだ。キミは、そのとき子供だけどね。だけど、組織の中に入って、命令されるだろう、そうしたら飛び込んで行きたくなくなるな、あの状態では。

開高　やりきれないのは戦後よ。

安岡　キミは外から見ているし、いまは自分がある程度命令する立場に仮に立っているわけです。だから、飛び込んでいくという気持ちが持てるわけで、純然たる被命令者の立場に自分の身を置いてごらんなさい、絶対そんなことは思わないから。また、現実に戦車なるものにぶつかるだろう。命令に対してきわめて従順でなければならない初年兵は、命令者に対する恐怖のために飛び込んで行くよ、愛国心からじゃなくて。これが古兵になると違うんだな……。オレの友だちが沖縄でタコ壺に飛び込んで戦車を待っていたわけです。向こうのほうから戦車の音がゴロゴロと聞こえてくると、バァーッと、糞も小便も涙も全部一ぺんに、からだから出るものはみんな出ちゃって、からだが震えるというんだ。そいつは腕力が強い奴でアメリカ兵と白兵戦をやって、アメリカ兵にジャックナイフで右腕を刺された傷跡を持っているけれども、戦車にはかなわなかったらしい。あの戦車の音が近づいてきて、それに飛び込まなければならないとなったら、とてもじゃないけど動けるものじゃない。オレたちが大きなトラック見ても、やっぱり、よけるでしょう。

開高　よける心理と飛び込みたい心理とあるんじゃない。

安岡　飛び込みたいというふうになる奴は、一つは、自分を命令者の立場に置ける場合ね、空想によって。それと、連合赤軍のリンチ事件でもいいけれど、うしろから衝かれた場合は、やはり、飛び込みますけれど、普通でいったら不可能だろうな。愛国心の問題じゃないだろう。

開高　それから、戦争中の少年のオレには生活がなかった。戦後になると、この、生活というのが真正面にきましてね。つらかったなあ。ぼくは、受験勉強の夢はあまり見ないの、落第したことないからね。学校生活はやってないようなものだけど。ただ、あした食うものがないという夢は、いまだに見るのよ。冷汗びっしょりになって、いまでもときどき飛び起きる。サツマイモを蒸してテーブルのまん中に置くでしょう。向こうに母親がいて、叔母がいる。妹二人がこちらにいて、オレがまん中にいる。出たとたんに、グッと手を出そうとするわけなんだけれども、母親の目、叔母の目、妹の目を見てごらんなさい。〝光ごけ〟だよ（笑）。親子関係なんてあるもんかっていうような目だな。自分もそういう目をしているから、母親はわたしの目を見て、目をそむける、しかし、手は伸びたままという。オレは、あれがいやでいやで、本当に家にいるのがつらくてつらくてどうしようもない。戦争中も、それは同じように飢えてはいましたよ。だけど〝進め一億火の玉〟とかなんとか一応あったわけで、みんなが同じような生活をしているということもあったしね。だから、自由になった、自由になったといっておとなは騒いでいるけど、オレには、自由というのは恐怖の代名詞にすぎないんじゃないか、というような感じがあってね。

安岡　しかし、戦後のよさは、ともあれかくもあれ「国家」というものが一時なくなったよね。

開高　まあ、そういう自覚を持てるだけの経歴を持った大兄なんかはそうおっしゃるけどね。

安岡　国家が上にあって、互いに干渉し合うでしょう。あれは食いものの奪い合いとはまた違った次元で、かなわないものだった。だから、敵が怖いとか、そういうものじゃないね。駅降りると、女の着物を押えてたもとを切っている人がいる、「贅沢は禁止です」なんていって……。

開高　そうでしたね。

安岡　ハサミ持ってどんどん切っているわけだよ。ぼくは学生だったせいもあるけど、神社に向かっておじぎしなければいけないのね。最初のうちはおじぎする必要はない、宮城前でもおじぎする必要もまったくないわけ。ところが、だんだん距離が離れて、最後のころになると、はるかかなたのほうからおじぎしなければいけない。たとえば小田急に参宮橋という駅があるでしょう。ぼくは、女郎屋の帰りかなんかで、ぼんやり腰かけていたら、突然そこでおじぎする習慣ができていて、おじぎしなかったら、隣のおやじにものすごく怒られちゃった。ぼくは、詭弁を弄して、こんなところからおじぎするのは大変不敬である、と、とうとう弁じて許してもらったけれども、あの日本人の画一性というか、おせっかいというか、あれに国家権力が上に加わると、これはちょっと、やりきれないものだったよ。これは脱線になるけど、まあ、わたしの家は軍人でしょう。おやじは外地に出ていましたから、あまり余慶はこうむらないのよ。内地にいなければだめなんだ。兵隊に行ってもぼくは二等兵のまま終ってしまった。ぼくは、なるべくなら将校になってラクをしたいと思ったほうですけれどもね。これは、ぼくだけじゃないんだよ。同じ聯隊に海軍中将の息子がいたけど、彼も二等兵のままだったし、そういうのが多くて、わりあいに余慶はこうむらないんです。それでも、戦争中の暮しは、やはりかなり楽なほうだったでしょう。

開高　楽ですよ。だって、命令と合言葉で暮していくんだもの。

安岡　いや、そうじゃなくて、軍人の家庭の場合、偕行社というものもあるし、なんといっても普通の家よりは楽なんですよ。にもかかわらず戦後のほうが、ぼくは、好きだなあ。これはハッキリしている。

開高　それはいまになれば、好き嫌いというようなことをいえば、お話にならないですよ。なんといったって私は戦後にだんぜん投票します。こうでなければならんと思うんです。ただ、十四、五、六くらいの子供には、あれはこたえたでェ。

安岡　腹減るさかりだしな。

開高　おとなが飢え死にしているんだよね。戦争中は餓死体は見なかった……。

安岡　ちょっと待ってくれ。ぼくは、最後は病院で、終戦ひと月前に現役免除になりましたけど、うれしさのあまり、配給通帳も軍隊に置いたまま出てきちゃった。ぼくの家は焼けてしまって、着物もなにもありゃしないんだ。疎開もしてなかったから、それこそぜんぜんなかったわけ。だから、冷飯ぞうりと白衣くらいのものしかないんだけど、軍隊の外へ出て、金沢駅前のきたない旅館へ泊まって、米もないし、たばこの配給もないから、紅茶を買ってきて葉っぱ巻いて吸ったときの幸福感というものは、なんとも言いようがないよ。もう、うれしくて、申しわけないとさえも思わなかったな。からだが地上から約一メートルくらい浮き上がった感じね。すぐ隣の部屋に役目をおびて出てきている兵隊の一群が五、六人いて、みんなで飯盒でめしたいたりしているわけです。こっちはめしもない、腹減っているんだけど、ぜんぜんそのめしが魅力なかったな。まあ、開高はやっぱり、子供で、それは保護されていたんだよ。

開高　そうなんだ。だから、戦後はスッ裸のむき出しにされちゃったわけよ。それよなァ……。(笑)

安岡　昭和生まれの人たちとオレたち、微妙な差があるね。昭和になってからというのは、たしかに日本は変ったんだなあ。戦時体制版に人間をずっと仕組んでいったところはあるな。

開高　しかし、明治以後のものをずっと読んできたけど、大正期が何もないね。田山花袋の『一兵卒の銃殺』〔一九一七年〕と芥川龍之介の『将軍』〔一九二二年〕、この二つだけね。

安岡　小学校のときのオレたちのクラスには、戦争でおやじが死んだなんていう奴が、やはり、いるんだよ。いろんなごたごたは大正時代といえどもあったんだな。

開高　しかし、戦争がなかったら生まれなかった名作も多いね。不幸なことだけども。

安岡　いやあ、それは戦争がなかったらというよりは、やはり、敗戦がなかったら生まれない文学だなあ。
開高　敗戦がなかったら生まれない名作も多いね。
安岡　戦争そのものが生んだ文学というものはどれだけあるかな、わからないけれどね。ぼくはこんど初めて読んだけれども、『太田伍長の陣中手記』なんていうものは、大正教養主義みたいなものが戦争とぶつかって、カロッサの、なんとか日記というやつ……。
開高　『ルーマニア日記』。
安岡　ああいうふうなものが日本人にも書けますよ、という、日本的なものを多少出してはいますね。だから、これは戦争の生んだものかもしれないけれど、やはり、戦後に出てきたもの、オレの場合とか、島尾とかいろいろあるけれども、敗戦ですね。野間〔宏〕さんの場合もそうでしょう。
開高　大岡昇平氏もそうですね。
安岡　大岡さんの『俘虜記』〔一九五二年〕が一番代表的でしょうね。

暴力は〝最後の理性〟

編集部　軍隊の内務班というのは、我々は、ぜんぜん知らないわけですけれども、たとえば榛名山や迦葉（かしょう）山で起こった出来事〔連合赤軍によるリンチ事件〕をごらんになったときに、あれは内務班の延長線上にあるとお感じになりましたか。

安岡　あんまり同じなんで驚いたな。彼らが意識的に軍隊の模倣をしていたとしても、やはりあんなに似てしまうのは驚きだ。ところで、〝総括〟というのはやるのは仕方がないとしても、殺しては絶対だめだったね。残酷なことをいえば、殺さないほうが残酷かもしれない。だけど、あの一個分隊を統一していくためには、いつも一人だけ総括をしていればいいんだよ。ニワトリ小屋の中の一匹のトリみたいに。それを殺してしまっただろう。だから、一度それをやると次から次へいじめられ役をつくっていかなければならなかった。彼等としてもこれはまずかったね。そうじゃなくて、たとえば山田くんなら山田くん、大橋くんなら大橋くん、そういう人を一人だけ決めておいて、やっておけば、秩序は維持できるし、恐怖による支配はできるし、何やかや可能だったというわけよ。戦力はともかく秩序は維持できたでしょう。あれ、殺していっちゃったらね。

その点軍隊とは違ったけど、ほかの点では、ともかく一個分隊単位での共同生活、これは戦闘を目的にしていようと、いまいと、いやになるほどそっくりだなあ。

開高　彼らの場合、左向けの〝自由からの逃走〟ということがあるんじゃない？

エリッヒ・フロムが『自由からの逃走』を書いたのは、ワイマール市民がなぜファッショへ行ったか、ナチスへ行ったかということの分析だけれども、その分析、そのまま適用できるんじゃない。ただスローガンが左向けになっているだけの話で、根本的な衝動としての自由からの逃走というのは同じじゃないかなあ。ああいうしごきを求める心理ね。殴られなければ生きたここちがしない、縛られなければ立ってられない。ただ、いかにも彼らの言動とかそういうものに日本と日本人の苦悩なるものが、何一つとして反映されていないあの空虚さね。

安岡　せめて新聞が事態を歪曲して書いているというふうに信じたいくらいだな。（笑）

開高　それはそうなんだけれども、人間というものは、一ぺん絶対というものの信仰、あるいは衝動というものに取りつかれたら、あれをやるね。大げさにいえば、人類史はその繰り返しでしょう。

安岡　しかし、もうちょっと手前のところで話せば、やはり、マルキシズムというものはこわいな。つまり、唯物論とかいうふうなものは何も読んでないからわからないし、近づきもしてないくらいだけれども、だけど、マルキシズムの中にある虚無主義と、日本人本来の、あるいは仏教的かなんか知らないけれど、虚無感とが直結したとき、怖るべき結果を生むかもしれないな。

開高　それは、たとえば「教育勅語」であってもいいし、バイブルであってもいいし、なんとかであってもいいし、というふうに、いろんなものがあり得るよね、そういうことを反省させるのは……。

安岡　ぼくは別に、マルクスに反対もなにもしませんよ。ただ、気をつけなければいけないというものは、あの中にはたしかにあるな。これは絶対真理であるとかなんとかいう受け取り方は、大変あぶなっかしい。

開高　厄介なのは、人間というのは相反併存動物なんで、何らかの意味で絶対というものを信じて、でなければここまでやってこなかった、ということがあるんで、これを言い出すと、進歩という概念を入れるか、入れないかという問題にもかかわってくるので、ぼくは初めから、変化はあるし、変化はしなければならないと思っているけど、進歩などという言葉を使うのは反対だという立場にあるんですけども。だいぶ前に、安岡さんとどこかへ旅行したときに、その話をしたと思うんです。進歩なる概念は、ものすごく誤ちをおかすね。

安岡　また、進歩というふうに容易に名づけるんですね、これは。戦争中だって進歩、進歩といっていたよ。

開高　そうよ。

安岡　ぼくら学生のころ、小林秀雄が慶応にやってきまして、話を聞いたときに、進歩はない、変化があるだけだというんですね。みんな予科の生徒だから、そこのところをさかんに食いついたわけだけれども、これは平行線をたどるのみなんだ。進歩といおうが、変化といおうが同じものだからな。

開高　とどのつまりは言葉のたわむれみたいなところがあるからね。

安岡　どうしてもそうなっちゃうんだ。

開高　アナトール・フランスは『神々は渇く』で、フランス大革命のときの流血騒動をテーマにして、あれは粛清問題の永遠の名作だと思うんです。つまり、人間は神のまねをしちゃいけないということを、アナトール・フランスの立場から書いているわけですけれども、その後にやってくる『真昼の暗黒』〔アーサー・ケストナー〕とか、いろんな作品が全部、『神々は渇く』が設定したラインから超えることができない。つまり、人間は矛盾の束であり、有限的存在なんだから、絶対を求めてはいけない、絶対を身振りすることもいけない、ということをアナトール・フランス流に提出しているわけですけれども、あれは、粛清文学の最初であり、そして完成されたものじゃないかな。その後あの哲学を突破できるものはない。あとはプロパガンダ文学があるだけでね。

安岡　宗教戦争というのは永遠につづくな。

開高　そういうことだ。ということは、人間というのはとどのつまり、根源的に情熱的存在なんだ、ということであって、その情熱を妄執と言い、情熱と言い、幻想と言い、何と呼ぼうが勝手だけれども、とにかくパッショネの存在だということなのかね、これは（笑）。いかに倦怠、孤独、虚無、沈滞、怠惰をきわめていても、いつかどこかで、何らかの形でパッショネを求める、その状態を求めずにいられないことがやってくる。そうすると、何をやらかし出すことやら……。（笑）

安岡 だから、連合赤軍で救われるのは、彼らがバカだったと言い得る、ということだな。

開高 そうだ。それはいい言葉だね。それから、うかつに暴力を議論するな、という警告を与えたな。あれ自体はバカバカしいことなんだけれども。ラテン語で暴力というのを「最後の理性」と呼ぶんだってね。アルチマ・ラシオというのね。

安岡 はあ、それはおもしろいね。

開高 ところが彼らの場合は〝最初の理性〟なんだ。理性でもない、むしろパッションという状態なんだろうけれども、だから、そこが大いに違うわけよね。最初と最後の間には無限のプロセスがあるんで、〝最後の理性〟というぐらいの含みがにじみ出てくるようなものであったならば、もう少し考えさせられるところがあっただろうな。

安岡 軍隊で教育係上等兵というのがいるわけだ。それが最初に殴るだろう。彼らは新品二年兵だよ。殴る前に一週間か、ついこの間まで自分たちが殴られてばかりいたわけだ。それが最初に殴るだろう。彼らは新品二年兵だよ。殴る前に一週間か、どのくらいあったか正確な日取りは覚えてませんけれども、ともかく最初はニコニコしている……。最初の一週間は、われわれ初年兵はお客さまなんですね。だから、三島由紀夫さんなんかの自衛隊体験なんて、ほとんどお客さまだろうと思うけれども、一週間は修学旅行に行ったような気持ちで送るわけです。それがすんでから始まるけれど……。ところで最初にその二年兵がわれらを殴るでしょう、殴ったあとで何というか？「とうとうオレを殴らせやがったな」というよ。つまり「最後の理性」なんだ（笑）。まあ、わたしの軍隊のときはそうだった。それからあとは、無限につづくな。ビニールの端が切れちゃったみたいに、ナイロンのくつ下が切れたみたいに、ヒューッと行っちゃうわけですね。

兵隊は、しょっちゅう殴ったり殴られたりばかりしているんだけれども、人の顔をブン殴るでしょう。あれはやっぱり、軍隊の中でも狂気なんだ、正常じゃないんですよ。少なくとも人を殴れない初年兵はそう思っている。オレは最後まで二等兵だったけど、まあ、ぼくより下の兵隊もいるわけです。あれは、星の数よりめんこの数だからね。だけど、ぼくは、だれも殴れなかったな。

大阪の病院にいたとき、一人、落語家上がりの兵隊で本当に生意気な奴がいて、こいつをどんなに殴りたいと思ったかわからないけど、やっぱり、殴れなかったよ。ぼくは、理性的人間でしたから殴れなかった（笑）。殴ろうと思ったら殴れたけどな。あの師匠は生意気だったなあ、ともかく（笑）。福原の遊廓の女郎屋を持っていて、彼は、それが自慢でね。土蔵の中へ抱えの女郎たちを閉じ込めておいたら、空襲でもってその子らがみんな焼け死んだ。お父さん、お父さんといって自分を慕ってくれたのに焼き殺して大変残念だ、ということを語って聞かせるんですが、それはまあ、いいとして……。

開高　珠玉名篇ができたよ。それを『帰還』というタイトルで書いてもらいましょう。（笑）

（原題「紙の中の戦争――戦争文学と暴力をめぐって」『文學界』一九七二年七月号）

初出一覧

遁　走　『群像』一九五四年六月号／同一九五六年五月号
　　　　『文學界』一九五六年十二月号
　　　　単行本（講談社）一九五七年刊
銃　『文藝春秋』一九五六年八月号
美しい瞳　『文學界』一九五九年一月号
餓　『聲』第七号・一九六〇年四月
鶏と豪蔵　『文藝』一九五六年一月号
革の臭い　『群像』一九六〇年十月号

編集付記

一、本書は著者の戦争小説を独自に編集したものである。中公文庫オリジナル。

一、収録にあたり、岩波書店版『安岡章太郎集』(第二巻、第三巻、第五巻、一九八六年)を底本とした。巻末の開高健の評論は『紙の中の戦争』(岩波同時代ライブラリー、一九九六年)、対談は初出誌に拠った。

一、底本中、明らかに誤植と思われる箇所は訂正し、難読を思われる語に新たにルビを付した。底本の満州/満洲、連隊/聯隊の表記のゆれは、本書では後者に統一した。

一、本書には、今日の人権意識に照らして不適切な語句や表現が見受けられるが、著者が故人であること、執筆当時の時代背景と作品の文化的価値等に鑑みて、原文のままとした。

中公文庫

安岡章太郎戦争小説集成

2018年6月25日　初版発行

著　者　安岡章太郎

発行者　大橋善光

発行所　中央公論新社
〒100-8152　東京都千代田区大手町1-7-1
電話　販売 03-5299-1730　編集 03-5299-1890
URL http://www.chuko.co.jp/

DTP　柳田麻里
印　刷　三晃印刷
製　本　小泉製本

Published by CHUOKORON-SHINSHA, INC.
Printed in Japan　ISBN978-4-12-206596-3 C1193

中公文庫既刊より

か-2-6
開高健の文学論
開高　健
抽象論に陥ることなく、徹頭徹尾、作家と作品だけを見つめた文学批評。内外の古典、同時代の作品、そして自作について、縦横に語る文学論。〈解説〉谷沢永一
205328-1

か-2-3
ピカソはほんまに天才か 文学・映画・絵画…
開高　健
ポスター、映画、コマーシャル・フィルム、そして絵画。開高健が一つの時代の類いまれな眼であったことを痛感させるエッセイ42篇。〈解説〉谷沢永一
201813-6

か-2-7
小説家のメニュー
開高　健
ベトナムの戦場でネズミを食い、ブリュッセルの郊外の食堂でチョコレートに驚愕。味の魔力に取り憑かれた作家による世界美味紀行。〈解説〉大岡　玲
204251-3

よ-17-12
贋食物誌（にせしょくもつし）
吉行淳之介
たべものを話の枕にして、豊富な人生経験を自在に語る、洒脱なエッセイ集。本文と絶妙なコントラストを描く山藤章二のイラスト一〇一点を併録する。
205405-9

よ-17-13
不作法のすすめ
吉行淳之介
文壇きっての紳士が語るアソビ、紳士の条件。著者自身の酒場における変遷やダンディズム等々を通して「人間らしい人間」を指南する洒脱なエッセイ集。
205566-7

お-2-10
ゴルフ　酒　旅
大岡　昇平
獅子文六、石原慎太郎ら文士とのゴルフ、一年におよぶ米欧旅行の見聞……。多忙な作家の執筆の合間には、いつも「ゴルフ、酒、旅」があった。〈解説〉宮田毬栄
206224-5

し-10-6
妻への祈り 島尾敏雄作品集
島尾　敏雄
梯久美子 編
加計呂麻島での運命の出会いから、二人はどのようにして『死の棘』に至ったのか。島尾敏雄の諸作品から妻ミホの姿を浮かび上がらせる、文庫オリジナル編集。
206303-7

各書目の下段の数字はＩＳＢＮコードです。978－4－12が省略してあります。

み-9-7
文章読本
三島由紀夫
あらゆる様式の文章・技巧の面白さ美しさを、該博な知識と豊富な実例と実作の経験から詳細に解明した万人必読の文章読本。〈解説〉野口武彦
202488-5

み-9-11
小説読本
三島由紀夫
作家を志す人々のために「小説とは何か」を解き明かし、自ら実践する小説作法を披瀝する、三島由紀夫による小説指南の書。〈解説〉平野啓一郎
206302-0

み-9-12
古典文学読本
三島由紀夫
「日本文学小史」をはじめ、独自の美意識によって古今集や能、葉隠まで古典の魅力を綴った秀抜なエッセイを初集成。文庫オリジナル。〈解説〉富岡幸一郎
206323-5

た-13-1
富士
武田泰淳
悠揚たる富士に見おろされた精神病院を題材に、人間の狂気と正常の謎にいどみ、深い人間哲学をくりひろげる武田文学の最高傑作。〈解説〉斎藤茂太
200021-6

ふ-2-7
楢山節考／東北の神武たち 深沢七郎初期短篇集
深沢七郎
「楢山節考」をはじめとする初期短篇のほか、伊藤整・武田泰淳・三島由紀夫による選評などを収録。文壇に衝撃をもって迎えられた当時の様子を再現する。〈解説〉小山田浩子
206010-4

ふ-2-5
みちのくの人形たち
深沢七郎
お産が近づくと屛風を借りにくる村人たち、両腕のない仏さまと人形——奇習と宿業の中に生の暗闇を描いた表題作をはじめ七篇を収録。〈解説〉荒川洋治
205644-2

ふ-2-6
庶民烈伝
深沢七郎
周囲を気遣って本音は言わずにいる老婆（「おくま嘘歌」）、美しくも滑稽な四姉妹（「お燈明の姉妹」）ほか、烈しくも哀愁漂う庶民を描いた連作短篇集。〈解説〉蜂飼耳
205745-6

い-38-3
珍品堂主人 増補新版
井伏鱒二
風変わりな品物を掘り出す骨董屋・珍品堂を中心に善意と奸計が織りなす人間模様を鮮やかに描く。関連エッセイを増補した決定版。〈巻末エッセイ〉白洲正子
206524-6

各書目の下段の数字はISBNコードです。978-4-12が省略してあります。

ち-8-1
教科書名短篇 人間の情景
中央公論新社 編
司馬遼太郎、山本周五郎から遠藤周作、吉村昭まで。人間の生き様を描いた歴史・時代小説を中心に中学教科書から厳選。感涙の12篇。文庫オリジナル。
206246-7

ち-8-2
教科書名短篇 少年時代
中央公論新社 編
ヘッセ、永井龍男から山川方夫、三浦哲郎まで。少年期の苦く切ない記憶、淡い恋情を描いた佳篇を中学教科書から精選。珠玉の12篇。文庫オリジナル。
206247-4

し-10-5
新編 特攻体験と戦後
島尾敏雄
吉田満
戦艦大和からの生還、震洋特攻隊隊長という極限の実体験とそれぞれの思いを二人の作家が語り合う。関連するエッセイを加えた新編増補版。〈解説〉加藤典洋
205984-9

お-2-13
レイテ戦記(一)
大岡昇平
太平洋戦争の天王山・レイテ島での死闘を再現した戦記文学の金字塔。巻末に講演「『レイテ戦記』の意図」を付す。毎日芸術賞受賞。〈解説〉大江健三郎
206576-5

お-2-11
ミンドロ島ふたたび
大岡昇平
自らの生と死との彷徨の跡。亡き戦友への追慕と鎮魂の情をこめて、詩情ゆたかに戦場の島を描く。『俘虜記』の舞台、ミンドロ、レイテへの旅。〈解説〉湯川豊
206272-6

お-2-12
大岡昇平 歴史小説集成
大岡昇平
「挙兵」「吉村虎太郎」など長篇『天誅組』に連なる作品群ほか、「高杉晋作」「竜馬殺し」「将門記」など戦争小説としての歴史小説全10編。〈解説〉川村湊
206352-5

よ-17-14
吉行淳之介娼婦小説集成
吉行淳之介
赤線地帯の疲労が心と身体に降り積もり、街から抜け出せなくなる繊細な神経の女たち。「赤線の娼婦」を描いた全十篇に自作に関するエッセイを加えた決定版。
205969-6

さ-72-1
肉弾 旅順実戦記
櫻井忠温
日露戦争の最大の激戦を一将校が描く実戦記。各国で翻訳され世界的ベストセラーとなった名著を百余年を経て新字新仮名で初文庫化。〈解説〉長山靖生
206220-7